徳間文庫

警視庁公安J

オリエンタル・ゲリラ

鈴峯紅也

徳間書店

目次

第一章　就任

ロー・モノローグ1

私の中にある麻友子《まゆこ》の記憶は、ずいぶん古い。

二十年か、三十年か。

実際の時の経過は判然《はんぜん》とせず、私の中であまり大事ではない。とにかく、時間の積み重ねの中で必死に生きていた頃だった。

エクアドルの北端、内戦に揺れるコロンビアと国境を接する町、トゥルカン。

私はそこで、育ての親に仕込まれた銃を取り、週末ゲリラとして生きていた。

ゲリラとはスペイン語で小さな戦いを意味するが、私たちの場合はそんな格好のいいものではない。

要するに山賊だ。

週末だけのゲリラなのは、ほぼ全員が平日は生業《なりわい》を持っているからだ。

昨日を懐かしむことに意味はなく、明日は夢を見ようにも笑うほど遠く、実は今日すらも不確かで不安定で、今この瞬間に生きていることだけが現実にして実感のすべてだった。

ただ、麻友子と出会ったのは砂塵《さじん》舞う、やけに風が強い日だったことだけは覚えている。

麻友子はひび割れた廃道のような石畳の上を、そんな風に吹かれながらゆっくりとやってきた。

長い黒髪。葬送を思わせる漆黒のチュニックに、同色のサブリナパンツ。レースのボレロ。それも黒。

なぜか私の胸は高鳴った。私にとってすべてであるはずの今一瞬の生すら吹き飛び、私は麻友子から目が離せなかった。

後で思えば絆、繫《つな》がりといったものに思いを馳《は》せることも出来る。しかし、私はこのとき麻友子を、その全身を彩る黒を、強烈に美しいと思った。

そのことは今も忘れず、その思いはいくつになっても色褪《あ》せない。

色褪せないどころか、セピアに沈んでゆく記憶の中で、黒はいつまでも鮮やかに際立っている。

私にとって艶《あで》やかな黒は麻友子そのもののイメージであり、麻友子は黒とイコールだった。

《初めまして》

流暢なスペイン語を操り、麻友子は私の前に立った。

《ふふっ。本当は初めましてじゃないんだけれど、あなたの記憶の中に私が居ないことはわかっている。だから、初めまして》

麻友子は言いながら、ほっそりとした指先の手を伸ばしてきた。

一瞬握手かと思ったが、そうではなかった。

麻友子は、私が抱えていたAK—47を手に取った。

《いい手入れ、いい銃だわ》

私はこのとき、覚えてはいないがおそらく笑ったはずだ。

この頃は、銃を褒《ほ》められるのがなによりも嬉しかった。

週末ゲリラの微々たる賃金を貯《た》めて、初めて自分で買った銃だった。

《私もあなたを、ローと呼んでもいいかしら》

ロー。

前にも後ろにも、他にはなにもない。

ただ、ロー。

それが私の名前だった。

このとき麻友子は、生まれてすぐに死んだ我が子を想う、巡礼の旅の途中だと言った。

《二卵性の双子。未熟児だったの》
私が暮らすトゥルカンと国境を挟んだコロンビアの、ナリーニョ県イピアレスに、有名なラス・ラハス教会があった。
岩肌のマリア。岩そのものの色が描き出す聖母。
耳と言葉が不自由な少女が治癒したという奇跡の認定もある世界的な巡礼地だ。
グァイタラ川の峡谷百メートルにそびえ立つ姿は華麗にして圧巻で、世界で一番美しい教会とも謳《うた》われる。
《巡礼の旅。恩寵《おんちょう》を思わなかったわけではないけれど》
麻友子は、私の頭を柔らかく撫《な》でた。
《ロー。私と一緒に、ワンカヨに行って暮らさない？》
《ワンカヨ？》
《そう。ペルーのフニン県の、とってもいいところよ》
ワンカヨはどうやら、ペルーの都市のようだ。麻友子は、普段はそこに住んでいると言った。
《私はそこで、学校の先生をしているの》
学校、という言葉は私を蠱惑《こわく》した。
もちろん言葉として知ってはいるが、私はまだ学校に通ったことがなかった。

けど、とだけ私は言った。
育ての親の顔が浮かんだ。アサルトライフルをぶっ放しながらハバナの葉巻を美味そうに吸う、凶暴な男だった。
麻友子は首を振った。
長い髪が優雅に泳いだ。
《大丈夫よ。これは恩寵だもの。ううん。これは私の責任。ロー。あなたは、なんの心配もしなくていいの。だって——》
あなたに、ローの名をつけたのは私ですもの、と麻友子は言った。
《あなたは、私の愛しい子。保育器の中ですぐに死んだ弟の分も、元気に泣いた私の愛しい子》
なにを言っているのか、わからなかった。
《私も産後の体調が悪くて。どうしても育てられなかった。でも今なら、今からなら。——今からでも》
麻友子は髪に指を差し、優雅に掻《か》き上げた。
本当に、麻友子は美しい女だった。
《一緒に行きましょ。そして、ここから始めましょう。ロー。私の愛しい子》
私は、いつの間にか首を縦に振っていた。

そして私は、私が危惧したような抵抗に遇《あ》うこともなく、あっさりとトゥルカンの町を出た。

その後、私は育ての親に出会うことはおろか、その名前さえ聞くことがなくなったのは、誰かがなにかをしてくれたからだろうか。

一

雲ひとつなく晴れ渡った日の、午前十時過ぎだった。

折り目正しい濃紺のスーツを着たひとりの男が、首相官邸の西口ゲート前に立った。

百七十三センチの中肉中背だが、緩みのない身体《からだ》は背筋が伸びて大きく見えた。

高い鼻に角張った顎《あご》。鋭い目にハッキリした眉。そして、白髪が少しだけ混じり始めたオールバック。

矢崎啓介《やざきけいすけ》だった。

「ふむ。まあ、あまり何度も入りたい場所ではないが」

呟《つぶや》きであってもバリトンは響く。矢崎は見上げるようにして、首相官邸の威容《いよう》に目を細めた。

官邸は傾斜地にあるため、東側の正面玄関は三階になり、西通用口側のゲートは一階になる。組閣後に決まって行われる閣僚の記念写真は、この正面玄関がある三階から、中庭のある二階に〈降りてくる〉階段だ。

五月の風は爽やかだが、東からの陽射しは官邸の通用口を陰にした。

矢崎が見上げるのは、だから五階建ての薄暗く、寝惚《ねぼ》けた景色だった。

矢崎が内閣官房副長官補兼次長として奉職《ほうしょく》する国家安全保障局、通称NSC局は内閣府庁舎別館にあった。

首相官邸とは指呼の距離、というか、北側の真裏だ。

この日は、小日向和臣《こひなたかずおみ》内閣総理大臣の直々《じきじき》の呼び出しに応じて局を出た。

呼ばれた内容は、なんとなくわかっていた。

断るために、というモチベーションでは、たとえ五十メートルもないわずかな距離でも、足は思うようには動かなかった。

ゲートから警備室へ、所定の手続きを踏んで矢崎は中に入った。

ひんやりと肌に触《さわ》る空気は、首相官邸特有の気配か。

矢崎は階段を上がることなく、そこからさらに下に向かった。躊躇《ちゅうちょ》も迷いもしない。

向かったのは地階だった。

地階はそのまま、内閣情報集約センターのフロアになっている。内閣情報調査室の国際二部を改組し、緊急事態における情報の集約・分析を目的としたホットラインを各省庁と結んだ部署だ。

あまり何度も入りたい場所ではないと矢崎は呟いたが、裏を返せば、何度か入っているのがこのフロアだった。

内閣情報調査室そのものは、特に危機管理の部分でNSC局とは連携している。

だから矢崎も、首相官邸にあるこの情報集約センターには出入りするが、これまではフロアも入る理由もすべてこちらだった。

直接首相や、その側近に呼ばれて官邸入りしたことはない。

「あ、矢崎局次長。おはようございます」

そう言って立ち上がったのは一番手前に座る、もう顔見知りの女性だったが、

「ああ。さして早くはないが」

鷹揚《おうよう》に片手を上げて矢崎が入室すると、結局は全員が立ち上がった。

情報集約センター長を越え、上位部署である情報調査室になっても、トップは内閣官房調査室長止まりだ。

同じ内閣官房に所属し、副長官補の肩書きを持つ矢崎の方が、ここでは誰よりも階級としては上になる。

「局次長がいらっしゃる直前に、あと十分くらいで降りてこられると、五階の秘書官から連絡がありました」

奥まった応接室に通された矢崎に、コーヒーを運んできた若い男性職員が言った。

矢崎は腕時計に目を落とした。

十時二十五分だった。

「そうか。まあ、許容範囲だな」

職員が言う五階とは、総理大臣執務室や官房長官執務室があるフロアだ。

降りてくるのは当然、ここに矢崎を呼びつけた男、小日向和臣内閣総理大臣ということになる。

約束の時間は十時半だった。五分程度の遅れは、多忙を極める一国の首相にしては上々だろう。矢崎も二十分までは許容するつもりで来た。

それを過ぎたら、問答無用に席を立つ。

ただし、それは相手の都合で呼び出されたからだ。自らの用件で訪れたときは、一昼夜でも二昼夜でも動かない気概《きがい》は今もある。

陸上自衛官として叩き上げてきた心身は、六十二歳になった今も頑健にして強靱《きょうじん》だった。

ふた口目のコーヒー。

粗食を守る舌に味はよくわからないが、上物ではあるようだ。運ばれた途端、応接室に広がる香りは悪くなかった。

「待たせたな」

応接室のドアが、そんな伸びのある声で開けられたのは、きっかり十時三十五分になったときだった。

駐在武官として矢崎も同行したカタールの頃は、もう少し声が細かったように思う。幾万回の演説、答弁で鍛え上げたのだろう。

細くスマートな面差し。赤い唇。

けれど、どちらも印象は柔らかいものではない。

嵐に遭って逃げず、暗闇に落ちて動じない、巌《いわお》。

それが小日向和臣という、政治家だった。

若い職員が和臣の前にもコーヒーを運ぶが、一瞥《いちべつ》するだけで手をつけることはなかった。

「お飲みには」

聞いてみた。単純な疑問と、無駄が嫌いな陸自根性からだ。

和臣は両手を広げた。

「悔しいが、もっと上質な味を知っているのでね。舌は奢《おご》っている」

「ああ。純也《じゅんや》君の」

南米サンディアのコーヒー農園と特約し、完熟させたティピカ豆を不活性密封した逸品だという。

「馬鹿を言わないでくれないか。お義母《かあ》さんからの贈り物だよ」

お義母さんとは、国立《くにたち》に孫の純也とふたりで住む、ヒュリア香織《かおり》の母、芦名春子《あしなはるこ》のことだ。

矢崎にとってはどちらでもよく、大した違いはないので放っておく。

矢崎は自分のコーヒーを手に取った。少し冷めていた。

和臣はソファから強い視線を矢崎に向けた。

黒が深い瞳。淡い白の強膜。合わせて青白く発するような光は和臣の特徴だ。心中から溢《あふ》れる情念とでも言えばいいか。

特に和臣の場合は、内閣総理大臣の座を射止めても留《とど》まらない野心だろう。

(それにしても似ている。いや、似てきた)

純也が――。

母香織の血を色濃く受け継ぐ純也に、唯一父和臣の匂いがするのは目だったが、最近は特に、放散される光までが似てきたようだった。

和臣の光が野心なら、純也の光は、さて――。

考える前に、どうなのだと和臣から声が掛かった。

そのために呼ばれたことを思い出す。

前週に矢崎は、和臣から防衛大臣就任を打診されていたのだ。

——大石の件は辞任でケリをつける。そのあと、どうだ。手伝ってみないか。

　大石輝明防衛大臣が、親族会社を強引に公共事業へ押し込んだとして、一カ月前から国会の予算委員会は空転を極めていた。

二〇一二年、圧勝で勝った民政党総裁選後の初組閣以来三度目の、閣僚に対する任命責任を問われる事態だった。

しかも、ただの三度目ではない。

約八カ月前に、政治献金疑惑で一年以上ものらりくらりとした答弁を続けていた滝上《たきがみ》前防衛大臣を、政府として毅然《きぜん》とした態度を示す意味で、罷免《ひめん》したばかりだった。

八カ月で二度は、立て続けということだ。しかも挿《す》げ替えたばかりの同じ防衛大臣の失点は、たしかに頭の痛いことだろう。

――これで、三人目だ。いや、二連続だ。三連続はなんとしても避けたい。そこで、四角四面の化物のような、君をな。

理由は幼稚なほど明快にして、的を射た人選と言えなくもない。

ただし――。

矢崎は和臣の前に威儀を正した。

「色々と熟慮しましたが」

四角四面だからこそ、もともと自衛隊で陸将の地位にあった自分が防衛大臣になるなど、どう考えても矢崎には納得できることではなかった。

シビリアン・コントロール。

それこそが矢崎にとっては、民主主義体制下の近代国家における大原則だった。防衛大学校在学中から、徹底的に叩き込まれてきたことだ。

「そうか」

和臣は最後まで聞かなかった。打診しながら、わかっていたことかもしれない。落胆も見えない。

「そうなるともう私には、鎌形《かまがた》しか思い浮かばないが」

「鎌形、幹事長ですか」

和臣はうなずいた。

鎌形幸彦《ゆきひこ》は、和臣の高校時代から東大までの同級生にして、現民政党幹事長だ。大した実績はないが、民政党会派の都議会議員だった鎌形孝幸《たかゆき》の長男に生まれ、東大卒業後は厚生省に入庁し順調にキャリアを積み上げた男だった。

そうして、父の死去により厚生省を退省し、地盤を引き継ぐ形で都議会議員になったのが一九八六年のことだ。

その後、一九九六年の衆議院総選挙に打って出、初出馬初当選を果たしてからは、順調に期を重ね、今で五期になる。

矢崎から見ても鎌形は弁の立つ切れ者という印象で、見た目もよく、世間的にはユーモアもある爽やか系として人気もあるようだ。

だからこそ、幹事長に抜擢《ばってき》されたということでもあるらしい。

五年前に妻を亡くしてからはひとり身で、子供は一男一女がどちらもすでに独立しているという。

本人が〈英雄、色《いろ》を好む〉として女好きを隠しもしないので浮名《うきな》は絶えないが、不倫や淫行などの方向には一切手を出さない。

かえってそんな、男としてのセックスアピールが政治家としての人気をも下支えするというのがなんとも日本的であり、おそらく鎌形はそこまで考えている。

唯一問題点があるとすれば、旧甘粕《あまかす》製薬、現Aプラス製薬を強力な後援者とし、厚生省出身の経歴から黒い噂は途切れたことがないことくらいか。だがこれは、和臣が常に一笑に付す戯言《ざれごと》だという話だった。

Aプラス製薬現会長甘粕大吾《だいご》は和臣や鎌形より一歳年上で、特に家業の製薬会社を通じ、その昔から家族ぐるみで小日向家とは昵懇《じっこん》だった。

そうしてなにより、和臣や鎌形に先んじて東大に入学した大吾は、そもそも高校三年次の和臣の家庭教師だったらしい。

甘粕も鎌形も下らない金と運の使い方をする奴ではないと、和臣はふたりについてマイクを向けられるたびにそんな説明を繰り返し、また、繰り返す姿が印象として矢崎にもあった。

一歳年長で家庭教師でもあった甘粕を呼び捨てなのは、安田講堂紛争への関与を疑われて退学処分になり、復学までに一年を要したからだ。卒業の年次は、だから和臣も甘粕も鎌形も一緒だった。

「それにしても鎌形さんは、党幹事長から防衛大臣ですか」

党幹事長は総裁に代わって党務を掌握し、選挙における立候補者の公認権も持ち、〈閣僚ポストふたつ分〉と言われる。

加えて言うなら、党幹事長は総裁候補の席でもある。

「ほかに見当たらない。だから、それなりの約束はした」

「なるほど」

「もっとも、私と同じ歳《とし》だったというのは、あいつの運、不運。さて、どっちだろうな。私が与えるものとあいつが諦めるもの。大きさ重さは、後の世代に評価を委ねようか」

「それは、あなたの自信が言わせる言葉ですか」

和臣はふんと鼻で笑った。

「不安が言わせる言葉に決まっているだろう。他にいないとさっきも言った」

「人材不足、と」

「鎌形なら間違いない」

矢崎の問いに特には答えず、和臣は脚を組み、ソファに背を預けた。

「そう、間違いはない、とは思うのだが」

矢崎は眉を顰《ひそ》めた。

長期政権が確定のカリスマ総理にしては、どこか歯切れが悪かった。

「なにか？」

歯切れに棹《さお》を差してみる。

和臣は強く頷《うなず》いた。

「それでも君には、せめて大臣補佐官くらいは受けてもらいたいところだが」

和臣が言うのは前年に設置された、定数一の新しい補佐官のことだ。

元の防衛大臣補佐官は定数三で必置ではなく非常勤も許されたが、新設の補佐官は当然常勤だ。

「常勤は、いずれ応《こた》えると」

「ふん。君より三つ上で、現職の総理をしている私を前によくも言ったものだ」

矢崎は答えず、目を瞑《つむ》って見せた。

退官、定年を一度は実感してしまった矢崎にとって、後進に道を譲るというのは当たり前のことだった。

いつまでもしがみつくのは自衛官の矜持《きょうじ》に悖《もと》り、潔さに欠けるというものだ。

「ならせめて、政策参与は受けて欲しい。と、これは譲れない」

参与は旧補佐官のことだ。防衛大臣政策参与に改称された。

序列では、防衛大臣の下に防衛大臣政務官がいて防衛大臣補佐官となり参与、事務次官となるが、現在まで補佐官は空席のままだった。

「粘りますね。というか、最初から落とし所はそこですか」

「まあ、そういうことだな」

「退路はなし、と」

「そう思ってもらえると助かる」

和臣は口元を歪《ゆが》めた。

裏のありそうな笑顔が、全体としては純也に受け継がれている気がした。愛憎やらの感情は別にして、ＤＮＡ、遺伝情報は親子であることを示して紛れがなかった。

溜息ひとつで、矢崎は腹を決めた。

「最後に、いいでしょうか」

「受けてもらえるなら」

「鎌形幹事長に、なにか問題でも」

「防衛事項にプロの助言が欲しい、だけでは納得できないかな」

「弱いですね」

「鋭いな」

――総理。そろそろお時間ですが。

応接室の外から秘書官の声が掛かった。

「わかった」

立ち上がり、和臣は矢崎を見下ろした。

「正々堂々とした、というのも変だが、真っ直ぐな野心を私は嫌いではない。ただ、ゆらゆらとした上昇志向というものを私は捉え切れない。そんなものはまるで陽炎《かげろう》だ。私にさえ捉え切れない鎌形は、だからこそどこへ出しても間違いはないと思うのだが、実態は常に捉えておきたい。硬質な、武骨な鈴をつけて」

「ほう。鈴、ですか」

「鉄鈴だな」

背を向け、ドアに向かってから一度、和臣は振り返った。

「それとおおっぴらには言えんが、防衛大臣と女好きは、相反する気がするのは私だけだろうか」

同感ですと矢崎が答えれば、

「君ならそう言うと思った。そこも、頼もしいところだ。――この後、すぐに鎌形で調整に入ることになる。待ったなしなのでな」

よろしく頼むと言い置き、和臣は内閣情報集約センターの応接室を後にした。

二

それから三日後、鎌形幸彦民政党幹事長の防衛大臣就任が発せられた。

首相官邸における閣僚就任者恒例の会見は、浮ついたところなど微塵《みじん》もない、簡潔にして落ち着いたものだった。

連続する前任者の失職を受けての就任だ。ひとまず不用心・不用意・不祥事を断ち切りたい内閣からの要請を、鎌形民政党幹事長が受けた形ではある。

無難に終始、とテレビやラジオはリアルタイムでコメントを出した。

鎌形の就任が噂され始めたときから、各マスコミがそうなるだろうと予想した通りになった形だが、内閣が乗った形でもある。

澱《よど》みを作りたくないこと、さっぱりと流したいことはメディアにまる任せで乗るに限る。

これは、日頃からよく敵対するマスコミの活用術として内閣官房の初級マニュアルにある詐術《さじゅつ》だ。

鎌形幹事長に対する世論も、これも予想通りおおむね好意的だった。

曰《いわ》く、

〈盟友の苦境に立つ〉

〈幹事長職を投げうっての助太刀〉

〈平成に吹く男気の風〉

など、浪花節《なにわぶし》めいたタイトルが各紙の紙面を何度か飾った。

光あれば影もあって、実際ゴシップ系タブロイドの中には、閣僚ポストひとつ分で十億だの、いずれ三ポスト兼務だのといった、出所不明の噂を面白おかしく書き立てるところもあった。

それにしても、世論の約七割が、鎌形防衛大臣の船出に好意的な印象を持っていた。

七割はなかなかの数字だった。

これは、タブロイド数紙程度ではなかなか覆せる数字ではなく、ゴシップ系の噂は寄せ来るさざ波にして、それ以上になることはなかった。

実は、このことも和臣が矢崎に防衛大臣を断られてから、わずか三日で鎌形に決した大きな理由でもあった。

七割の支持はおそらく矢崎では、いや、矢崎の知名度では無理だった。鎌形ならではの数字と言って過言ではなかった。

世間的にはユーモアがある爽やか系として認知も人気もあったが、同時に、軽佻浮薄《けいちょうふはく》の申し子、などという有り難くない揶揄《やゆ》も鎌形には多かった。

その大半が、この防衛大臣就任によって一気に反転したともいえる。人が、ときに垣間見せる優しさや強さによって印象が補完されるのと同様だったろう。

鎌形の軽く柔らかいイメージは防衛大臣という肩書きや、浪花節めいた各紙のタイトルで補強されたようだった。

だから、和臣だけでなく誰一人として異を唱えることもなく、官邸はこの世論に乗った。

それが、わずか三日での決定の理由だった。

発表と官邸における記者会見の後、ただちに宮中に移っての認証官任命式となる。これも恒例の流れだ。

ロマンス・グレーの髪をオールバックに固めた鎌形新防衛大臣の笑顔は、実に晴れがましいものだった。

翌日の朝刊では、新聞各社がこぞって半五段以上で使用したほどで、鎌形幸彦という男の容姿は、十分その使用に耐え得るものだった。

百八十を超える上背《うわぜい》に、六十五歳にしてなお、筋肉質とわかるシェイプされた身体つき、よく陽に焼けた若々しい顔立ち。

鎌形はまさに、小日向政権を支える党三役、中でも党幹事長にふさわしい顔だった。

小日向和臣の怜悧《れいり》さ、他を寄せ付けない孤高の風格とは、まさに対照的な印象ではある。

だからこそ長続きする関係なのだと、よくぞこの二人が高校時代に出会ったものだと、これは民政党内部でよく聞かれる話ではあった。

もともと、個人の資質として国民に人気が高かったのは鎌形で、ヒュリア香織を失ったカタールの悲劇を人情として加味して双方互角。それを総理と党幹事長に分けて、もうそこで動かさない根本の差は、バックボーンの差だと実《まこと》しやかに言われる。

つまり、ＫＯＢＩＸとＡプラス製薬の差だ。

たしかに総従業員数で二十対一、関係企業まで加えれば百対一でも追いつかず、そもそもＡプラス製薬は、甘粕製薬だった頃には豊山《ほうざん》製薬と鎬《しのぎ》を削る規模の企業だった。

その豊山製薬は、今ではＫＯＢＩＸの研究部門に吸収合併され、中規模のグループ企業、メディクス・ラボになっている。

この差が小日向和臣と鎌形幸彦の差、彼我《ひが》の差だとは、鎌形本人も含め、誰もが認めるところだったろう。

ただひとり異を唱えるとすれば、小日向和臣本人だけに違いない。

晴れ空の下、宮中認証官任命式も滞りなく執り行われ、おおむねの好意をもって、ここに鎌形幸彦防衛大臣が誕生した。

ただ後に和臣が、

「まあ、前日にな、房州《ぼうしゅう》さんとこいつは何度も綿密な打ち合わせをした。このくらいはやってもらわなければ困る。放っておけば、どこまでも勝手に話を飛躍させる男だ」

などと愚痴めいて呟くのを、矢崎は直接耳にした。

和臣が口にする房州さんとは、房州忠弘《ただひろ》内閣官房長官のことだ。

内閣官房長官は、将来を見越し党総裁閥から若手の有望株を登竜門的に抜擢することもあるが、諸処の調整力を重視してベテランを配することもある。

房州の場合は、後者だ。

矢崎がそんな和臣の呟きを聞いたのは、鎌形新防衛大臣就任から、さらに一週間が過ぎた後の首相官邸だった。

矢崎が西通用口側のゲートから入るのはいつものことだ。

が、五月の麗《うら》らかな陽射しは、この威圧感ばかりが強い裏口にも、午後に入ると明るく柔らかな陽溜まりを作った。

五月の陽溜まりは、暖かい。

しかもこの日矢崎が向かうのは、陽の射さない地階の内閣情報集約センターではなく、仰ぎ見る五階の、総理大臣執務室だった。

勝手に、譲れない、と宣言されたことへのささやかな抵抗。

それがこの一週間だった。

矢崎は、防衛大臣政策参与を受諾すると決めた。

シビリアン・コントロールは大原則だが、文民統制の補助・補佐は軍人の役目として、矢崎の想いにも大いに合致するものだった。

「おいおい。学級会じゃないんだぞ。勝手な飛躍は当然だろう。自分の意見を自分の言葉で言えなくて、なんの政治家だ」

今、矢崎の目の前のソファには、総理に揶揄された当の本人、鎌形幸彦が苦笑いで座っていた。

矢崎の隣に、和臣が座る。

「前日の打ち合わせでも、ずいぶんスタンドプレーに走ろうとして、房州さんが頭を抱えたらしいな」

「あれは遊びだ。房州さんの話があまりに詰まらなかったのでね。そのまま会見につなげるほど馬鹿じゃないつもりだが」

鎌形は肩をすくめた。

そういう仕草が、実に似合う男ではあった。

「ま、ただし、今回は場合が場合だから飲んでやっただけ、でもある。生真面目な話では、人は夢を見られない。俺たちの商売は、国民に夢を売ることだからな」

「お前らしいな。俺は夢を売っているつもりはないが」

「裕福だからな、お前は。生まれながらにして小日向重化学工業の御曹司は、俺たち庶民と違う」

「ふん。世田谷《せたがや》の地主で都議連重鎮の倅《せがれ》が、庶民気取りか」

「庶民だよ。お前に比べれば、哀しいくらいに庶民だ。まあ、悲しいけど泣かないがね。泣いたこともない」

片目を瞑《つむ》って見せ、鎌形は右手の人差し指を和臣に突き出し、念を押すように何度か振った。

「いいか、小日向。忘れるなよ。くれぐれもこれは、貸しだぞ」

総理を面と向かって、呼び捨てにする男を矢崎は初めて見た。新鮮な響きではあった。

ただ、鎌形も公の場ではそうは呼ばないだろう。聞いたことはない。

東大以前、高校からの同級生だと言うが、それだけで対等に話せるわけもない。

鎌形は面と向かって小日向和臣という男と渡り合える、数少ない人物のようだった。

和臣は矢崎に顔を動かした。

「矢崎君。これが鎌形幸彦という男だ。世の中に流布している大臣受諾の付帯条件。まあ、当たらずといえども遠からずと言っておこう。今の言葉通りな、それだけでは足りないとごねる、強欲な男だが、よろしく頼む」

「なにを言ってるんだ。小日向、欲は政治家の飯みたいなもんだろう。貧相な欲で総理をやってるのは、過去から現在に至るまで、お前くらいのものだ。俺に言わせれば、その方が危うい。はっはっ。枯れてるぞ、おい、爺《じい》さん」

驚くほど皺《しわ》のないシャープな顔は、笑うと小鼻の大きさが強調され、かえって愛嬌を醸《かも》した。

鎌形は前屈みになり、矢崎の前に右手を差し出した。

「矢崎、啓介《けいすけ》君だったな。遅ればせながら、鎌形だ。いつまでの付き合いかはわからないが」

ただ矢崎ですと答え、右手を握った。

文民の手にしては矢崎より大きく硬く、驚くほどに強い力にして、感覚としては燃えるように、熱かった。

三

それからさらに十日ほどが過ぎた、糸雨の降る午後だった。

季節は移ろい、花菖蒲《はなしょうぶ》の六月に変わっていた。

関東甲信地方でも、この前日に梅雨入りの発表があった。降雨量は例年に比べて多いという予想だった。

「なにも、そのまま降り続かなくてもいいと思うが」

矢崎は警視庁本部庁舎の正面エントランスで、礼服の肩にしがみつくような雨の滴を手で払った。傘を畳み、鈍雲に止まない雨を睨《にら》む。

たしかに矢崎の言葉通り、この雨は前日午前の梅雨入りの発表から、関東甲信各地で断続的に降り続いていた。特に東京二十三区では、激しくなることはなかったが、丸一日以上降りっ放しだった。

生憎《あいにく》の天気にもかかわらず礼服に身を包むのは、この日午前、形ばかりにも古巣の防衛省で、鎌形防衛大臣から正式に防衛大臣政策参与に任命され、その伝達があったからだ。

懐かしの面々とも顔合わせをし、その後、会食をして午後に入った。

それから警視庁を訪れたのは、関係各位への就任挨拶の一環だった。

NSC局に入局したときも、同様にして挨拶廻りで訪れた。

よく雨を切った傘を杖に、矢崎は玄関ホールに入った。

職員からネタ探しのライターたちでホールが雑然としているのはいつものことだが、少し賑《にぎ》わいには欠けるように思えた。

雨だからか梅雨時期だからか、おそらく見学ツアーの一般団体の姿が見えなかった。その分、静かなのかもしれない。

矢崎はまず、受付に回った。

警視庁本部庁舎の受付は壁際に、二名の女性と活けられた花が、文字通りひっそりと咲くようだった。

この日の花瓶には、トルコキキョウのアレンジメントが可憐だった。

いつの間にか顔見知りにもなった受付の菅生奈々《すごうなな》が、歩み寄る矢崎に立ち上がって頭を下げた。

隣の女性も倣《なら》って立ち上がり、腰を折る。

矢崎は、そちらの女性には見覚えがなかった。

「新人さんかな。私は、矢崎と言います」

「えっ。あ、はい。あの、白根由岐《しらねゆき》と申します」

白根は奈々に促されて自己紹介をした。

どうしても受付と言えば、矢崎にしても大橋恵子《おおはしけいこ》という女性が思い浮かぶ。

凛《りん》と咲き誇るようで印象は強かったが、今はもう受付にはいない。

「では、こちらに」

入館申請書とペンを、奈々がにこやかに受付台の上に用意した。

奈々も早、受付に座って二年は過ぎたはずだ。手順も所作もこなれたものだった。

「白根さん。こちらの矢崎さんは肩書きが長いのよ。NSC局の――。あら?」

奈々は矢崎が記入する用紙を覗《のぞ》いたようだった。

「そう。また所属が変わったものでね。その挨拶に来たのだ」

書き終えた申請書を、矢崎は奈々に手渡した。

「ええと。――まあ。防衛大臣政策参与。――って、なにをするんです？」

物怖《ものお》じしない奈々の明るさは、実に受付向きだ。

「大臣の首で鳴る。一番の役目はそれかな。猫の鈴と一緒だ」

「えっ」

白根がきょとんとした顔をした。奈々が小さく笑った。

「じゃあ、今度はなんとお呼びすればいいのでしょう」

奈々が差し出す入館証を受け取り、首に掛ける。

「変わらずで結構。それが一番短いし、しっくりくる」

片手を上げて矢崎は受付を離れた。

背に、奈々の声がかすかに聞こえた。

――師団長。で、いいみたい。もう退官されたんだけど。

そう、元陸上自衛隊中部方面隊第十師団師団長にして、師団長は今や、矢崎のニックネームとなっていた。

エレベータで十四階に上がり、矢崎は腕時計をチェックした。

「うん。少し早いな」

予定より早いことが予定通りだった。

警視庁本部庁舎の十四階には、公安部長室がある。

今日一番の目的は、既知《きち》の長島敏郎《ながしまとしろう》公安部長への挨拶だったが、三十分前はさすがに迷惑だろう。

エレベータホールから皇居側ウィングに向かえば公安部長室はすぐだったが、まず矢崎は桜田通りに面した、法務省側ウィングに足を踏み出した。

パーテーションや書棚の壁で薄暗く、深閑として薄気味の悪い公安第一課を通過し、長々と続く廊下を最奥の資料庫まで進む。

迷うことはなかった。もう何度かは訪れていた。

そのどん詰まりを左に折れれば、この日は雨空だが、それでも廊下よりは明るい部屋に行き着く。

ドアに、庶務分室のプレートがあった。

庶務分室の正式名称は〈警視庁公安部公安総務課庶務係分室〉だが、正式な組織図に乗っている部署ではない。

だから誰も庶務分室とは呼ばない。J分室だ。

J分室は、分室長である小日向純也警視を庁内に閉じ込めるための檻《おり》であり、檻という名の、笊《ざる》だった。

予定より早く来庁して分室に顔を出すのも、目的外の目的ではあった。

「やあ」

そんな挨拶で矢崎は分室のドアを開けた。

まず目に飛び込んでくるのは、正面受付カウンタの上のスターチスと、右手壁際、奥窓際の鉢植えや色鮮やかなアレンジメントだ。基本、分室内は花の色と香りが常に豊かだった。

「あら」

「うげっ」

「おっと」

入室するとすぐ、三様の声が矢崎を出迎えた。

最初に声を発したのは、受付カウンタの向こうから顔を覗かせた、ショートボブの女性だった。

美貌は誰が見ても間違いなく、しかも、才媛の二十九歳であると矢崎は知る。

大橋恵子だった。

「お久し振りです」

恵子は立ち上がって頭を下げた。

「いや。こちらこそ」

前年の夏頃、およそ一年前。日本国内で暗躍する、〈ブラックチェイン〉という黒孩子《ヘイハイツ》のグループをJ分室が摘発するという案件があった。

多くは聞かないが、大橋恵子はこの件に絡んだようだ。

純也が言うには、不幸にも、であり、だから犠牲者だという。

それで、半年ほど休職したようだ。

結局そのまま一身上の都合として辞表を提出するに至るのだが、都合は、J分室の嘱託員として純也に採用されたからに他ならない。

一般人に一分室あるいは個人が業務を嘱託し、本庁舎に出入りすることへの是非はあろうが、これは長島公安部長がねじ伏せたと、いつか長島本人に余談として電話で聞いた。

――あいつへの貸しは、増える一方ですが。

そんなことを言っていたはずだ。

ほぼ復職に近い再就職を果たした恵子を、以来初めて矢崎は見た。

朴念仁《ぼくねんじん》とは自他共に認めるところだが、その矢崎にもわかった。

大橋恵子は、一年前にはなかった翳《かげ》りを帯びていた。

いいか悪いかは、矢崎の慮外《りょがい》だ。悪いとすれば暗さになるが、いいとすれば妖艶《ようえん》、艶が増したように見えなくもない。

ただ、彼女が入ったことでJ分室の事務処理能力が飛躍的に向上したことだけは、厳然たる事実にして間違いがなかった。

そして次に、蛙《かえる》が潰《つぶ》れたような声を上げたのが、この年四十六歳になる猿丸俊彦《さるまるとしひこ》警部補、通称セリだ。

公安マンはみな、本名で呼び合うことをはばかって渾名《あだな》を持つ。

自分の容姿に自信を持った猿丸は、無精髭を生やせばどこかチョイ悪のイタリア人にも見えて、セリはセリエAから取った渾名だという。

「師団長。なんですね。こんな雨降りに」

酒焼けのテノール。口辺の薄い笑み。そして、髪に差した小指のない左手。

本人に言わせれば、そのどれもが男の色気をいや増す重要なアイテムなのだという。

「職場が変わったのでな。挨拶だ」

「ああ。防衛大臣政策参与、でしたっけ。――って、なにやる役職です？」

部屋の中央に置かれた楕円《だえんけい》型のドーナツテーブルの右手、壁際に置かれたコーヒーメーカの近くに座る。定位置というやつだ。

そこから座ったまま矢崎を見上げるが、目には以前よりさらに力が感じられた。公安マンとしての凄《すご》みが増したようだ。

矢崎は苦笑した。

「受付でも、君と同じことを聞かれたよ。そう行く先々で聞かれると私も不安になる。私はいったい、なにをさせられようとしているのかとね」

「ありゃ。こりゃ、失礼しました」

猿丸が頭を掻くと、ドーナツテーブルの向こう側の奥からもうひとりが立ち上がった。

「ご無沙汰しております」

歯切れのいい、がらりとした声。小柄にして白髪交じりの短髪。

それがJ分室の主任、鳥居洋輔《とりいようすけ》警部だった。年齢は猿丸のちょうど十歳上で、五十六歳は分室で最年長だ。五代は続いているという江戸っ子で、スーツ姿でなかったらいかつい顔つきは職人で通る。べらんめぇで口は悪いが小学四年生の一人娘、愛美《まなみ》にはいつまで経っても頭が上がらないらしい。心優しく義理人情に厚いのは、江戸っ子の特徴だろう。

つながりを大事にする男で、鳥居の捜査協力者、いわゆるスジは、本庁内から派生して広く番記者、報道関係までを網羅するという。

「いや、こちらこそ。逆に、勝手な用事があるときばかり、前触れもなく急に顔を出して悪いね」

鳥居は、いえと首を振ったが、猿丸はまったくだと、おそらく聞こえるように呟いた。

「こらセリ。雨降りにジメジメした返答すんじゃねえ」

「けどメイさん。事実は事実っしょ」

このメイは鳥居の渾名だ。漫画家の鳥居明から明をもらってメイとなった。

「用件はあって手土産のひとつもないってところは師団長らしいっちゃらしいっすけど、

大人げないっちゃ大人げないっすよね」

「――わかんねえよ、セリ。勿体《もったい》のつけ方が面倒臭《くせ》え」

ふたりの遣《や》り取りは相変わらずだが、見る限り鳥居は少し痩《や》せたか。

J分室は今では、この鳥居に猿丸、大橋の三人の分室員に、所属長の純也を加えた四人が総員だった。

「ところで純也くん。ああ、分室長はどこだね。中かい」

「いえ。外です」

答えたのは主任である鳥居だった。

「遠方かね」

「――まだ、後始末が色々尾を引いてるようで」

鳥居の視線が、ドーナツテーブルの真反対に動いた。

人の座っていないキャスタチェアの前のテーブルに、色とりどりのカーネーションをそろえた花瓶が載っていた。

絶やすことのない花、と純也に聞いた。

献花、だったろう。

そこを定席にしていたシノこと、犬塚健二《いぬづかけんじ》警部補が殉職してから、もう間もなく一年を数える。

この犬塚こそ〈ブラックチェイン〉事件における、一番の犠牲者だった。

犯人一派、黒孩子のリーダーによって殺された。

しかも殺されても、本来警視庁の組織図にもなく論功行賞の対象ではないJ分室員は、殉職扱いにもならなかった。

矢崎も葬儀にはひっそりと参列させて貰《もら》った。

純也は鳥居と猿丸に、

――下を向いちゃいけない。シノさんが行くのは天だ。きちんと上を向いて送ってあげるんだ。

と諭した。

いずれ跡を継ぐと言ってくれた犬塚の息子、啓太《けいた》の言葉に、ふたりとも隠すことなく涙した。

それでも、いや、だからこそよけいに寂寥感も喪失感も、自責の念も募るのだろう。

だから猿丸は、凄みが増したのだ。

だから鳥居は、少し痩せたのだ。

「コーヒーを淹《い》れますね」

恵子が席を立ってコーヒーメーカに向かった。

気が付けば、窓を打つ雨音が大きくなっていた。

どうやら外は、本降りの雨になっているようだった。

四

「セリの奴ぁあんなこと言ってますが、ちょくちょくまた来てくださいよ。ここぁ、シノの奴が逝っちまってから、ちょっと時が滞ってます。外から誰か来て掻き混ぜてくれねぇと、動かねえんで」

そんな鳥居の声に送られて分室を後にする。

――手土産、手土産っすよ。

追い掛けてくる雑音があったような気もするが、心の片隅に寄せてベールを掛ける。

矢崎は、もう一度エレベータホールに戻った。

そこから皇居側ウィングの公安部長室へ向かう。

時刻は、約束の五分前だった。ちょうどの頃合いだろう。

北に開けた皇居側ウィングは、太陽が南に傾き始めると影に入る。

午後の廊下は、公安第一課のパーテーションに閉ざされた法務省側ほどではないが、光は弱かった。

しっかりとしたノックを響かせ、矢崎は公安部長室別室に入った。

「お疲れ様です」

秘書官の金田《かねだ》警部補が読み掛けの本を閉じ、にこやかに立ち上がって腰を折った。

「どうも」

矢崎も気軽に片手を上げた。

この別室の金田とも、もうずいぶんと馴染《なじ》みになった。

近寄って机の上を見れば、金田が開いていたのは昇任試験のテキストのようだった。

「次の試験、受けようと思っていまして」

矢崎の視線を読み、金田が先回りして頭を掻いた。

照れくさそうに言うが、たしか逮捕状の請求は、警部以上にならないと出来ないはずだ。

「なに。悪いことではない。昇らなければ出来ないこともあるだろう。しっかりな」

「有り難うございます。そう言ってくれる人ばかりなら、あまりコソコソもしませんが。良くも悪くも、大きな組織は難しいですね」

金田は苦笑いでそう言った。

矢崎は特に言葉を継がなかった。

どこにもいる輩《やから》との、どこにでもある話だ。

なにをどうしたところで、結局は信念と実績だけが物を言う。

金田は机上のビジネスホンを見た。

「ああと。部長はさっきから、ちょっと長い電話中のようですから。どうぞ、お入り下さい」

「いいのかな」

「問題ありません。話は通ってますから」

矢崎は金田に促され、軽いノックひとつで、公安部長室の扉に手を掛けた。

「失礼します。――おや」

入室してすぐに、そこで矢崎は動きを止めた。

公安部長室には、長島のデスクを挟んで立つ先客がいた。

姿勢のいい中肉中背、油をつけて七三に分けた髪、四角い顔、常に厳しい表情。

見知った顔だ。何度か話したこともある。

男は同じフロアの同じウィングに執務室を持つ、公安部参事官の手代木耕次《てしろぎこうじ》警視正だった。

手代木はこの年でたしか五十六歳になるはずだが、原理原則にして四角四面の男で、どうにも純也とは相性が悪いらしい。純也も苦手にしていると聞いた。

口にしたことはないが、純也と同じように矢崎にとっても、手代木は相当苦手なタイプだった。

手代木は矢崎を前にすると、先達と認めて鯱《しゃっちょこ》張るようだが。

自分と似たような性格の男とは認めざるを得ない。諸手《もろて》をあげて認める。

ただ、似て非なるとは、実は本人からすれば一番縁遠い存在なのだ。特に四角四面同士は、どうしようもないくらい据わりが悪い。

丸い人間は芯が一緒ならどうズレても丸さ自体は重なるが、四角はまったくの同一でなければ角ばかりが際立つだけだ。

「お。これは」

手代木が、ただでさえ伸びた背筋をさらに伸ばした。

椎間板を広げる技術でも持っているのだろうか。

「矢崎内閣官房副長官補兼国家安全保障局次長。ご無沙汰いたしております」

「ほう。本人も覚えていないような肩書きを、よくもソラで言えるものだ」

「それはもう。大事ですから」

そう。

矢崎が大して手代木を知らないのと同様、手代木も矢崎のなにを知るわけではない。

そこが苦手なのだ。

肩書きに下げる頭を矢崎は持たない。

肩書きなど、一生を表すものではない。

表すのもついて回るのも背負うべきも、名前、すなわち自分そのものだ。

もか。
いや、カタールに同道して以来三十年変わらない関係なら、小日向ファミリーそのもの
ならば矢崎にとっては、小日向純也もそうかもしれない。
（一生を表す、か）

（広すぎるか。手に余るな）

矢崎は内心で笑い、振り捨てた。

「参事官。今度はもっと短くなる。防衛大臣政策参与。今日は長島部長に、その就任挨拶に来たわけでね」

手代木は大きく頷いた。

わかってはいたようだ。

ただ、矢崎自身が告げるまでは長い方で呼ぶと、それが原理原則の基本か。

小面憎《こづらにく》いものだ。

「おめでとうございます。やはり実直に、堅実に勤め上げるというのは力ですね。励みになります」

「あまり褒められた気はしないが」

「それにしても大臣の政策参与とはまた、立場があれのお父上にだいぶ近くなられたようで。もう、あれとの付き合いはお考えになった方が」

矢崎は答えず、長島に顔を向けた。

いつの間にか電話は終わっていた。

そして――。

おそらく多少の興味をもって、隼《はやぶさ》の目がこちらを見ていた。

「では、私はこれで」

長島のデスクを離れた手代木は、去り際で矢崎に一礼を残し、公安部長室から退出した。

「部長。今の私の会話。どこか面白かったかな」

矢崎は何気なく長島に聞いた。

「さて。なぜ師団長はそう思われますか」

長島もJ分室員同様、矢崎をニックネームの方で呼ぶ。

「なに。君が少し、楽しそうに見えたのでね。気のせいかな」

長島は特に答えず、矢崎にソファを示し、自身もそちらに移動した。

長島の右側頭部には、差し色のような白髪が相変わらずだった。五十三歳になって、少し広がったかもしれない。切れ長の目と細面《ほそおもて》は相変わらずで、それで猛禽類《もうきんるい》、隼を思わせる雰囲気も健在だ。

矢崎が座り長島が腰を下ろすと、金田が計ったようにコーヒーを運んできた。

「新任挨拶ですか」

「こんな雨の日にわざわざお越しになられなくとも。私などは電話でも葉書でも、メールでも結構ですが」

「そうだ」

「そうはいかない。最低限の礼儀だ」

隼の口元が、綻《ほころ》んだ気がした。

「うちの参事官が、どうやら師団長は不得手のご様子でしたが。どうしてどうして、私には五十歩百歩にしか見えませんか」

「こんなことで匪石《ひせき》を笑わせられれば、本望ではあるが」

匪石は、いつからか公然と呼ばれるようになった、長島の渾名だった。

石に匪《あら》ず、転ず可《べ》からず。

石のように転がりはしない心、不動、鋼という意味だ。

「しかしな。五十歩と百歩では実際、倍も違うのだが」

「師団長、ご存知ですか」

「なにをだね」

「人はそれを原理原則、四角四面というんです」

「──大して面白くはないが」

「面白い話をしたつもりもありません」

互いにコーヒーに手を伸ばす。

カップに触れる直前でまた、紫檀のデスク上の電話が鳴った。

「ちょっと失礼」

長島は小走りに寄って、受話器を取り上げた。

「長島だ」

そうして二、三回の相槌《あいづち》の後、

「任せる。やれることをやれ」

と、宣言のように言い切って電話を切った。

聞いていて矢崎は気持ちがよかった。こういう上司は、間違いなく部下のモチベーションを鼓舞《こぶ》する。

長島は間違いなく、いい上司だ。

「すいません」

長島が席に戻った。

「いや。忙しそうだね」

「そうですね」

長島はコーヒーを飲み、ひと息ついて顎を引いた。

「まだ公にはしていませんが、夕べ自爆テロ紛いの事件がありまして」

「なんだ」

矢崎は眉をひそめた。

「W大理工学部の、里村直樹《さとむらなおき》という教授です。西早稲田《にしわせだ》の研究室で」

「ふむ」

その名前なら、前夜のニュースで火災の映像とともにテロップで見た覚えがあった。

たしか実験中の過失、とアナウンサーは言っていた。

死亡したのは里村教授他、実験助手一名のはずだ。

身元の確認を急ぐ、とも。

「情報は私が曲げました。どうにも、報道にはそぐわない事件です」

「自爆テロ、と言ったね」

「まだ、〈紛い〉です。可能性として、外三の連中から聞いています」

外三、公安外事第三課。国際テロリスト担当。

また長島の電話が鳴った。今度は携帯だった。

「ああ。師団長。小日向からです」

長島は電話に出た。

出てすぐ、

「なに」

顔つきを一変させた。

矢崎は微動だにせず、待った。

長島の相槌が、先の電話よりは三倍も四倍も多かった。

通話は、少々長いものになった。

「そうか。とにかく、登庁したらすぐ来い。一番だ」

電話を切り、長島は一度天井を見上げてから矢崎に向かった。

目つきは、隼のそれだった。

「師団長。もしかしたら、さっきの話は〈紛い〉ではないかもしれません」

「──そんな電話かね」

「はい」

長島は頷いた。

「小日向が次を拾ったようです」

「ほう」

自爆テロ紛いから紛いを取れば、なるほど、公安の出番だ。

しかも拾ったのが純也なら、当然の顔をしてJ分室を動かすだろう。

「で、どんな次だと？」

「詳細は明日と言って切られました。今日はどうしても外せない用があると」

ソファに身を沈め、長島は肘掛けを叩いた。

「まったくいつもいつも、上司を顎で使ってくれる男です」

申し訳ない、と思わず矢崎は頭を下げた。

「いえ。師団長に頭を下げられても」

長島は至極真っ当なことを口にして苦笑した。

もう一度、肘掛けを叩く。

「小日向には、神奈川県警に対していくつかのことを頼まれました」

「県警？」

「ええ。まずは相模原《さがみはら》の機捜から」

矢崎には意味が分からなかった。

西早稲田のW大と、なにがどこでどうつながるのか。

「それは」

「漏洩防止のような、後始末のような。ただ概要としては。——ああ」

言い掛けて、長島はソファから立った。

「師団長。場所を変えましょうか」

「ん？　どこへ」

「一番安全なところへ。こちらから足を運ぶのは、私は初めてですが」

長島は矢崎を促し、公安部長室を出た。

動きはまるで、それまでの矢崎の足跡を辿《たど》るようだった。

「ありゃりゃ。なんですね」

猿丸の驚きは、驚きを超えてかえって落ち着いて聞こえた。

長島が向かったのは同十四階の真反対。

J分室だった。

五

遡ること、およそ一時間前だった。

深く黒い瞳、柔らかく黒い髪。

彫りが深く、眉が濃く。

中東の匂いが隠れもない秀麗なるクウォータは、だからどこにいても目立つ。

このとき、小日向純也の姿は相模原にあるメディクス・ラボの研究所に見られた。

この会社の相模原研究所は、生産第一工場も兼ねる広大な施設だ。元々は豊山製薬の本社兼工場だったところをそのまま研究所兼第一工場として使用している。

中でも今純也がいるのは、いくつも連なった白い建屋の中で、唯一壁面に社名が入った低層棟だった。

仕切りのパーテーションが、まるでドミノのように並べられた商談スペースの一番奥だ。

純也はそこで、氷川義男《ひかわよしお》という特席研究員と会っていた。

メディクス・ラボはKOBIXが研究部門のひとつと、買収によって取り込んだ豊山製薬を合併して立ち上げた会社だ。

氷川はその、豊山製薬側からメディクス・ラボに生き残った取締役だった。特席研究員とは、そんな何人かだけに取って付けられた役職で、いずれ消滅すると決まっていた。

このところ純也は、平均すると一カ月に一度は、このメディクス・ラボ相模原研究所に氷川を訪ねていた。

〈ブラックチェイン〉事件は日本国内で暗躍する黒孩子の犯罪グループを浮き彫りにした。と同時に、その昔、海を渡って日本国内に売られてきた、罪なき生まれたばかりの黒孩子があることも鮮明にした。

日本で成人し、今も住み暮らす本人さえその事実を知らない場合もあった。

そもそも、子供が出来ない旧家なり分限者なりの夫婦に、密かに売られた子供たちだった。当然、正式な日本の戸籍も有している。

その彼らが黒孩子《ヘイハイツ》であることの証拠となる、生まれた頃の本人と本当の両親の検体から抽出したＤＮＡデータを、捜査の過程で純也は入手していた。

ふた桁《けた》の億はする買い物にはなった。

売り手はサーティ・サタンのリー・ジェインだ。

――リー・ジェインはサーティ・サタンの中でも一番、信義で動く男ではない。本当にドライだ。その分、間違いなく能力は高いけどね。

サーティ・サタンの首魁《しゅかい》、ダニエル・ガロアもそんなことを言っていた。

ただし、金額に替えられないものはある。

自分の本当の出自を知らないことで、苦境に立たされた者達がいた。

恐喝、懐柔《かいじゅう》、そして操り人形。

純也の大学時代の仲間、高橋秀成《たかはしひでなり》は自殺にまで追い込まれた。

知らせて、落ち着かせて、それまでとなにも変わらない人生を歩んでいけることを、そんな大半の黒孩子に確約してあげなければならない。

――なにかのときには、僕が出ます。たとえ、国を相手にするとしても。

だからまず、日本に暮らす現在の黒孩子から密かにDNAの検体を入手し、解析に掛ける。

その解析作業を一手に任せているのがメディクス・ラボの、今純也の目の前に座る氷川義男だった。

「これが、前回預かった分の解析データだ」

いつも変わらない仏頂面の氷川が、一枚のプリントアウトとCDを応接テーブルに無造作に投げた。

その後、壁の時計を見上げる。

礼も言わず取り上げもせず、純也は小振りのプラスチックケースをテーブルに置いた。

「今回は二件あります。よろしく」

氷川は溜息をつき、はいはいと呟きながら怠《だる》そうに手前に引き寄せた。

「こんなことをな、一体いつまで続けさせるつもりだ」

「いつまでも」

「ああ?」

純也は大げさに手を広げた。

「冗談です。ただまあ、これ以上増えないとしても、あと二十人分はありますかね」

「二十か。──先は長いな」

「あまり関係ないと思いますが。長かろうと短かろうと、あなたと僕は、これで終わる関係ではありませんから」

氷川が一瞬、燃えるような目を純也に向けてから、プラスチックケースを開けた。

純也は気にもせず、受付嬢が運んでくれたコーヒーに口を付けた。

受付に女性は、交代で五、六人が配されていたが、その全員ともう純也は顔馴染みだ。

それどころか、今喫するコーヒーはサンディアの農園と特約した、純也自慢の例の逸品だった。

月に一度は来るようになって、純也は受付にコーヒー豆を預けた。

――美味しいコーヒーです。僕が来るときには是非これを淹れて下さい。もちろん、僕の来訪に関係なく、皆さんもどうぞ。ああ、でも、僕が来ても氷川さんには出さなくて結構。味なんかわからないでしょうし、味わってられるような話もしませんから。

受付嬢達はささやかな秘密の共有を、役得もあって喜んでくれた。

「ふん。櫛《くし》とフェイスタオルか。毎度毎度、よくもこんないかがわしい物を入手してくるものだ」

「はは。当たり前じゃないですか。だって我々は」

純也は身を乗り出し、目を細めた。

「公安ですから」

そう、純也は氷川と、氷川がＫＯＢＩＸグループの企業に勤めているからということで知り合ったわけではない。

氷川は、純也の彼女であった木内夕佳《きうちゆうか》が殺された〈カフェ・天敬会事件〉の折りに判明した、愛人契約斡旋〈カフェ〉の客のひとりだった。

それも、北の工作員が隠れ蓑《みの》にする〈天敬会〉が、日本国内でＣ４爆薬を精製するための一切合切のお膳立てをした男だ。

すべてを公にすれば、社会的に氷川は跡形もなく消し飛ぶ。

そんな恐怖をちらつかせ、純也は公安のスジとして氷川を使役する。

スジとは、警察の隠語にエスとも言う、いわゆる捜査協力者、情報提供者のことだ。

捜査員の中にはスジを使い捨てのように考える者も多いが、純也は違う。スジの大半は仲間だと思っている。

あくまで大半は、だ。

氷川のような人的繋がりに欠けるスジも、持たないわけではない。

「で、今回はいつまでに」

「今まで通りです。急ぎませんよ。実際の解析をする部下の方々には、なんにしても迷惑な話でしょうし」

「俺はその都度ブツブツ言われるがな」

「あなたはそれが仕事でしょう。いや、協力、いや、忠誠」

「ふん。いい気なものだ」

氷川はまた壁の時計を見た。どうにも時間が気になるようだった。

「そんなに時間、気になりますか」

「ん。あ、いや」

氷川が自分のコーヒーに口を付けた。

「これから、来客があるのだ」

「へえ。珍しいこともある」

使役しているうちにわかってきたこともある。いや、端《はな》から分かり切ったことではあった。

社内において、氷川はどうしようもない嫌われ者だった。

実績も権限もない豊山製薬の生き残りには、すり寄る業者さえもいない。

そんな氷川を訪ねてメディクス・ラボを、しかも本社ではなく相模原まで訪れるのは、純也くらいのものだと受付の女性が話してくれた。

「ふん。これでも大学の頃は、学生運動の闘士だった」

「ああ。そうやって、昔は国を相手に戦ってたんだとかって人、ずいぶんいるみたいですね」

「嘘ではないぞ。なんたってK里大では……い、いや。まあ、いい」

氷川は咳《せき》払いで言葉を濁した。

「そうですか。でも、わざわざ言うからには、そんな頃のお仲間ですか」

「仲間、か。まあ、そうだな。ふふ、仲間でもあったかな」

顎《あご》を撫で、氷川はまんざらでもないようだった。

「あ。変な笑いだ」

「なに？」

「イヤらしいこと、考えてましたね。来客は女性ですか？」

「う、うるさい」

図星のようだった。

「懲りない人だ」

純也は立ち上がった。

「いずれ、火傷《やけど》ではすまなくなりますよ」

言い置き、ひとりで応接室を出る。

外の商談スペースに人は少なかった。

いつもなら見渡す限りのパーテーション、その曇りガラスに、人の動きが慌ただしい。

雨のせいだろうか。

いったん受付に寄れば、並んだ制服の三人が一斉に立ち上がった。

「もう、お帰りですか」

口を開いたのはリーダーと思《おぼ》しき女性だが、咲く花の笑顔は三人とも一緒だった。

「ええ。でも、そうだな。多分、再来週にはまた寄らせてもらうことになると思います。

ああ、そうだ」

純也は指を鳴らした。

「僕の家の近くにね、来週、ピエール・エルメで修業したっていう若いショコラティエが店を開くんだ」

ピエール・エルメはフランスのパティシエ・ショコラティエだ。パティスリ界のピカソと称される。

「差し入れしましょうか。食べきれないくらい」

わあ、と胸の前で手を組み合わせたのは、一番若い受付嬢だった。二十一歳だと聞いた。警視庁本部庁舎の受付に配属になった、白根由岐と同じ歳だ。

「じゃあ」

純也は片手を上げ、受付を離れた。

外に向かおうとしたところで、純也はふと眉をひそめた。

雨の中、ひとりの若い男が純也のいる低層棟に向けて歩いてくるのが見えた。

それが、どうにも不思議だった。

白いTシャツにジーンズ、大きめのライダーズバッグ。

それだけなら気にもならない。

小止み加減ではあったが、男は雨に濡《ぬ》れるのも気にせず、まるで遊ぶような足取りで歩いてくるのだ。

純也は自動ドアの内側で待った。

男はそのままの足取りで入ってきた。

鼻歌を歌っていた。聞き覚えのないメロディだった。

純也を見て、けれど特になんのアクションもなかった。逆に、まったくの無関心にも近い。

それはそれで訝《いぶか》しいことではあった。初めて純也を目にした人間の反応はだいたい似通ったものになる。

興味か好奇だ。

どうにも不思議で、どうにも気になる男だった。

男は純也の注視をよそに、真っ直ぐ受付に向かった。

やけに肌が浅黒い男だった。

日本人、日系人。その別も微妙なところだ。

男は受付の前に立った。

広いロビーだ。帰り際の純也から受付は、十五メートルは離れていた。

「いらっしゃいませ」

リーダーが立って頭を下げた。残るふたりも着席のままにこやかに頭だけ下げる。

「ああ。私は、氷川さんとアポイントメントで来ましたけど」

珍しく商談客が少ない、静かなロビーだから聞こえた。響いた。

男の言葉は、イントネーションが微妙におかしかった。方言というわけではない。

外国人の話す流暢《りゅうちょう》な日本語の範疇《はんちゅう》だ。

ますます気になった。

純也の目に強い光が灯った。

公安マンの顔であり、身支度だった。

すると男の雰囲気に、なにか淡い靄《もや》のようなものが滲《にじ》んで見えた。

ちょうど、奥の応接室側から氷川がロビーに現れた。

「あ、氷川特席。お客様です」

受付のリーダーが名を呼んだ。

おそらく、それがいけなかった。

氷川は、男の全身を無遠慮に眺めた。

「なんだ。お前は」

「あんたが、氷川さん？　K里大学の」

「そうだが」

男は、ライダーズバッグを開いた。中身をつかんで外に出す。

「これ、知ってる？」

ガムテープかなにかで束ねられた、短い銀色の金属の筒。
そこに巻き付く、南国の島の蛇のような色鮮やかなビニルコード。
「こ、これはっ！　おい！」
氷川の目が驚愕に見開かれた。
「知ってるよね。――それでいい」
途端、男の気配が一気に凝《こご》った。
純也をして、背筋をゾクリとさせる雰囲気だった。
よくわかる、馴染みのものだった。
懐かしくさえあった。
冷たく尖《とが》った覚悟、諦観、達観。
戦場には、いくつもちりばめられていた。
地雷のような、地雷より始末に負えない、最後の武器、命、すなわち自爆。
ならば、手にしているのはパイプ爆弾か。
「いけないっ！」
思わず声が出た。
娘たちがそろって純也の方を向いた。
罪のない、無垢な笑顔が痛々しかった。

男は諸手を広げて氷川に飛びつき、叫んだ。

それが、娘たちの未来が閉じた瞬間だった。

――Ｍｅｓｓｉ・Ｈａｌａ・Ｈａｌａ・Ｒｅｌｏｊ。

途端、ロビーにまず光が弾《はじ》けた。音が飛んだ。

かろうじて五感で捉えられたのは、そこまでだった。

両手で顔面をガードし、反射的に純也は後方に飛んだ。

それでも寄せ来る熱波と爆風は避け得ず、押されて純也は背中から自動ドアに叩き付けられた。

「ぐあっ」

ガラスが砕け散り、純也は雨の中に放り出された。

轟音《ごうおん》が外に逃げ、木霊《こだま》を連れて空に昇った。

咄嗟《とっさ》に転がり、すぐに起きあがった。

靴の下には、無数のガラス片が散らばっていた。音が軋《きし》んだ。

スーツの上着には、かすかな焦げ跡がついていた。スラックスはいたる所が破れ、あるいは擦り切れていた。

その全部を、純也は構わなかった。

雨の中に立ち、爆裂よりなお燃え滾《たぎ》るような目で、純也はロビーを睨んだ。

炎はなかったが、低層棟の一階は、広く黒い煙にまみれていた。
あちこちに、剝《む》き出しになった配線に火花が散った。
エントランスからロビーまでが、無惨だった。
特に、爆心である受付カウンタ周辺は天井だけでなく床までが抉《えぐ》れていた。
氷川も男も構わない。
だが——。
手や足や、焦げた制服とともに、人であったものが散らばっていた。
ついさっきまで、花の笑顔を見せてくれていた三人が、爆死した。
「くそっ。やられた。やってくれたっ」
純也は唇を嚙《か》んだ。白むほど拳《こぶし》も握った。
感情が珍しく高ぶっていた。血潮が逆巻く感じだった。
雨に濡れ、額に張り付く髪を掻き上げた。
天を睨んだ。
許さない。
と——。
純也は研究所の外に目をやった。
気配があった。自爆した男に近い、不可思議な気配だった。

殺気でもなく、漂い流れる生気でもなく、なんだろう。無色透明な気配。見守る、いや、見送る者の気配か。

巡礼にも通じるかもしれない。

「自由に死なせはしない。勝手に見送らせはしない」

純也は雨に吠えた。

「僕が伸ばす手の先で人が死ぬ。これは駄目だ。まったく駄目だ」

遠くにサイレンの音が聞こえた。

雨がまた、だいぶ強くなり始めていた。

第二章　自爆

ロー・モノローグ2

フニン県ワンカヨ郡の郡都ワンカヨは、標高三三五〇メートルにある、山の中の町だった。

南米にはアンデス山脈に抱かれ、アンデス山脈に恩恵《おんけい》を受ける町が多い。

私が暮らしたエクアドルのトゥルカンも、標高は二九五〇メートルに位置する町だった。

空気の薄さも底冷えがする夜の寒さも、だから気にならなかった。

ただ、トゥルカンよりずいぶん霧が多い町だという印象はあった。その寒暖の差が、約四百メートルの差なのだろうか。

ワンカヨは、ちょうどアンデス地域とアマゾン地域の中間に位置し、約五十三キロにも及ぶマンタロ川が削り出した渓谷が有名だった。

遠くに望むワイタパジャーナ山脈も、夕日が刺さるように沈む稜線の眺めはまた格別だった。

ワイタパジャーナとは、〈花を摘む場所〉という意味らしい。

麻友子との暮らしは、実際にはワンカヨから六キロ南に下った、ワリビルカ村で始まった。

麻友子には、時折やってくる、リカルド・ロブレスという恋人がいた。麻友子がペルーに来てから知り合ったのだという。

「好きか嫌いかは、愛情の濃淡。そんなものは別にどうでもいいわ。私は、色々なものを日本に置いてきたから。リカルドは、置き忘れてきたものの代わり。だいぶ淡いもの。でも、リカルドのお陰で私は生活には困らない。それどころか、近隣で私ほど裕福な日本人はいない。それは間違いなく、リカルドに対する愛情を濃く掻き混ぜる要因だけれど」

そんなわかるようなわからないようなことを、麻友子は私によく呟いた。

それは私が、彼女の子供だったから、らしい。

麻友子はワンカヨの赤く焼いた煉瓦《れんが》の家に住み、そこから各村々を回った。私は常について歩いた。

教師というのは本当だが、実際には巡回教師のようだった。

ワンカヨで一番古い村、チョンゴス・バホや、プカラと言った村から、ときには他県のワンカベリカやアヤクーチョまでを回り、主に日系移民の貧しい子供たちに勉強を教えていた。

ペルーは南米で日本と最初に国交を樹立した国であり、リマには成功した日系人によるペルー中央日本人会があり、そんな関係で麻友子もペルーに渡ってきたのだという。

麻友子は、純粋な日本人だった。

「あなたもよ、ロー。あなたもそう。あなたも日本人。私の、愛しい子」

麻友子との生活は、私にとって実に素晴らしいものだった。

まず日本語は、完璧に麻友子が教えてくれた。

麻友子は優秀な教師だった。私も優秀な生徒だった。

親子、と考えることは、麻友子はあったかもしれないが、私にはなかった。

私は、麻友子が教えてくれるありとあらゆることに興味が尽きなかった。

麻友子は本当に、様々なことを教えてくれた。

「私は、文学部出身なんだけれど」

そう言って笑うが、スペイン語から日本語、数学から物理、自然科学から宗教学、そして、統計学から経済学。特に経済学は、マルクス・レーニン論まで。

麻友子は幅広い知識を私だけでなく、巡回する小さな学校でみんなに教えた。

みんな麻友子が好きで、麻友子が来る日を心待ちにしてくれていた。

裕福で美しく博学な、しかも純日本人の麻友子は、日系ペルー人の子供なら、誰しもの憧れだった。

私にもそれは、とても誇らしいことだった。

麻友子は自分の生徒のために、スペイン語で書かれた手製の教科書を用意していた。

生徒全員には、それはバイブルも同様だった。

特に教科書の部分には、日本語を面白可笑しく学ぶための教材として、合間合間に少しずつ挿話が書き込まれていた。

〈東京に神田駿河台《かんだするがだい》という、パリのセーヌ川左岸のカルチェ・ラタンにも負けない街がありました。神田駿河台に、パリ五月革命にも負けないストライキがありました。少女は、若い学生たちが夢を熱く語って行き交う本屋街の、とあるマロニエのカフェで紅茶を飲んでおりました。やがて少女は、表通り一杯にバリケードが築かれたと知った瞬間、美しく微笑んで声を上げました。

さあ、私とともに参りましょう。

少女は、民衆の先頭に立ちました〉

そのストライキは、おそらく麻友子の実体験にして、特に日系ペルー人には、見知らぬ母国への見果てぬ夢を、強烈に掻き立てる寓話にも近かった。

世界中どこに行っても、貧しさと極左思想は結ばれていた。

理由は単純明快だ。

いつかお腹一杯に、いつか大きな家に、いい洋服を。

そんな貧しい者のささやかな夢が、革命の先にしかなかっただけの話だ。

憧れの都会に生きて、カフェでお茶を飲んで。

美しく裕福な麻友子は、教師にして、神にも近かった。

みな夢中になって教科書を読み耽《ふけ》った。すぐにボロボロになった。

麻友子は嬉しそうに、ときに教科書を更新して、新しい物をくれた。

すると、寓話の中に、今度は生徒たちの名や村の名前も出てきたりした。

〈少女はプカラ村の、マシュー・タナカとロベルト・アサイを呼びました。ふたりとも、とても力の強い男の子です。マシューとロベルトは、すぐに来てくれました。

少女は次に、リマからエリコ・スズキを呼びました。愛らしい、小さな女の子です。エリコもすぐに来てくれました。

少女は三人に言いました。

一緒に旅に出ませんか。栄光の架け橋へ。架け橋の向こうへ。

夢と希望に満ちあふれた、新しい国へ〉

教科書の中に自分の名前を見つけた生徒はみんな、その都度狂喜した。

まるで自分が、物語の登場人物になった気がしたからだ。

肌身離さず持って、生徒たちは今度は、麻友子がしたみたいに自分のことを自分の手で勝手にどんどん書き込んだ。

もちろん、私もそのひとりだ。

マシューもロベルトもエリコも私も、誰もが物語の中では、自分が主人公だった。

そうしてバイブルの内容は、私たち自身の話となり、砂に染み込む水のように、私たちの身体の隅々にまで行き渡った。

一

大橋恵子はこの日、定時過ぎに本部庁舎を出て、日本橋に向かった。

ディナーから朝までを、恵子は純也に予約されていた。

拘束ではあるが、束縛ではない。

心躍る、夢のような逢瀬ではある。

日本橋にして驚くほど静かな料理茶屋の個室で、恵子はひとりで待った。

約束の時間の十分前に入り、すでにそんな時間は通り過ぎていたが、気にはならなかった。

十五分が過ぎたら店の人にスタートを告げる。

三十分を過ぎても純也が現れなかったら、ひとりで食事を始める。

そして、一時間過ぎて現れなかったら帰る。

それだけのことで、そう決められてもいた。

特にこの日は、突然分室に現れた長島の口から恵子も、相模原での自爆テロのことを聞いていた。

だから、その事件に純也が巻き込まれたことも承知していた。

長島の言に拠《よ》れば、説明に来いと命じたところ、今日はどうしても外せない用事があると純也は言ったらしい。

それが、恵子との約束であるかどうかは不確かだが、本人から連絡がない以上、恵子はただひたすらに待つ。

それが信頼であり、今となっては、平静を保って生きてゆくための道だった。

〈ブラックチェイン〉事件の折り、恵子はこの世の闇に触れてしまった。そのままだったら、中国のどこともしれない田舎に売られるところだった。

所詮《しょせん》陽の下に生きる者の現実など、闇に触れると粉々に砕けることを知った。

銀座も渋谷も、家族も友達も、一度はすべてを本気で諦めた。

最後は犯人に押さえつけられ、銃口まで突き付けられた。

待ったなしの瀬戸際から、救ってくれたのは小日向純也だった。まさに救いの天使だった。

けれど、

——大橋さん、どうする。地獄でも生きたいかい。

生きたいと叫んだ恵子に天使は、堕天使の牙を剝いた。

純也は恵子ごと犯人を撃ち抜いた。左の乳房の上を。

生きて地獄は、本当のことだった。

銃創を乳房の上に刻みつけた女など、日本に何人いるだろう。

銃創は、刻印だった。

現実世界に舞い降りた、小日向純也という堕天使による聖なる傷。

「やあ。お待たせ」

その純也が料理茶屋に現れたのは、二十分が過ぎた頃だった。

いつもより、陰が濃い気がした。

血の匂い、硝煙の匂い、火薬の匂い。

現実の堕天使は、いつも戦場の匂いを連れていた。

すでにスタートしていた料理がすぐに運ばれた。

主に、恵子が話すディナーが始まった。

純也はいつも、ただ聞いてくれた。

こうして、ときに恵子を拘束するのは純也の方からだが、恵子のためにセッティングしてくれているのはわかっていた。

呑んで食べて話して、抱かれる。

そうして、今を保って生きる。

やがて、壊れ果てて死ぬ。

その境目は実に曖昧で、けれど間違いないと、恵子には自覚だけはあった。

日々の生活は無明《むみょう》地獄の中にあり、純也という明かりが見えなければ、恵子は今この瞬間でも、笑って死ねた。


「ホテルのディナーと部屋を予約してあるんだけど」

中野の東京警察病院を退院した日、恵子のマンションに現れた純也が、まず掛けてきた言葉がそれだった。

病室では眠れなかった。

幻覚まで見えた。

そんな報告は担当医から受けていたのだろう。

身体の傷は癒えていたけれど、心はまだだった。

自分の部屋に戻っても、落ち着かなかった。

膝を抱えて、ただ震えて泣いていた。

純也の言葉に、一瞬だけ歓喜が湧いた。一瞬だが、それだけでも頷く力になった。

つくづくと、女だった。

「じゃあ、行こうか」

チェシャ猫の笑みが、恵子を蠱惑した。

車中で、帝都ホテルだと聞いた。

帝都ホテルは内堀沿いにある、大正時代創業のホテルだ。職場である警視庁から近すぎるほど近いが、セキュリティの質も格調も極めて高い、超一流のホテルだった。

普通に生きて、滅多に泊まれるホテルではない。

それだけに、泊まる方にも格式が求められるような気が、恵子には大いにした。

緊張のうちに純也のBMW　M6が帝都ホテルの正面玄関前に滑り込んだ。

ドアボーイが寄ってきて、静かにドアを開けてくれた。

帝都ホテルのロビーには、海外からの渡航者も含め、くつろぎのゆったりした時間が流れていた。

フロントに近づくと、一番年嵩《としかさ》のフロントマンが柔らかな微笑の口元を引き締め一礼した。

やはり一流ホテルには、一流のフロントマンがいるものだ。

「小日向様、ようこそおいで下さいました」

老ホテルマンは、所作だけで恵子にそう納得させた。

「やあ。大澤《おおさわ》さん。ご無沙汰でした」

言いながら、純也は差し出されたチェックイン・シートに記入し始めた。

その間に、大澤と呼ばれた老ホテルマンの目が恵子に動いた。

その一瞬の目が、怖かった。恵子の背に電気が走った気がした。

他の何人かも、おそらくあれは、興味の視線だったろうか。

そう思えば、ドアボーイにも同じ肌触りがあった。

「大澤さん」

恵子の恐怖、大澤のなにかを純也は感じ取ったようだった。

記入を終えて、顔を上げた。照れたように、笑っていた。

「哀しい人なんだ」

純也のひと言で、フロントの空気は一変した。

大澤はすぐにうなずいた。

チェックイン・シートを一瞥し、顔を恵子に向ける。

今度は怖くなかった。

それどころか、包まれるほどに優しく思えた。

「大橋様」

とても穏やかに名前を呼ばれた。

「え、あ、はい」

大澤は、極上の笑顔を見せてくれた。

「今宵、大橋様に、安らかなひとときが訪れますように」

フロント全員が頭を下げた。

なぜか恵子にはそれが、泣きたいほどに嬉しかった。


それからもう、何度となく帝都ホテルを訪れ、何度となく純也に抱かれた。

恵子にとっては、間違いなく愛だった。

恵子にとっては——。

何度目かのときに、聞いた。

木内夕佳との逢瀬に、このホテルのこの部屋を使っていたと知ったときだ。

かすかな嫉妬が湧いた。

いえ、かすかだと思っていたのは、もしかしたら感情の表層だ。

聞かずにはいられなかった。
「どうして、同じホテルなの」
セキュリティがね、とだけ純也は言った。
あっさりしすぎていて、かえって納得できた。
純也にとっては、それでいいのだろう。愛ではないのだ。
では、情か。
情、のようなもの。
注がれるなにかを、受け止める一方の愛。
それでも恵子はよかった。
そうして、今を保って生きる。
やがて、壊れ果てて死ぬ。
その境目の、これは儀式だ。
自らがつけたスティグマに唇で触れる堕天使。
恵子の全身は歓喜に戦慄《わなな》き、全心は恐怖に慄《おのの》く。
天使に頭を撫でられ、悪魔に心臓を鷲《わし》づかみにされる。
翻弄《ほんろう》。
いや、天使と悪魔ではない。

返す返すも、堕天使。
すべてをくれる。
けれど、すべてを壊す。
私は、魂で満ち足りている。
満ち足りるためにすべてを受け入れる。
すべてを受け入れるには、空《くう》でなければならない。
マリオネット。
いや――。
私は、壊れているのだ。
壊れているから、隙間がある。
隙間があるから、満ち足りることができる。
それで今はこれ以上、壊れないことが確認できる。
だから、眠れるのだ。
貪《むさぼ》るような眠りを。

二

翌朝の、五時過ぎだった。
この日は前日とは打って変わって、空は早朝から間違いのない五月晴れだった。
先に目覚めた純也は、恵子を起こさないよう、そっとベッドを抜け出した。
衣服を身に着け、そのままひとりで部屋を出る。
これは恵子もわかっている、いつものことだった。
恵子はどうにも夜を怖がっているようだと、入院中に主治医から聞いた。
理由は分かっていた。
猿丸の悪夢に近いものだろう。
死も覚悟すべき極限を目《ま》の当たりにしてしまった者だけが知るストレス障害。
俗にＰＴＳＤと言う名で知られる、やっかいな症状だ。
純也にもある。というか、おそらく自身が一番重症だと弁《わきま》えている。
だから純也は、他人にとっての止まり木にも拠り所にもなり得る。
誰よりも知っているのだから。
それにしても、爽やかな朝陽は再生のエネルギーだ。

人は朝陽を浴びて昨日を、あるいは昨日までをリセットする。

恵子も同じだ。

眠りから目覚め、朝陽を浴び、それで恵子はいつもの恵子として再生する。

純也は暗く寂しい、恵子の心の闇を支えるだけでいい。

そうしてお互いに、なに食わぬ顔で分室に出る。

いつも恵子が整えてくれる色とりどりの花があって、いつもの恵子がいて、いつもの小言を言われ、ときに花々をさえ超える大輪の笑顔を見せてくれる。

それでいい。

それだけでいい。

変わらない日常だけが、人を変わらない明日へ運ぶ。

部屋から降りるロビーはまだ、閑散としていた。

「おはようございます」

夜勤のフロントマンが頭を下げた。

「おはよう。いつも通りで頼むよ」

「かしこまりました」

二枚のカードキーのうち、純也のキーだけでチェックアウトを済ませる。

いつも通りとはそう言うことで、後で恵子がキーだけを返す。

外には、地下駐車場から回されてきたM６がすでに待機していた。

早朝にもかかわらず、ここまでチェックアウトにまるでストレスを感じないのは、帝都ホテルならではだ。

ポーターと配車係に手で挨拶し、純也は愛車に乗り込んだ。

重いエグゾーストノートを響かせ、M６を発進させる。

純也、恵子ともに、そのまま出勤することはしない。やはり着替えくらいは必要だ。かすかな残り香すら、J分室には持ち込まない。

それが、同じ職場で働く鳥居や猿丸に対する、最低限のマナーだ。

純也と恵子のことはわかっているだろうが、大っぴらにすることではない。ふたりもわざわざ聞きはしない。

暗黙なのだ。

鳥居も猿丸も、恵子の日常をそうして守ってくれている。

純也がまず向かうのは国立の、芦名の祖父ファジル・カマルが建てた瀟洒《しょうしゃ》な住宅だ。

そこが今現在、祖母芦名春子と純也がふたりで住む自宅だった。

早朝の都内は、驚くほど車の流れがスムーズだ。

純也が住まいのガレージにM６を入庫したのは、六時前だった。

門扉を軋ませ石畳を渡れば、ちょうど樹木の上から、庭に弾ける朝陽が眩《まぶ》しい時間帯だった。

「ううん。遅いような早いような。ねえ純ちゃん。こういう時の挨拶って、やっぱりおはようかしら」

祖母である芦名春子が、煌《きら》めく庭に立っていた。

春子は激動の戦後を、トルコから単身で日本にやってきた青年ファジル・カマルと生き、ふたりで作った日盛《にっせい》貿易㈱を、一代で東証一部上場企業にまでのし上げた傑物だ。銀髪も艶やかにして背筋も伸び、全体に矍鑠《かくしゃく》とした姿は、とても今年で米寿には見えない。

というか、見せないと言う方が正しいか。

特に、今着て庭に立つ、真っ赤に太く白いストライプの入ったトレーニングウェアなど、他の米寿の人は絶対に着ない。

「そうだね。見た目の様子そのままで、お帰り、でいいんじゃない」

「ああ」

合点がいったようで、春子は手を打った。

春子は最近、早朝に庭に出て身体を動かすのを日課にしている。見様見真似だが、太極拳にはまっているようだ。

春子はテラスに歩き、デッキチェアに掛けたタオルで首筋をぬぐった。

「純ちゃん。朝ご飯。食べる?」

「ああ、もらう。シャワーを浴びて着替えたら」

「じゃ、支度が遅くなるから、シャワーは私が先でいいわね」

「ＯＫ。部屋でメールチェックしてから降りる」

さすがに庭の手入れは庭師に、食材の買い出しや家全体のことは通いのメイドに任せるが、春子は身近な掃除や洗濯、料理などは自分でこなす。在宅時には純也の分もだ。有り難いと思うが、それ以上に生き甲斐だと思ってくれているようだ。それで、なにかこちらが施しているような気さえするのは不思議だったが、孫の特権として大いに甘えている。

順番にシャワーやら着替えやらを済ませ、純也がテラスに出たのは、もうすぐ七時になろうとする頃合いだった。

「今日は気持ちがいいから、テラスでね」

二階の自室で着替えを済ませた純也の耳に、春子のそんな声が聞こえた。

ＯＫ、と言おうとして純也は眉をひそめた。

春子の〈気持ちがいいから外〉は、前に理由を聞いた気がした。

たしか、柔らかく吹く風が好きだと言っていた。

「まったく、毎度毎度だけど」

急ぎ、純也はテラスに向かった。

庭に散らばるブラックドット、つまり舞い散る焼き海苔《のり》を掻き集める自分のイメージが浮かんでは消えた。

テラスでは春子がワゴンに載せて運んだ料理を、鼻歌交じりでテーブルに整えた。

「婆《ばあ》ちゃん、もしかしてさ。また——」

純也はそこまでで、その先を言うことをやめた。

「え。なに」

春子が怪訝《けげん》そうな顔をした。

テーブルにはすでに、白米、豆腐とワカメの味噌汁、ボイルソーセージ、目玉焼き、胡《きゅ》瓜《うり》の浅漬け、刻み葱《ねぎ》を載せた納豆とそして、いつもの焼き海苔が載っていた。

ただし——。

なんと、焼き海苔はパックだった。

しかも——。

韓国海苔だ。

「……それって、進化なのかな」

「なにわからないこと言ってるの。さ、食べますよ」

春子はにこやかに笑って、先に自分の席に着いた。

海苔の件は別にして、笑うと春子にはやはり、銀幕の大スターだった芦名ヒュリア香織を産んだ人だと認めざるを得ない上品さが際立った。

若い頃は、というと唇を尖らせるが、相当な美人だったようだ。

それこそ香織に瓜ふたつ、とは本人の弁だが、逆にだからあんまり見たくないと、純也も若い頃の写真は見せてもらったことはない。

純也は、そんな芦名の血を色濃く受け継いでいた。

たとえば父和臣と並べば、唯一似ていると言われる目の感じによって、おそらく親子だと誰もが口にするだろう。

目は口ほどに物を言う場所だから。

そこが似ているから。

ただ、純也を挟んで和臣の反対側に春子が立てば、純也は間違いなくそちら側の系譜に連なっていると、これも万人が認めるところだったろう。

春子にトルコの血を加えると香織になり、香織と純也は全体としてよく似ているようだ。

その証拠が、似ていることによって香織を思い出すとして、父和臣から嫌われ遠ざけられることだとは、悲しい皮肉以外のなにものでもない。

春子とふたりの朝食は、海苔が飛び散らなかったことによって終始、和やかに穏やかに進んだ。

「あ、そう言えば。ねえ、純ちゃん」

食後の紅茶を口にしながら、春子が純也に声を掛けた。

いったんリビングに入り、また出てくる。

手になにかの封書を持っていた。招待状のようだ。

「これ。たまには一緒にお願いね」

「ん？　なに」

純也はまだ食事の最中だった。三杯目だ。

春子が手にする物を見れば、〈世界海の日パラレルイベント２０１５〉とあった。主催はＩＭＯ及び国土交通省で、七月十九日にお台場で開催される、レセプションパーティへの招待状のようだ。

ＩＭＯは国際海事機関の略で、国際連合の専門機関のひとつだ。

それはわかる、が――。

「ＩＭＯと国交省が、どうしてまた？」

「そっち側じゃなくてね、トルコ大使館から」

「トルコ？」

「そう。うちの会社、やっぱりトルコとの縁は深いしね」

創始者、春子の夫ファジル・カマルはそもそも、トルコ第二位のコウチ財閥に連なる男だ。

「来年の開催が、トルコなんですって」

春子が言うには、一九七八年に制定された〈世界海の日〉には毎年、IMOの活動を反映したテーマでの様々な催し物やシンポジウムが、各国持ち回りで開催されるらしい。

この年、二〇一五年は日本で、翌年の開催国はトルコになることが早々と決まっているという。

「来年はうちの国でぇす。よろしくぅって言うあれね。伝達式って言うの？　日本の組合とか協会とかの特有かと思ってたら、世界的なのね。それで、日本で成功したトルコ系企業として、ぜひ出席して来年のPRにひと役買って欲しいんだって」

「へえ」

「へえじゃないわよ。一緒にお願いって言ったでしょ。先々はあなたが継ぐんだから」

「いやあ」

「いやあじゃなくて。このままじゃどっちも先がないでしょ」

「ん？　どっちもって、なにが？」

命の蠟燭《ろうそく》、と言って春子は紅茶を飲んだ。

「私のは短いし、あなたは危ない仕事の中に出しっ放しだし」

「いや。そんなことないと思うけど。――どっちも」

純也は空《そら》っ惚《とぼ》けて胡瓜の浅漬けを嚙んだ。

春子が深く、息をついた。

深呼吸のようにも純也には見えた。

それだけ長く息をつけるのは肺が丈夫だからで、命の蠟燭なんてまだまだ太く長い気もするが、それ以上に話が太く長くなりそうなので黙った。

「今朝、純ちゃんが着て帰ってきたスーツ。あれ、いつものテーラーさんのオーダーメイドじゃなかったわよね。メーカーの既製品？　昨日の朝、出掛けるときに着てったのはどうしたの？」

純也は思わず、白米を喉に詰めそうになった。

さすがに春子は目敏《めざと》い。それも命の蠟燭の太さ長さに直結しそうだが、これも黙る。口にはしない。

「うん。ちょっとね。ビリビリというか、焦げ焦げというか。ははっ」

たしかに着て帰った物は、昨日相模原を出てすぐ、近場の紳士服チェーンで買い求めた物だ。

銀座の老舗テーラーに生地は比べるべくもないが、デザインと機能はなかなかだ、と密かに純也は満足はしていたのだが――。

「そうだ」

話題を変えるつもりで、ふと思いついたことを口にする。

ここで、と言うつもりは特になかったが、これから誰かに聞いていこうとは思っていたことだ。

「婆ちゃん。学生運動って、わかるかい？　七〇年くらいでいいけど」

「え？　学生運動？　七〇年？」

春子は一瞬、目を丸くした。意外な言葉だったらしい。

メディクス・ラボに氷川を訪ねてきた若い男。

直接の関わりは判然としないが、その直前、氷川はたしかにこの日のアポイントメントを、

――これでも大学の頃は、学生運動の闘士だった。

――仲間、か。まあ、そうだな。ふふ、仲間でもあったかな。

と言っていた。

学生運動と言っても、氷川の歳からは推測するに、六〇年安保はない。七〇年前後から以降だ。

「私は、あんまりよく知らないわ。その頃って、会社も香織も、一番大変な頃だったんじゃなかったかしら」

春子は遠くに目をやった。

一九七〇年頃、四十五年くらい前は、そんな頃だったか。

春子が四十過ぎ、香織が高校生。

高度経済成長期後半のただ中にして、思春期のただ中。

「ああ」

なにかを思い出したように、春子の目が今に戻った。

「私はよくわからないけど、ちょうど和臣さんがその辺りじゃないかしら」

「え」

考えれば意外ではないが、父のことは思考の外だった。

小日向和臣という男は慮外に。

そういう癖がついている。

「あの人が」

「そうよ」

春子はティーカップに口を付けた。

「たしか和臣さんって、東大紛争で一年浪人した口だったんじゃないかしら」

東大紛争、安田講堂。

言葉としてだけは知っている。

「ふうん」

意外なところに意外な関係だ。

けれど、捨てることはできない。

思考の組み立てに和臣を加えつつ、純也は豆腐とワカメの味噌汁を飲み干した。

三

この日、純也が登庁したのは九時を大きく回ってからだった。

七時近くなってからゆったりとした朝食を摂った。食後の紅茶までゆっくり味わえば、当然出発の時間は八時を過ぎた。

渋滞は変わりなくいつもの感じにして、到底一時間では警視庁の地下駐車場には辿り着けなかった。

もっとも、あくせくと急ぐつもりもなかった。

この日はまず、前日の相模原のことを長島に報告するのが最優先だった。それが済まなければ、さすがにJ分室も動きようがない。

九時台に、と長島には時間を切られていた。

公安部長をして部下に猶予とも取れる一時間を与え給うのは、付き合いの長さというより、言っても聞かず動じることもない部下への諦念、あるいは達観だったかもしれない。

いつも通り受付に寄れば、今日の花はアマリリスだった。

明るい色彩が菅生奈々と、初々しい白根由岐によく似あう。

「いつも通り、遅いですね」

「そうだね。――今日、大橋さんは」

「手を振ってくれましたよ。遠くからですけど」

奈々は、口調が少しずつ恵子に似てきた。

仕事、職場というものは、最初に組んだ先輩の動かし方に似るという。増してや奈々は、恵子に負い目を感じている。

だから似るというより、近づこうと頑張っているのかもしれない。

〈ブラックチェイン〉事件の折り、奈々は中国からやってきた武警少尉の、陳善文《ちんぜんぶん》という男にデートに誘われた。武警とは、公安部人民武装警察部隊のことで、少尉はエリートだった。

陳に少しばかり不安があった奈々は、デートのお目付けを恵子に頼んだ。

結果、恵子は短期間だが行方不明となった。

すべてが解決したのち、恵子は奈々と陳のデートの最中、軽い脳梗塞《のうこうそく》で倒れてそのまま入院していた――ということにして、純也は奈々に話を取り繕《つくろ》った。

このとき実は、恵子は大きな闇を覗いてしまうのだが、脳梗塞というだけでも奈々には相当なショックだったようだ。

──私が、変なことを頼んでしまったから。

リハビリと称した入院後、恵子の職場をそのままJ分室にしたのも、奈々には負い目だったようだ。

奈々は、恵子がこのとき退職したことは知らない。わからないように純也は警務の人事二課に手を回した。実際に話を通したのは長島だ。

その後、嘱託のサイバーとして分室扱いにした。

これも動いて押し込んでくれたのは長島だが、サラリーその他はすべて純也の払いとなる。

それにしても、J分室は警視庁の組織図にも載っていない、はぐれ部署だ。

奈々の頭の中では、自分のせいで恵子が脳梗塞で倒れ、長期入院やリハビリのせいで部署を異動になった。

それも、正規ではないJ分室に。

だから奈々は、恵子そのものになるべく、頑張っている。

恵子も恵子で、自分のことで頑張っている。

ただ、恵子にとって今では、受付は眩しいようだ。登庁時にも退庁時にも受付から遠くを通る。

──私、もうあの席には戻れないから。

そんな囁《ささや》きを、純也は何度も腕の中で聞いた。

「大橋さんは、他人が見るほどまだ万全じゃないから。心身共にね。菅生さんも、長い目で見てくれるといいね」

「はい。もちろんです」

軽く手を上げ、純也は受付に背を向けた。

（それにしても）

改めて思う。

昨日、メディクス・ラボの受付嬢三人の死を目の当たりにした。

今通り掛かった警視庁の受付も、大橋恵子は闇の洗礼を受けるに至った。

みな、変わらないのが当たり前の日常を生きていたはずだ。

あっけなく、それはひっくり返った。

生と死、光と影、幸と不幸、希望と絶望、善と悪。

すべては背中合わせにして、平凡な日常などどこにもない。

（表裏一体。生々流転。神に祈るか、悪魔に媚びるか。コントロールは難しい。さて、僕は）

エレベータホールに向かいながら、純也はかすかに笑った。

（ギルティ、ノット・ギルティ。そもそも僕が歩くのは、その境目だった。なら、すべて

が間《はざま》にして曖昧だ。生も死も、光も影も、善と悪も。とすれば、神も悪魔も同列だ。馬鹿馬鹿しいほど、無意味だね）

十四階でエレベータを降り、まずは公安部長室に向かう。

別室の金田が頭を下げた。

内線での確認を待って部長室に通れば、執務机から顔を上げた長島が、奇妙な表情を見せた。

「なんだ。爆弾で人が死んだ事件の報告にしては、いやに機嫌がよさそうだな」

「おっと。これは失礼しました」

互いに命さえ懸けた事案に遭遇したこともあり、生き延びて付き合いも長くなると、見えてくるものも多くなるか。

腹の探り合いが、いつしか阿吽《あうん》の呼吸とは奇妙だ。

純也は長島のデスクの真正面に立った。

「自らの身の置き所に、少々納得できる場所を見つけまして」

「ほう。それは？」

「中庸、間。プラスもマイナスも、いえ、正も虚も同様、というべきでしょうか」

「なるほど」

「おっ。さすがに公安部長ともなると、これだけでお分かりですか」

「お前と俺の、生き方の差だということはな。前提がすでにずれている。そんなわからんことに、拘泥《こうでい》する気はまったくない」

言いながら、長島は純也になにやらの紙片を押してきた。

〈最近、お前のことになると金田が色気を見せる。オズの氏家《うじいえ》辺りか。概要は分かった。俺も自分である程度は当たった。その先の話でいい。例によって、都度都度詳細は、直に俺に上げろ〉

純也は軽く頷いた。

ちょうどいいと言えばちょうどいい。

そもそも、多くを話すつもりはなかった。

事件そのものは、警視庁公安部長の名をもって神奈川に問い合わせればいくらでも詳細はわかるはずだ。

警視庁と神奈川県警の確執など実しやかに囁かれて久しいが、実働部隊にこそ当て嵌《は》まっても、上層部ではありえない。たいがい警察庁のキャリアだからだ。

長島の前に出るのは儀礼的なものともいえるし、事前における事後承諾もいつものごとく兼ねる、という側面もある。

話の内容そのものは、純也だけが知るアドバンテージをいかにはぐらかし、煙《けむ》に巻くかという一点に尽きた。

長島がまた、なにかを書いた紙片を押してきた。

〈追記だが、お前のことだ。話せと言っても、全体が見えない段階での五割と、見えた後での一割のどちらがお好みですか等々、その程度で終わるだろうが〉

奇妙な阿吽も、ここに至った感じだった。

手を叩きたい気分ではあった。

「で、これは案件なのか」

それだけを長島は言った。

「はて。どういう意味です？」

自爆テロだ。特に公安なら、違うなどというわけもない。可能性としてさらにその前日の、西早稲田の里村直樹の件に関わりがあるとすれば連続自爆テロだ。

「少なくともお前がいたのは、自分でも言っていただろう。相模原市警察部のシマだ」

純也の考えを先回りするように長島が言った。

「向こうの件は、すでに向こうが動いている。自爆テロなのだ。相模原市警察部だけではないぞ。本部の刑事部も、公安もな。県警が総力を挙げて本気だ」

「ああ」

そういうことか。

一応は納得できた。

「それはまあ、そうでしょうね」

「それでも案件か。いいや、案件にするんだな」

長島の目が底光りした。

警視庁公安部部長に相応《ふさわ》しい、強くブレのない光だった。

純也は、真正面から受けて頷いた。

「します。目の前で人が死にました。それに、申し訳ありませんが、向こうだこっちだと言っていると、なにも見えない気がします」

「ほう。それはなんだ。公安マンの勘だとでも言うのか」

「いえ。そうですね。言うならば、嗅覚でしょうか」

純也は少し考えた。

考えて、いつものはにかんだような笑みを見せた。

「死に対する、いえ、生に対する。ははっ。同じものかもしれませんが」

「――そうか」

長島は目を閉じ、椅子に沈んだ。

それで暫時《ざんじ》、なにかを思考しているようだったが、巡らせる思考が絡めて引き上げるのは、責任者の覚悟と相場は決まっている。

いい相場ならば、だが。

悪ければ責任者というものは逃げるか、目と耳に蓋《ふた》をし、口から否だけを吐く。

もっとも、そういう人間を純也は上司と認めない。

「それで」

長島が静かに口を開いた。

「俺は今回、なにをすればいいのだ」

長島は、すこぶるいい上司だった。

「そうですね」

純也は考える振りをした。

長島がそう言う、いや、言ってくれることは想定していた。

考える振りは、覚悟した責任者に対する礼儀だ。

「まずは調整を」

「調整？」

「はい。神奈川と、出来たら第四方面の戸塚《とつか》署」

「戸塚？　西早稲田の件か」

「可能性として」

「ふん。お前の口から出ると、それだけですでに蓋然性があると聞こえるが。――まあ、いい。で、それだけか」

「それだけです。向こうが動いているなら、今のところ部長が動く余地はありません。かえって、動いたら拙《まず》いでしょう」

それはそうだが、と長島は椅子を軋ませた。

「だが、一昨日と昨日。揺さぶろうとしているのはその両方だろう。加えておそらく、お前だけが知っている現場のなにか。あるのだろう」

純也は答えず、ただ肩をすくめた。

「それを、お前の所だけでいいのか」

「さて。どういうことでしょうか」

「戦力がその、だな」

「戦力？　ああ」

どうやら、犬塚の死を慮《おもんぱか》っているようだ。

「有り難うございます。しかしながら、ご心配なく。手はいくらでも。というか、いいところを押さえるべく動いてますから」

言いながら、先ほど長島がメモを書いた紙片を純也は手元に寄せた。

「いいところ？」

「はい。私の仕事関係はどうにも、持ちつ持たれつの危うい関係先が多いようでして」

胸元からペンを取り出し、短い文章を書く。

〈金田警部補の先〉

「ほう」

短文でもわかったようだ。長島は、素直な感嘆を漏らした。

「ああ。そうだ。部長」

ペンを仕舞いながら、思い出したように口を開く。

「部長は学生運動、関わりはありましたか」

「学生運動？　安田講堂とかか」

「はい」

「ないな」

考えもせず、長島は言い切った。

「全共闘に十年、俺は遅れた」

「遅れた？　では、間に合っていたとしたら？」

「わからん」

今度も、答えの早さは同じだった。

「空気感、と学生だった頃、誰かに聞いた覚えがある。反戦、自治要求、反差別。あの中に居なければわからないと。あの時代に生きなければ理解できないとな」

「複雑そうですね」

「なに。おそらく単純なのだ。単純だから、根が深い」

純也は手を打った。

「至言ですね」

長島は、冷めた目を純也に向けた。

「お前に褒められてもな」

「残念。借りを少し負けてもらえるとか思いましたが」

純也は一礼し、背を返した。

「ああ。そういえば、思い出した」

なぜだろう。長島の声に、純也は普段感じない多少の遊びを覚えた。

遊びは、余裕か。

「なんでしょう」

振り返った。

長島の口元には、はっきりとした歪みがあった。

笑っていた。

「山梨の小田垣《おだがき》。面白いな」

「えっ」

一瞬、わからなかった。

「なんだ。つれない男だな。大学時代、お前のファン倶楽部とやらを仕切っていた可愛い後輩だろうに」

「あっ」

〈ブラックチェイン〉事件のときは、舞台の山梨にいたから仕方なくというか、思い出した。

が、日常においては、小田垣観月《みづき》のことは思考の外だった。

純也が東大時代の昔から、なにを考えているか今ひとつつかめず、ときに意表を突いてくることとさえあった。

どちらかと言えば苦手というか、会わなくて済むなら会わない方が、日常に波風が立たない。

小日向和臣という男の次に、小田垣観月は慮外に置く。

そういう癖も、ついている。

「ふっふっ。お前にそう言う顔をさせるくらいの武器にはなるかな」

長島は実に楽しそうだった。初めて見る顔だった。

「そうですね。この表情止まりですが」

少々癪《しゃく》に障るが、自分でも詰まらないと思う返ししか出来なかった。

「十分だ」

長島の声に、純也は勝利の響きを聞いた。

四

どうにも釈然としない負けを抱え、純也はそのまま十四階のフロアをJ分室へ向かった。

分室はドアの正面に受付カウンタがあり、右手に簡易なキャビネットとコーヒーメーカが置かれ、開けた右手側にコートハンガと事務書棚が据え付けられている。

「おはようございます」

ドアを開けば、受付カウンタの向こうで大橋恵子が顔を上げた。

カウンタ上の、今日の花はカサブランカのようだ。色と香りが、分室内に満ちて豊かだった。

恵子はPCモニタの奥で、細い顎を右手の壁に向けて上げた。

時計が掛かっている。

「部長室に寄られてたんですよね。では、今日はいつもより早いくらいですね」

カサブランカの花。

負けない恵子の笑顔。

変わらない日常。

それでいい。

「まあね。キチンとした朝食を摂ってきた割りに、全体は順調だ」

純也は笑顔で頷いた。

と――。

「そんなことはない。定時は定時。遅刻は遅刻」

よく響くバリトンの声がした。

「コーヒーをよろしく」

と恵子に頼み、純也は頭を掻きながら受付カウンタの前から動いた。

ちょうどカサブランカの花に隠れる位置に、暑苦しいことこの上ない元自衛官が座っていた。

もっとも、最初から固く揺るぎのない、馴染みの気配があることはわかっていた。

「師団長に、僕の登庁時間まで管理されたくはありませんが」

「まで、と言われるほど、君の生活に干渉した覚えはまったくないが」

当然気配は、矢崎啓介のものだった。

ドーナツテーブルの右側、コーヒーメーカに近い辺りで、矢崎はキャスタチェアの背もたれに寄り掛かって首を回した。

その辺りは普段なら、猿丸が定位置にしている場所だった。

なら猿丸本人はと言えば、

「あっと。おはようございます」

陽の当たる窓際三脚の一番奥、そこが定位置の鳥居の手前で頭を下げた。どちらかと言えば縮こまっている。

猿丸はどうにもこの、厳格を絵に描いた愚直な矢崎が苦手のようだった。

「ああ。ふたりとも、おはよう」

純也がまとめて言えば、鳥居が一番奥から胡麻塩の頭だけを下げた。

「ていうか、師団長。なんでここにいるんです？　昨日も来てたんですよね？」

コーヒーメーカと矢崎の背もたれの間を抜け、純也も窓際に回った。

「ん？　ああ。来てたね」

「防衛大臣の政策参与でしたっけ？　それって、初っ端から暇なんですね」

窓際の一番手前が純也の定位置といえば定位置だが、今日は三脚並んだ窓際の奥から二脚が埋まっている。

自動的に、座る位置はいつもの場所しかなかった。

分室員でもない矢崎を前に三人並んで座るのも間抜けな気もするが、仕方ない。

分室は資料庫のどん詰まりを強引に切り取っただけで、最初から手狭だ。

「ああ。初っ端から暇だな。というか、うん。なんと話すかは難しいところだ」

矢崎はかすかに笑った。

苦笑いの類だろうか。

恵子がコーヒーメーカのスイッチを入れた。

コーヒーカップの準備をする恵子のために、矢崎は自分が座る椅子を引いた。

それくらい本当に、J分室は手狭だ。

矢崎はテーブルに肘を置いた。

「自爆テロ紛いの話を聞いては、NSC局勤めだった身としては、どうにも気になってね。防衛省で政策参与と言っても、総理から命じられているのは鎌形大臣の鈴だが、腹を決めるのに十日掛かったツケかな。当の大臣は昨日の午後から、海外派遣施設隊の視察に出掛けた。私はといえば、まだ省内のフロアに席も決まっていなくてね」

「なるほど」

次第に、芳醇な香りが分室内に漂い始める。

その間違いのないアロマを楽しみながら、純也は自分の定席に座った。

すぐ近くに、逸《そ》らすことなく真っ直ぐに見る矢崎の目があった。

付き合いという意味では祖母よりは薄いが父よりは長い。

カタール以来にして、今も続く。

そんな関係ではあるが、猿丸同様、純也もどちらかと言えば矢崎は苦手だった。

といって、猿丸と同じ理由からではない。

矢崎はいつのときも純也を、面映《おもはゆ》いほどに穏やかな目で見る。後見として肉親の情に近いもの、あるいは心情としてそのものかもしれないが、純也はどうにも慣れない。

そもそも肉親、家族というものに慣れないのだということを矢崎に会うと痛感する。

だから、苦手だった。

「じゃ、始めようか」

純也はテーブルに身を乗り出した。

隣で猿丸も同じように肘をついて顔を傾ける。

「はい」

猿丸の向こうに隠れた鳥居から、声だけが聞こえた。

「なんかいつもと違って話しづらいけど」

これ見よがしに言ってみたが、矢崎に席を動こうとする気配はなかった。

無視ではなく、おそらくわかっていないのだろうが。

「ま、いいか」

とにも、前日の詳細を純也は語った。

それにしても、まだまだ曖昧な警察発表よりは深いが、捜査関係者としては浅い程度だ。

当然、警察発表より深いのは当事者だからであり、捜査関係者として浅いのは、直接捜査にまだ関わっていないからだ。

「どうぞ」

恵子の手でそれぞれにコーヒーが運ばれた。

純也は香りを楽しみ味を楽しみ、カップを置いて目に冴《さ》えた光を灯した。

「人が死んでいる。だから、動くよ」

猿丸も鳥居もカップを置いた。

この辺は、もう長くなってきた純也との呼吸だろう。

「アドバンテージもある」

「それは？」

聞いてきたのは猿丸だが、早くも表情は引き締まり、口調もすでに、一流公安マンのそれになっている。

おそらく鳥居も同様だろうが、横並びでは姿が見えなかった。

どうにもやりづらい。

「あの、師団長。場所を代わってもらっていいですか」

「ん？　ああ、これは失敬」

直接言って、ようやく矢崎は尻を上げた。

と言って、帰るわけではない。一脚分受付側にズレただけだ。

それならそれで、念を押してさえおけば構わない。

矢崎は陸自の頃から部下の和知《わち》ともども、純也というか、猿丸のスジだ。

「師団長。例によって、ここからは見ざる聞かざるで」

「わかっている。了解だ」

矢崎は深く頷いて腕を組んだ。

純也は移動した席で、猿丸と鳥居に対面した。

鳥居はやはり、怖いくらいに公安マンの顔をしていた。

「まずは、氷川が会おうとしていた人物。これがわからない。自爆した男を、氷川はまったく知らないようだった」

「でも、まったく知らないんじゃこっちも」

猿丸の疑問に純也は緩く首を振った。

「学生運動に関係があるかも知れない。それも、七〇年安保前後から」

「なんです。学生運動？　七〇年安保っすか？」

猿丸が眉をひそめた。

けれど、それだけだ。

五十三歳の長島はさきほど、全共闘に十年遅れたと言った。

ならば五十六歳の鳥居で七年、猿丸は十七年遅れている。

深く潜行した新左翼に好んで関わらない限り、一般の学生や社会人にはそれこそテレビやラジオの中、遠い異国の物語と一緒だろう。

唯一、この場で分かるとすれば、

「師団長。当時は？」

振ってみた。

矢崎だけは年齢的に、ギリギリ当事者になり得る。

だが矢崎は、

「残念だが」

コーヒーを飲みながらあっさり言った。

「高校一年だったかな。安田講堂は、テレビで見た気がする」

「あ、そんな歳で、そんくらいっすか。師団長の高校生。なんか想像つかないっすけど」

口を挟んだのは猿丸だ。

「あまり変わらんぞ。なんにしても詰襟だ。ただ、学生だったとしても私は最初から防大志望だった。防大生は半公務員だから、そもそもストもデモも出来ないが」

「建前、じゃないんすか」

「どうだろう。実際を私は知らない。私は、君の想像がつかない高校生だった」

「あれ。根に持っちゃいます？」

「さて」

矢崎は足を組んだ。

「ただ、そう、実際に入学してからのことだ。昭和三十五年の六〇年安保騒動のときに、中講堂に学生を集めた中曽根元海軍少佐の訓辞を人から教えられたことがある。基本的には、安保で浮薄する世情に踊らされるなというもっともな話だったらしいが、最後に、自身が訪米した際のアメリカ軍将校の例を出したそうだ。あなた達が政治に納得できず、反対する場合はどうするか、とね。そんなことを聞いたらしい。軍服を脱いでから反対すると言う答えが返ったそうだが、私もそう思った。それが七二年だ。私だけでなく、おそらくそれが防大生の総意で間違いないんじゃないだろうか」

重々しい語りに、猿丸はなにも言わなかった。

右と左に面白そうにふたりを眺め、純也は話を進めた。

「Ｍｅｓｓｉ・Ｈａｌａ・Ｈａｌａ・Ｒｅｌｏｊ」

「え。メッシラーラ・リロッ、ゴ。ぐえ、舌噛んだっ」

猿丸が仰《の》け反って騒いだ。

「んだよ。本当にお前《め》ぇはうるせぇなあ」

鳥居は迷惑そうに舌打ちしつつ、

「で、メッシララなんとか、ですか。――なんですね？」

と、首を傾《かし》げた。

「スペイン語さ」

鳥居に誘われるように、純也は肩をすくめた。

「少なくともＭｅｓｓｉは、あのメッシかな」

「え。分室長、あのメッシっちゃ、サッカーの」

「へえ。メイさん、サッカー好きだったっけ？」

「いえ。でもさすがに、それくれえは」

「そう。まあ、予断は禁物だけど、さすがに他に思いつかない」

リオネル・メッシ。アルゼンチン出身のリーガ・エスパニョーラ、ＦＣバルセロナのフォワード。

「Ｈａｌａは栄光あれ、かなあ。いや、レアル・マドリードの応援歌なら、Ｈａｌａ・Ｍａｄｒｉｄで、頑張れ、立ち上がれでいいはずだ。けど、メッシはレアルじゃなくてバルセロナだし。わからない。Ｒｅｌｏｊは Ｗａｔｃｈ、時計で間違いないんだけど」

顎先に手を遣り、純也はキャスタチェアを傾けて天井を見上げた。

けれど思考は、進まない。

まだ条件が少なすぎて、悪すぎる。

「ははあ。メッシ、立ち上がれ、頑張れの時計、と。――で」

「それ以上はわからない。ただ、なんにしても、スペイン語には間違いないんだけど」

「スペイン語、ね。なんか、聞いてもさすがにわからねえや。中国語やハングルとは違いますね」

鳥居は胡麻塩頭を掻いた。

猿丸がコーヒーを口に含んだ。

それで、舌の痛みは引くものだろうか。

「ま、それでもないよりは大いにマシ。アドバンテージだ」

純也は膝を打ち、天井から姿勢も視線もテーブルに戻した。

「煮詰めていくよ。考えるのはそれからだ」

猿丸も鳥居も逆らわなかった。

「じゃあ、割り振りといこう」

猿丸は、最近売り買いされた爆弾や火薬の有無を、闇マーケットまで食指を伸ばして。製品なら、パイプ爆弾の製造までも。

「パイプ爆弾っすか」

「そう。メディクス・ラボで使用されたのは間違いなくパイプ爆弾だ。県警がそうだと割り出すまでなら、それも分室のアドバンテージだけど。神奈川も優秀だからね。時間はあるようでないだろう」

「了解っす」

次に鳥居には、死んだW大の里村と氷川の、まずはそれぞれの来歴から人となり。次いでふたりの関係の有無を、友人知人を広く巻き込んで学生運動の昔にまで遡上《そじょう》して。

「うっしゃ。了解です」

気合をつけるように、鳥居は自分の頬を叩いた。

J分室始動の瞬間だった。

「さて。――あれ。分室長はどちらへ」

立ち上がった猿丸が、そのとき早くも動き始めていた純也に聞いた。

「人手不足の分室は、使えるものはなんでも使う一手だからね」

悪戯《いたずら》げに笑い、純也はドーナツデスクの手前に回った。

三人が横並びの窮屈にも甘んじ、矢崎も座らなかった席。

色とりどりの、カーネーションをそろえた花瓶。

絶やすことのない花。

献花。

「行ってくるよ。シノさん。大橋さんと、留守番、よろしく」

鳥居も猿丸も、それぞれ思い思いに続く。

「行ってらっしゃい」

恵子の声だけが、いや――。

「気をつけてな」

矢崎のバリトンの声が、背を力強く叩く。

「なんか、調子狂うなあ」

純也は口の端にかすかな笑みを乗せ、スーツの裾を翻した。

五

それから約一時間後の日比谷公園だった。

庭球場が見える辺りだ。

すぐ隣に飲料の自動販売機があった。

純也はベンチに座って麗らかな陽射しに目を細め、日向ぼっこの風情だった。自販機で買った缶コーヒーを飲んでいた。

時刻は十一時を回っていた。

外周歩道にジョガーは多く、園内にも陽気に誘われたか、散策の人は多かった。早いランチに出るのだろう、制服のＯＬもちらほらと見掛けられる時間だった。

それから十五分もすると、さらに人の数は多くなった。

本格的に、時刻は正午に近づいていた。

人が多くなると、純也には無遠慮で不躾《ぶしつけ》な視線が集まるようになる。

群集心理は日本人の特徴か。

いつものことではあるから慣れはあるが、煩わしさがないわけではない。

強い陽射しと他人の視線は、純也にとっては同種の物だ。

おもむろにサングラスを掛け、徐々に気配のレベルを落とした。

やがて十二時ジャストになった。

純也は一度立ち、自販機でコーヒーをもう一本買った。それを人のいない隣のベンチに置き、元のベンチに戻る。

計ったように園内白根楼の方から、ひとりの男がゆっくりと歩み寄ってくるところだった。

大柄のオールバックの固太り。

生地そのものが上質なスーツ。

警察庁警備局警備企画課の理事官、氏家利道《うじいえとしみち》警視正だった。

氏家は全国の警察署に極秘裏に配され、密命で動くオズという作業班のトップだ。

警備企画課にふたりいる理事官のうち、このオズのトップは裏理事官と呼ばれる。

オズは、その昔はチヨダと呼ばれゼロと呼ばれた時期もあった、合法非合法を超越した班だ。存在自体が秘匿されている。

現在の名は氏家の命名であり、ゼロを超えるチーム、OVER ZEROでOZというらしい。

純也のJ分室からすると、氏家もオズも位置づけとしてはライバルというか天敵だ。潰されそうになったこともあるし、今でも分室の点検をして発見される盗聴器の類の、三分の一はオズの物だろう。

ただし、実はそういう相手こそ、なにごともバーターで取引が出来れば、互いにとってのメリットが大きいものだ。

「なんの用だ」

氏家は純也の真正面から、立ったまま冷ややかに見下ろした。

傲岸不遜《ごうがんふそん》を絵に描いたような立ち居振る舞いだが、それが氏家という男だ。

純也より七つ年上で、自信が上等なスーツを着て歩いている。

「まあまあ。取り敢《あ》えず座ったらどうです？」

純也は隣のベンチを指示した。

「オズのトップらしくもない。そんな怖い顔で仁王立ちしてたら、いくら雑多な公園でも目立ちますよ」

「ふん」

上着の裾を撥《は》ね上げ、氏家はベンチにどっかりと腰を下ろした。

なにも言わずコーヒーを手に取る。

純也も缶コーヒーを口にした。

最近は出来合いのコーヒーでも、開封直後はなかなか美味いという認識はあった。

しばらく無言で、互いに園内を眺めてコーヒーを飲んだ。

「おい。小日向」

氏家は身体を前傾させた。頭の位置が低くなる分、声も低くなった感じだった。

「バーターが有るというから出てきてやった。日向ぼっこの仲間が欲しいなら、そっちの部下と勝手にやればいい」

「はっはっ。暇な部署ですから、そんなのは日常茶飯事です。たしかに、仲間は足りてます」

純也も氏家も、ともに正面を向いたままだ。相手を見ない。

「あなたには、そんな仲間もいなさそうだから誘ってあげた、と。これではバーターになりませんかね」

氏家は鼻を鳴らした。

「必要ない。俺は根無しの、黒孩子だからな」

そう。

これは、〈ブラックチェイン〉事件の際に判明したことだ。

実は氏家も、海を渡って日本国内に売られてきた、罪なき黒孩子のひとりだった。

正式な日本の戸籍を有し日本人として育ったが、実際には戸籍がない純血の中国人。

そんな男が日本の警察の中枢である警察庁の、しかも裏の作業班であるゼロのトップに座っている。

これはこれで、爆弾だった。

〈ブラックチェイン〉事件以降、純也は氏家の、氏家は純也の過去を、すなわち爆弾を、バーターで互いに保有することになった。

特に氏家は、だから純也を出自の秘密だけでは追い込めない。

パワーバランスというやつだ。

「根無し？　だからなんです。変わりませんよ。僕も」

「なに」

氏家は純也に顔を向けた。

「クウォータです。それだけで、ほら、理事官。わかりますよね」

純也はサングラスを外した。

行き交う人々の目、表情、態度。

小日向純也という男に気が付けば、誰もが明らかにいったんは気に掛けた。そういう気配が間違いなくあった。

純也が大げさに手足を組み替えれば、蜘蛛《くも》の子を散らすように気配は逃げ、すぐにまた寄ってきた。

そんな繰り返しが、純也にとっては帰国してからの人生だった。

「無関心ではいられないとは、ぜんぜん好意ではないですよ。上野のパンダとか、サファリのライオンなんかと同じですよ。見せ物です」

純也は頭の後ろで手を組み、蒼天を見上げた。

「お金でも取ろうかなぁ」

氏家はなにも言わなかった。

純也はもう一度サングラスを掛け、胸ポケットからなにかを取り出した。

「どうぞ」

ＵＳＢだった。

すぐには氏家は手を出さなかった。

「なんだ。それは」

「あの事件以降判明した、理事官と同じような境遇に置かれた人々の一覧です。調べるつもりだった分は他にもまだありますが、ちょっとしたトラブルがありまして」

「トラブル？」

「そう。なので、この先があるかどうかは不確かです」

「トラブルとはなんだ」

「相模原」

多くは言わない。

最低限の遣り取りが、バーターの基本といえる。

「相模原？」

氏家は一瞬だけ視線を右方に動かし、すぐに戻した。

思考の整理は、さすがだった。

「ほう。関わりがあるのか。――いや、なるほど、そうか。メディクス・ラボはKOBIXグループだったな。そこでDNA検体の解析か」

目にかすかな光を灯し、氏家は手を出した。

純也は一度、それをすかした。

「僕と共有です。わかりますよね。悪用は厳禁、というか、させません。もっとも、タチの悪いのもかなりいますが」

暫時、ふたりの視線が絡んだ。

氏家が手を伸ばした。

「なにが望みだ」

純也はすかすことなく、今度はそのまま渡した。

「なんだと思います？」

「早稲田と相模原の連続爆弾事件か」

「まあ。そんなところです。さすがに話が早いですね。無駄がなくて助かります」

入管、Ｊ－ＢＩＳと純也は言った。

Ｊ－ＢＩＳとは、外国人の入出国管理のために空港や港に導入された、生体認証による人物同定システムのことだ。

「昨日、はないでしょうね。そう、一昨日より以前。向こう一カ月。スペイン語圏からの入国者」

「スペイン語圏だと」

「そうです。あまりに多いので」

「――それだけか？」

言われて純也は、両腕を広げた。

「いずれ、神奈川とぶつかるかもしれませんが」

「なるほどな。それで犯人がわかると」

氏家はコーヒーを飲み干した。

「ああ。それはたぶん無理でしょう」

「まあ、ないとは断言しませんが。わかったとしたら、それは信じられないほどの幸運ですね。ああ、めっけ物と言うんでしたっけ。ははっ。日本語は今でも面白い」

純也は笑った。

「爆弾事件で死んだ男はその瞬間、両腕を巻き込んでうずくまるようにしていました。おそらく、自分の顔と指紋を吹き飛ばすつもりだったんでしょうね」

「それでJ－BISが利かない、か」

氏家はすぐに理解したようだった。

純也は頷いた。

「まずはリストだけでも十分。こっちで引っ張ろうと思ったら、ややこしそうですから」

「そうか」

コーヒーを飲み、飲み干し、氏家は立ち上がった。

「ま、オズの理事官ではなく、黒孩子の代表として引き受けてやろうか」

「よろしく。ああ、でも」

「なんだ」

「期待しますよ。まさか、まんまの生データが来るなんてことはないでしょうね。オズは優秀ですから」

「なんだ」

「オズの理事官ではなく、と今言ったばかりだが」

「追記しましょう。——あなたも優秀ですから」

氏家の口元がかすかに歪んだ。

笑った、のかもしれない。

「調子のいいことだ」

氏家は空き缶をゴミ箱に捨てて、そのまま立ち去った。

その後、純也も残りのコーヒーを飲み干して立ち上がった。

だが、立ち去りはしなかった。

空き缶を捨て、自販機で新たにブラックコーヒーを二本買い、少し移動した。

庭球場にさらに近い位置のベンチに、ひとりのサラリーマンが座っていた。

「飲むかい」

声を掛けると、男は表情も変えず無言で立ち去った。

「じゃあ、君は?」

隣のベンチでも純也は同じことをした。

繰り返しだった。

表情も変えずと言うところが、かえって素直でわかりやすい。

ふたりとも間違いなく氏家の部下、つまりオズだった。

誰もいなくなった。

元のベンチに戻り、純也は買ったばかりの缶コーヒーを飲もうとして、止めた。

「もういいや」

呟き、両手に一本ずつを持って背後に回した。

「あげるよ」

すぐに、

「いただきます」

と密やかな声が掛かり、手が軽くなった。

「と、いう話でね」

天に向かって呟くが、聞かせるつもりなのは真後ろに立つ男だ。

警視庁公安部公安第三課の、剣持則之《けんもつのりゆき》巡査部長だった。

〈シュポ・マークスマン事件〉の折り、ヒットマン昌洸男《チャンクァンナム》を純也が預けたオズの片割れだ。

もうひとりの青ネクタイ、公安第二課の漆原英介《うるしばらえいすけ》警部補とともに小日向純也という男に心酔し、今ではどちらも純也のスジだった。

「裏理事官、引っ張るまではちゃんとやるだろうけど、その後で難癖をつけられそうだ。よろしく」

「了解です」

剣持は言葉少なに、氏家やオズのふたりとは真反対に向けて去った。

第三章　連続テロ

ロー・モノローグ3

ワンカヨから近隣の村々の、日系ペルー人のコミュニティを回る巡回学校の生活に、私は満足していた。

要因としては、飢えることがないというのが、まずひとつ。

自分の家が、部屋があるというのもひとつ。

しかしなにより、麻友子が一緒ということが、私にとっては一番大きかった。

どこに行っても生徒だけでなく親たちからも、聡明で美しく行動力のある麻友子は尊敬され、崇《あが》められる存在だった。

その人が母だと言うことが、この上もなく嬉しく、私の自慢だった。

母が日本人で、自分がその子供だと言うことも嬉しかった。

日系、ではない。日本人、なのだ。

日系ペルー人のコミュニティにおいて、麻友子と私は、選民だった。

麻友子も私も、純血の日本人。

当然の成り行きとして、私は父のことを麻友子に聞いた。

《どうしてそんなことが知りたいの？　まあ、いいけど》

麻友子にはもともと、そういう感情が薄いようだ。恋人であるリカルドに対しても、

――好きか嫌いかは、愛情の濃淡。そんなものは別にどうでもいいわ。私は、色々なものを日本に置いてきたから。リカルドは、置き忘れてきたものの代わり。だいぶ淡いもの。

たしか、そう言っていた。

麻友子は私に対しても、〈濃く〉はなかった。

ひとりの生徒以上、であることの証明は、麻友子と一緒に住んでいるという一点にかかっていた。

私ももしかしたら、麻友子が置き忘れてきたなにかの代わりなのかもしれないという不安は常にあった。

私は、どうしても父のことが知りたかった。

私は麻友子の口から、死別ではなく、父が日本に健在であることを知った。

そうなると今度はどうしても、私はひと目だけでも父を見てみたいという衝動に駆られ

た。
自分のルーツの、片割れなのだ。
麻友子と違って、私は血脈とかファミリーといったものに強く惹かれた。
そして、惹かれると我慢は利かない方だった。
育ての親に使役され、搾取され、欲しい物は勝手に、力尽くで奪うことで生きてきた。
私は麻友子に、日本に行きたいと言った。
《なんで？　行って、なにがしたいの？》
麻友子は首を傾げた。
私はただ、父を見たいと言った。
《本当に？　それだけ？》
と、繰り返し聞かれた。
聞かれると、ただ見たいだけかは私の中で怪しかった。
微妙な感じだ。
私は肩をすくめ、口元を歪めた。
もしかしたら、殺したいという衝動が湧き上がるかもしれない。
そうなったとき、我慢しなくてもいいだけの訓練は、麻友子から十二分に受けていた。
《そう》

短く言ったきり、麻友子はしばらくなんのアクションも見せてはくれなかった。
だがやがて、
《それもいいかも。お行きなさいな。でも行くなら、遺髪《いはつ》も持っていってくれる？　そして、あなたの弟にも日本を見せてあげて欲しい。あなたの旅は、私の巡礼。そして、あなたの巡礼》
と笑顔で許諾してくれた。
《ただし、ね》
麻友子は、新しい教科書のお終いに色々と書き足し、私にくれた。
書かれているのは、まだ習ったことのない難しい漢字の日本語ばかりだった。
《これはワードキー。そろえば運命。そろうまでは教科書。そして――。まあ、そろわなくても、ロー、それは神の御意志。私にとっては過去の清算、あるいは封印。ローにとっては、今を戦う意味。今を生きる覚悟》
このときはよくわからなかった。
《ロー、これが読めるようになるまでは、あなたは向こうに行ってもペルー人よ。読めて、さらに意味がわかるようになって初めて、ふふっ、それでも日系のペルー人、かな。日本て、島国だからとても難しいの。そこからどうなりたいかはあなた次第だけど。でも、ロー。私の愛しい子。少なくとも、日本で生活出来るだけのお膳立てだけはしてあげる。だ

から、心配しないでお行きなさい。あなたの祖国に》

それから一週間後。

大げさな見送りもひっそりとした別れもなく、私はホルヘ・チャベス国際空港に向かった。

私はまず、ヨーロッパ行きの飛行機に乗るらしい。

遠回しにも、色々な身分や来歴を整えるためだと麻友子は楽しげに言った。

《こういう作業、久し振りだから》

麻友子は楽しげだったが、私は少し暗かった。

純粋な日本人ではあるが、ペルーで生まれた私には、現在日本人であることを証明する物はなにもないらしい。

だからといって私は当然、ペルー人でも、日系ペルー人でもありはしない。

目眩《めまい》さえ感じた。

仲間からも誰からも羨《うらや》ましがられた私は、実は根無し草だった。

私とつながる者は、麻友子しかいない。

私とつながる物は、教科書しかない。

ヨーロッパへ向かう飛行機が離陸した瞬間、私は麻友子へとつながる根を自分で切った気がした。

不安が不安を呼び、涙も流れた。

私はまだまだ幼かった。

教科書だけを胸に抱きしめ、飛び立つマドリード行きの飛行機の中で、私は気を失った。

一

J分室始動の翌日は、実に梅雨らしい一日になった。

朝から止むことのない絹のような雨が、音もなく降って街路を濡らした。

曇雲は厚く垂れ込め、昼になっても外は薄暗かった。

この昼時、鳥居は築地《つきじ》の場外市場にある、とある寿司屋の二階にいた。四人用の座卓が整然と八卓並べられている大座敷だ。

鳥居と片桐《かたぎり》紗雪《さゆき》が座るのは、そこの一番奥まった席だった。

そこしか空いていなかったというか、並ばず席に着けたことがそもそも幸運だったのだろうか。

一階は入ったときから満席で、二階も一卓しか空いていなかった。

「しかしまあ、こうまで並ぶと壮観だぁな。日本が世界に誇る食いモンてな気は、まったくしねぇな」

鳥居は自分の前に置かれた寿司には手を出さず、大座敷を眺めながらそんなことを呟いた。

ちなみに、鳥居の前に置かれたお任せセットは、握りの一人前に季節の天ぷら、赤出汁《あかだし》の味噌汁にアラ煮の小鉢とサラダ、それになぜか杏仁豆腐が付いて、締めて三千九百円だった。

鳥居が眺めるどの卓にも、面白いほどにそのお任せセットが載っていた。

一階は目検討で三・七くらいだったが、二階は完全に一・七だった。

一が鳥居と紗雪で、残りの七卓は全部外国人だった。

欧米人で四卓、三卓はアジアからだろう。

日本人に見紛う家族連れもいるが、聞こえてくる大声は中国語だった。

「おっちゃん。古い古い。寿司はもう、ワールドワイドだもの。握り手だって、今や女性もいるし外人もいる。あ、ロボットだっているわよ。つけ場にペッパー君みたいなのが立つ日だって、そう遠くないかもよ」

一瞬想像し、鳥居は振り払うように頭を振った。

「駄目だ。ついてけねぇし、いきたくもねえ。俺ぁ寿司には、人肌の温《ぬく》もりが欲しいもんでよ」

「おお。おっちゃんのくせに詩人だねえ」

「うるせえ」

鳥居の対面に座り、歯に衣着せない言動をするのが、片桐紗雪という女性だった。業界最大手、太陽新聞社社会部の記者にして、紗雪は鳥居のスジだ。

そもそもは紗雪の亡くなった父、太陽新聞社でデスクだった幸雄《ゆきお》が鳥居のスジだった。その跡を紗雪が継いだ形だ。

奇《く》しくも、親子二代で鳥居のスジということになる。

紗雪はショートカットで背が高く、黒縁眼鏡を掛け、鳥居が思うにも全体的にシャープで美人だ。

だが、天は二物をなかなかに与えないもので、紗雪の言動や態度は常態としてガサツだ。まず鳥居をおっちゃんなどと呼ばわるし、今も目の前で、立て膝で寿司を、しかも頬張っている。

よく言えば男前、ということになるが、そんなせいで二十九歳になる今もまだ紗雪は独身だ。

ただ、虫も付かないと思っていたら、変な虫が付いていたのには心底から驚かされた。

〈ブラックチェイン〉の捜査のときに知った。

社内での四股がバレて函館に飛ばされた男。

そんな虫が付いていたらしい。

だから前日の夕方、紗雪に電話を入れたときには、

(また情報を頼むと、俺の知らねぇ変な虫に行き着くんじゃねえだろうな)

そんなことを、思いたくなくとも思ってしまった。

小さい頃から紗雪を知る鳥居には娘のようなもので、そのつもりで接してもいた。扱いは鳥居の実子愛美の、年の離れた姉の感覚だったのだ。

紗雪からは、今日ならいいということになり、寿司ならおいいということになった。

紗雪は寿司を食わせておけばご機嫌さんだ。

この辺は、愛美に比べてわかりやすい。

「ほれ。食えよ」

「あいよ」

鳥居は自分の寿司下駄を紗雪の方に押した。

紗雪はそれを、当たり前のように箸で寄せた。

まったく、溜息が出るほどに行儀が悪い。実際に溜息が出た。

「なによ」

「いや、なぁんにもよ。ただお前ぇ、隣の外人家族のおとっつぁんよ、お前ぇの箸使い見て、オーとか眉顰めてたぜ」

「あらそう。でも人は人、外人は外人だから。気にしてたらなぁんにも出来ないわ」

「いや、少しは気にしろよ。気にしたってたいがいのことは出来ると思うぜ」

天ぷらも紗雪の方に押し、食えと鳥居は言った。

「あいよ」

紗雪は、今度はおかしな箸を使わなかった。エビ天の尻尾《しっぽ》を手づかみだ。

隣の外国人家族のママが、慌てて幼い息子の目を手でふさいだ。

「ほえでおっちゃん。ひょうあ、あにあ知りてえって？」

「飲み込んでから言え」

紗雪は敬礼のポーズで天ぷらを嚥下した。

指先が油で光っていたが、見なかったことにする。

鳥居は茶を飲みながら、今回の依頼を話し始めた。

紗雪には、あまり隠すことはしない。

紗雪は鳥居を公安捜査員と知る、どちらかといえば数少ないひとりだった。

本来なら、善意の一般人をスジとして運用する場合、鳥居は自分が公安の人間だとは明かさない。スジのリスクを極力ゼロに抑えるためだ。

紗雪が知るのは、単純に父と二代だからというだけでなく、父と二代で、記者になったからだ。

紗雪が父幸雄と同じ太陽新聞社の記者にならなかったら、スジに組み入れることさえなかったかもしれない。

紗雪にとって鳥居は、ただ父の友人の、警察官のおっちゃん、それでよかったのだ。記者になった以上、警察官との情報バーターは記者としてのキャリアにとって、大いにメリットだったろう。

だからこれは逆に、紗雪から持ちかけられた話だった。

鳥居の所属のことは、元幸雄の部下であり、今は紗雪の上司である山本啓次郎《やまもとけいじろう》から聞いたらしい。

それだけで父と鳥居の関係がわかるほど、紗雪は賢い娘に育っていた。

紗雪があらかたを平らげるのと、説明の終いはほぼ同時だった。

「ふうん。W大の里村直樹に、メディクス・ラボの氷川義男。えっと、こっちはどこ大だって？」

「K里大学だ」

「両方の爆発、なんかつながってんの？」

「爆発のこたぁ関係ねえ。昔、付き合いがあったか知りてえだけだ」

もっとも、鳥居を公安だと知るからといって、すべてを伝えるわけではない。ときには嘘も混ぜる。

特に紗雪の場合は、危険を回避するためだ。

記者という人種は情報を喰らうと、優秀であればあるほどそれを燃料に記者魂を燃え上がらせるようだ。紗雪の父、幸雄がまさにそうだった。

必要最小限の情報と、付け合わせのような嘘。

配合も調整も加減は難しいが、先走らせることなく、しっかり手綱をつかむ。

それでも案件の動きに応じて幾ばくかの真実を解き放ってやる。

それでもどの新聞社より早く、どの記事より内容の濃い記事は書ける。

それが、鳥居と紗雪のバーターだ。

「じゃあ、ふたりの大学時代だけでいいわけね」

「匙加減《さじ》は任せる。ただよ――」

鳥居は卓に肘を置いて身を乗り出した。

アラ煮とサラダの器が邪魔くさかった。

「年回り的に、ふたりの大学時代は学生運動とかよ、七〇年安保の頃になる」

「学生？　安保？　ああ、極左とかね。赤軍だっけ。資料はずいぶん読んだな」

「資料だけならいいが、そういった組織が全部、死んでるわけじゃねえ。いつも通りだがよ。気をつけろよ」

「わかってるよ。うちの社にも、酔えば必ずそんな話する上司もいるし。これでも俺はその昔ぃってね。だからあたし、結構その辺には詳しいよ」

「そうか。俺ぁ大学行ってねえからよくわからねえが。どうなんだ。簡単に言ったら、ありゃなんなんだ?」

「そうねえ」

紗雪は杏仁豆腐を手に取った。

「百人いたら、百人の夢、百人の考え、百人の動き。それを時代って縄でひとつに縛ってみた。上手く縛れちゃったから、一方向に動かしてみた。上手く動かせたから、調子に乗って走らせてみた。そうしたら、バラバラに弾けて戻らなかった。そんなとこかな」

鳥居は腕を組んだ。

「――わからねえ」

「わかる人なんかいない、ってのが正解かもよ」

「そうなのか」

「さっき言ったじゃん。うちの社にいる上司。これが、ひとりじゃなくて結構いるんだけど。酔ってて、ってだけじゃなく、みんな同じこと言ってるようで、実はまったく違うこと言ってたりするんだ。それで最後は、どうなると思う」

「殴り合いか」

近い、と言って紗雪はスプーンで杏仁豆腐をすくった。

「昔はよかったなって喚《わめ》いて、泣いて肩組んで、最後には校歌歌ってた」

「──なんだそりゃ」

「大昔の時代って縄に、また縛られちゃったわけよ。単純というか、殴り合いも涙の校歌も、端から見たら同じもんだわ。きっと学生運動も、やってた奴と見てた奴の関係は、うちの上司とあたしらと同じじゃないかな。──さてと」

紗雪は爪楊枝をくわえ、腹をさすりながら立ち上がった。

軽く頭を下げながら手刀を切る。

「ごっそうさん」

鳥居はちっ、と舌打ちを漏らした。

「──お前ぇ、親父《おやじ》度がパワーアップしてんな」

「わははっ。長いこと記者やってると、こんなだわ。近々、臍《へそ》の回りに毛も生えてくっかもね」

「そりゃあ」

絶句し、鳥居は天井を見上げた。

「──幸雄、俺ぁ、どっかで対応間違えたかな」

天井の木目が、なぜか片桐幸雄に見えた。渋面を作っていた。

いや、苦笑いか。

「すまねえ」

なにやらわからないものに取り敢えず詫び、鳥居も伝票を持って立ち上がった。

二

絹のような雨は、夜になっても止まなかった。

猿丸はこの夜、五反田の繁華街にいた。

駅前を走る環状六号線を、歩道橋で渡った先の東五反田だ。

そこは、都内のナイトマップにも名高い繁華街になっていた。

猿丸がいるのは繁華街の真ん中辺りにある、割りと大きな雑居ビルの三階だった。

黒く煤《すす》けたような外壁のビル自体は相当古く、去年の夏まではロビーに防犯システムもなにもなかったが、ある理由で秋からカメラだけはついたビルだ。

テナントは、備え付けの集合サインを見る限り、ワンフロアを一軒で独占している店はないようだ。多い階には八店の名があり、猿丸がいる三階の店名は、四つだけだった。

三階のサインは、三軒は鮮明だったが、緑のシートに抜き文字の一軒は色が褪せて、そうとわかっていなければ読めなかった。

読めない文字は、〈ペリエ〉だった。

猿丸はそこにいた。

壊れて奇妙な音がするカウベルの扉を開ければ、着席で五十人はいける店内は、人の気配より濃い香りの方が大いに満ちていた。

店内はところどころに南国を思わせる花が飾られているが、そんな生花だけではありえない匂いだった。

人工的に抽出された濃い香り、パフューム、その混合の強い残り香。

ペリエはそういう、多国籍な女性達が働く店だった。

花の飾られたテーブルが並び、左手の奥に磨かれたグランドピアノがあった。脇にステージがあり、マイクスタンドも立っていた。右手は手前が古臭いキャッシャーと黒カーテンのクローゼットで、右奥は鍵の字に曲がりカウンタ席になっている。

「相変わらず、客が少ねえな」

カウンタのスツールに座り、猿丸は客席側を眺めてオン・ザ・ロックのグラスを傾けた。

テーブルは目見当でも、三分の一も埋まってはいなかった。

「こんなものよ。これ以上は、入られてもね」

カウンタの中から物憂げな声が返った。

猿丸はスツールを回し、カウンタにグラスを置いた。

「入られても、なんだよ」

「女の子の数は足りないし、私のやる気も保《も》たない、かな」

そんなことを言いながら、沖田美加絵《おきたみかえ》は紫煙を吐いた。

沖田美加絵はペリエのオーナーママにして、蒲田《かまた》に本部を持つ広域指定暴力団竜神会《りゅうじんかい》系沖田組組長の妹で、そしてなによりJ分室の、犬塚健二警部補の最期を看取ってくれた女だった。

ビルのロビーに防犯カメラが設置されたのは、この犬塚の一件があったからだ。

少しウェーブが掛かった亜麻色の髪に高い鼻、厚めに整った唇。全体を収める、すっきりとした輪郭の小さな顔。

猿丸が見ても美加絵は、そそられはしないが美人だった。歳は、聞いたことはないが猿丸より少し下だろう。

だからと言って、そそられないのは歳のせいではない。

第一、猿丸はこの店をいたく気に入った。

最初は純也に言われたからだ。当然、東五反田にそういう店があることも知らなかったが、犬塚の死以降、知ってからはよく使っていた。妙に居心地がよかった。

生活か経営か、そのどちらもかは知らないし、どうでもいい。ただ、美加絵には疲れも窶《やつ》れも大いに見えた。ささくれ立って、棘《とげ》にさえ感じられるほどだった。

そして棘の奥、秘密の花園には、そっと抱え込むような危険な男の匂いもした。

疲れや窶れは、破滅へと走る列車への乗車券だろう。

足す危険な男の匂いは、特急券だ。

乗るか、やめるか。

（へへっ。悪《わり》ぃが、いい酒の肴だ）

猿丸にとっては、格別だった。

救いを求めて手を伸ばすなら引き上げてもやろう。

ただし、自らの意志で列車に乗るなら見送るまでだ。

そういう奴に手を差し伸べても、拒絶されるかまた乗られるだけだということは、心が無感動になるほどに経験済みだった。

手を振るなら、笑顔で振り返してやってもいい。

そうして、声を掛けてやる。

――いいな。破滅出来てよ。羨ましいや。

純也の盾になると決めたが、猿丸には無明の中に住む純也の実態は未《いま》だ見えず、盾になり切れないジレンマがあった。

ある意味、真っ直ぐな美加絵は、真っ直ぐなゆえにそそられはしないが、猿丸の目には眩しいものだった。

破滅は、悪いばかりのものではない。

死は、悲しいばかりのものではない。

だから——。

ペリエで呑む酒は、美味かった。

(まあ、誰にわかってもらおうとも思わねぇけどよ)

と——。

奇妙なカウベルが遠くで鳴った。

瞬間的に猿丸は時刻を確認した。

約束の刻限だった。

「へっ。客が少ねぇと、あんなへなちょこな音も便利だな」

美加絵は、かすかに笑ったかもしれない。オン・ザ・ロックをグラスにふたつ作り、言われる前からカウンタの裏に消えた。

やがてひとりの男がカウンタに来て、一席空けてなにも言わず座った。

猿丸はオン・ザ・ロックのグラスをひとつ、滑らせてやった。

「どうも」

聞こえたのは低い声、それだけだった。

「相変わらず、時間通りはいい心掛けだな」

「どうも」

分厚い眼鏡を掛けた小男は、楠木《くすのき》という故買屋だった。その昔、危険ドラッグが違法ドラッグだった頃、知り合った。主にその材料となる薬剤系の盗品を扱う男で、西東京の闇マーケットでは名が通っていたようだ。

当時はグループで動いていたが、密かに組対五課に手柄をくれてやって潰させた。楠木を見逃すのが条件にして、必要なことだった。

助けてやった恩で、スジに組み込んだ。

当然、そんなことを楠木は知らない。

ただスジだからこそ、単独で動く今は、大商いさえ狙わなければ黙認している。

猿丸は似たような手法で獲得した薬剤系のスジで、その手の闇マーケットは関東全域を網羅していた。

猿丸はロック・グラスを傾けた。楠木も手に取ったようだ。

グラスで氷が鳴った。

ジャケットの懐から分厚い封筒を取り出し、猿丸はグラス以上に無造作に滑らせた。

百万入りの封筒だった。

同様に封筒五つ。他のスジに渡す分も含め五百万を用意した。

もちろんすべて、J分室の費用、つまりは純也のポケットマネーだ。

「どうも」

楠木にものを頼むときはたいがい百万だ。成功報酬でもう百万。

難しくなれば手付金も報酬も倍になると決めてはいたが、そこまでの報酬になったことはない。

「狭くは十一原料から製品まで」

猿丸は美加絵のときとは打って変わった声を出した。

飽くまで平坦で、飽くまで常温な声だ。

十一原料とは〈爆発物の原料となり得る化学物質対策〉として売買管理を徹底している、硝酸、塩酸、硫酸、過酸化水素、塩素酸カリウム、塩素酸ナトリウム、尿素、硝酸アンモニウム、硝酸カリウム、アセトン、ヘキサミンの十一品目を指す猿丸なりの言い方だ。

製品と言えばANFO（硝安油剤爆薬）やTATP（過酸化アセトン）で、特にANFOは漁や発破に使用される。販売管理は徹底しているが、日本国内でも入手できる物のことを言う。

「製品には、手製のパイプの製造もな」

楠木はここで初めて眉を顰めた。

「手製のパイプ、ですか」

「そうだ。作れる奴、まだいただろ」

「まあ」

「で、そこから派生して、広くはそっちのテリトリーまでな」

　そっちのテリトリーは、ドラッグの材料を指す。

　亜硝酸エステル、亜硝酸ナトリウム、フェリシアン化カリウムなどは、爆弾の原料には指定されていないだけで流用される。

「わかった」

　それで話は終わりだった。

　猿丸は美加絵を呼んだ。

　くわえ煙草で出てきて、美加絵は酒を三杯作った。

「どうぞ」

　一杯を楠木の前に置く。

「どうも」

　呷《あお》るように呑み干し、楠木はそのまま出て行った。

「なんか、辛気臭いわね」

　残りの二杯を、美加絵は自分と猿丸の前に置いた。

「あのくらいがいいんだ。口が軽い男は、俺ぁ信用出来ねえ」

「へえ。お猿さんには反面教師ってヤツかしらね」

　美加絵はいつからか、猿丸をそう呼ぶ。

　そのくらいには常連になった。

「反面教師か。へっ。違わねえな。当たらずといえども遠からずだ」

猿丸はロック・グラスをライトに翳《かざ》した。

琥珀色の波が、光りながら揺れた。

――なあ、少し黙ったらどうだ。沈黙が作る信用ってのもあるぞ。特に商売人と話すときはな。

カビが生えそうな大昔、そんな忠告をしてくれたのは犬塚だった。

結局、四十六歳になった今も、猿丸がC調（調子いい）なのは変わらない。

（おいおい、C調ってよ。いつの言葉だ。――あんたが生きてた頃で、あんたも若かった頃だよな。なあ、シノさん）

勝手に思い出し、勝手に笑えた。

「なぁに？」

美加絵がカウンタに頬杖をついた。

なんでもねぇと首を振り、スコッチを呷った。

「もうすぐ、一周忌だな」

「そうね」

美加絵も自分のグラスに口をつける。

甘めの香水が猿丸の鼻腔をくすぐった。

猿丸もカウンタに頬杖をつき、美加絵に顔を近づけた。

「どうだい。ベッドで一緒に黙禱《もくとう》ってのは」

そそられるかどうかにかかわらず、いい女には声を掛ける。

挨拶よりも軽い、猿丸なりの礼儀だった。

今度こそ美加絵は、かすかにだが、たしかに笑った。

「趣味が悪いわね」

「そうかい。シノさんなら、笑って許してくれそうだがな」

「へえ。お堅い人に見えたけど、お猿さんはあの人にそんな口が利けるんだ。いい関係だったのね。友情？」

「へっ。そんないいもんじゃねえ」

猿丸はグラスに口をつけた。

守れなかった。死なせてしまった。死を見送りも出来なかった。

祥月命日くらい、泥水の中で自らを苛《さいな》む機会を欲す。

「不肖の部下の、戯言だよ」

美加絵は真っ直ぐに見て、もう一杯、オン・ザ・ロックを作った。

「嘘つきのお猿さんに、真実がひとつ見えたから。これ、奢るわ」

猿丸は苦笑いを漏らした。

「お前ぇ、俺が思うより、いい女かもしれねえな」

「どうかしら。私に真実なんてないかもよ。それに」

美加絵はウェーブの掛かった髪を揺らした。

「私はお猿さんより、もっと趣味が悪い女だから」

美加絵の表情に、ささくれ立った棘が見えた。

棘がライトで影を連れた。

破滅への乗車券だ。

「――お前ぇ」

一瞬で影を消し、美加絵は新しい煙草に火を点《つ》けた。

「そうだ。ちょうどいいわ。ねえ、あの綺麗な分室長さんに、今度寄ってってって言ってくれる」

「なんだよ。俺の誘いは断るくせに」

美加絵は話の矛先を変えたかっただけかもしれないが、乗った。

酒の肴はもう十分だった。

酒自体、もう要らない。

「そんなんじゃないわよ。ちょっと頼みたいことがあってさ」

「待て待て。たいがいのことなら、俺が乗ってやってもいいぜ」

無理よと言いながら、美加絵は深く冷たく、はっきりと笑った。

「ふふっ。でも結果として、お猿さんが動くようになるかもしれないけど」

「気になるな」

「気になっても、無理。だって――」

美加絵は腕を真っ直ぐに突き出した。

「あの人は私に、望むなら世界でもくれるって言った。頼みたいことは、その手始め、かな。だから」

美加絵は煙草を吸い、ゆっくりと吐いた。

「あなたには無理」

「そいつぁ」

猿丸は言葉に詰まった。

出来ることと出来ないことは、純也に比べれば格段だ。

「伝えとくよ」

「ありがと」

美加絵の吐く紫煙が、カウンタから左に流れた。

気が付けばホールに客は、あと二組だけになっていた。

始動すれば、J分室に昼夜の別はない。

三

ただ、二十四時間体制というわけではない。それぞれの姿勢と思考に従って動くということだ。

常に純也が初動に当たってふたりの分室員に示すのは、まず案件に対していかに触れるかの方向性だけと決まっている。

重なることのない二方向さえ示せば、公安捜査員としてどの課の誰にも負けないふたりなら、勝手に動きつつも捜査や情報収集は、最終目的の方向に黙っていても収斂《しゅうれん》してゆく。

鳥居が昼に働けば、猿丸が夜に働く。

必要とあればそれぞれに二十四時間でも働くふたりだ。

勤務と休暇の別もなく、潜入も覚悟な職務だけに、勤務地や所在の別もない。

そんなふたりの分室長である純也も、もちろんどころか、ふたりに倍して多忙となる。

そして常に、ふたりに三倍する危険も甘んじて引き受ける。

ブラック部署かといえば、人手が足りない分どうしても、J分室は動き始めたら終結を見るまでブラックだ。

　警視庁の組織図にも載っていない部署だから誰も気にせず、そう、人事ですら気にもかけないから、ブラックであることすら誰も知らない。

　そう思えば、いつも純也は笑えた。

　ブラックでも、そこに楽しみをもって動ける人間は動き、率先して働く者はいるのだ。

　純也率いるJ分室も、鳥居と猿丸の捜査員ふたりには、いや、事務職の大橋恵子にも、それぞれに納得がいく報酬や費用は約束している。

　が、人は対価だけで動けるものではない。使命感も充実感も含めて、労働には目に見えないなにかが必要だ。

　逆に言えば、そういうなにかさえあれば、数値化されるブラック度合いなど、いくらでも超えられるものだろう。

　そうして、J分室員がそれぞれの狙いを持って動き始め、四日が過ぎた。

　六月十五日は、月曜だった。梅雨は中休みのようで、首都圏の週間天気予報はおおむね晴れて、暑いということだった。

　気分だけでも涼しくとということか、恵子がこの朝J分室に活けてくれたのは、ピンクのスイートピーだった。

　コーヒーの香りの中で、わずかにもすすんだ成果を話してゆく。

取捨選択の判断は人による。

中には今は些細《ささい》でも、いずれそれを足掛かりに新たなルートが開けることもある。

特に全員がそろうときは、私情を絡めることなく、細大漏らさず成果を披露することが大事だ。

世間話、四方山《よもやま》話、与太話。

要は、そんな類の話でいい。

ティピカ豆の高いアロマが、人の心を緩め、口の動きを滑らかにする。

「おう、恵子ちゃん。もう一杯くれねえかな」

鳥居がドーナツテーブルの奥でカップを上げた。

「はい。あ、他の人は、どうです?」

純也はもらうよと言ったが、キャスタチェアに寝そべるようだった猿丸は、濡れタオルを顔に当てたまま、あと三十分は要らねえと言った。

どうやら、昨夜の酒が深かったらしい。

もっとも、猿丸の本当に浅い酒を純也は知らない。

猿丸は、飲酒の深さでPTSDの症状と現実に折り合いをつけている。

猿丸の場合、飲酒とPTSDは裏表というより、二日酔いと全快の間で揺れ動く。

「なるほど。まあ、そんなところだろうね」

純也は熱いコーヒーに口をつけて頷いた。

相模原市警につながるという鳥居のスジ、神奈川県警にいる純也の同期、そして戸塚署の交通課にいる猿丸の彼女、いや、スジ。

そんな辺りの話を総合すると、今のところ捜査は統合されることなく別々に行われているということがわかった。共通の情報整理どころか、連絡網の構築すらまだされていないという。

警視庁の戸塚署はまだしも、相模原市警と神奈川県警が合同捜査に至っていないのが不思議というか笑えた。

どちらも、あわよくば出し抜こうと思っているのが見え見えだった。

戸塚署の方もどうやら、二つの事件のリンクを考えている節もあるが、表立って神奈川に申し入れることは考えていないようだ。

その前に、メディクス・ラボの本社がある市谷田町を管轄する、同じ第四方面本部に所属する牛込《うしごめ》警察署が捜査に割り込んできそうな勢いで、それどころではないという方が正しいかもしれない。

どうやら牛込署は、事件の帰着がどこになるかを危惧したメディクス・ラボが、霞が関か官邸を動かし、万が一の場合の軟着陸のために割り込ませたようだ。

「いずれ三竦《さんすく》みどころか、四竦みになるね。なかなか硬いスクラムになりそうだ」

コーヒーを運び終えた恵子が、クスリと笑った。

純也は片目を瞑って見せ、コーヒーカップで鳥居を指し示した。

「で、メイさんに単独で頼んだ方は？」

「へぃ。ちょっと待ってくださいよ」

メモを広げ、鳥居は頭を掻いた。

「氷川と里村ですがね。現在の関係ってぇか、付き合いはまったく見えませんや。それぞれの現在に関する資料や報告はメールしときます。で、里村のW大、氷川のK里大学。今はそっちの方を広く洗いだそうかってとこで。学生運動との絡みってぇか、今回は紗雪を大いに動かそうと思ってまして」

「ああ。太陽新聞の」

「ええ。もう、一端ですから」

「わかった。彼女にくれぐれも危険がないようにね」

「へぃ」

「じゃ、セリさんの方はどうだい？」

うおっと叫びとも呻《うめ》きともつかない声を上げ、猿丸が跳ね起きた。タオルが落ちる。

「おっとっと」

拾って顔を拭き、目の前の冷めたコーヒーを一気に飲んだ。

「お前ぇよ」

　鳥居が溜息交じりだった。

「恵子ちゃんがこっち見てたら、怒鳴られっぜ」

「えっ。鳥居さん、なに？」

　受付カウンタで、こちらに背を向けていた恵子が振り返る。

「いいや。なんでもございません」

　猿丸は慌てて首を振り、案の定、痛ててと呻いて頭を抱えた。

「すいません。まだっす。やってんですけど。パイプ爆弾ってのが、ネックらしいっす」

　報告は二日酔いとの格闘の中に聞こえた。

　純也は鳥居と顔を見合わせ、ともに苦笑いだ。

　と――。

「まあ。また」

　恵子の意外を告げる声が聞こえた。いきなりそわそわし始める。

　誰かが来たのは気配で分かっていたが、

「あら」

　人物を認めて、純也も反応は恵子と大差なかった。

　長島公安部長が、恵子が思わず呟いたように、また立っていた。

「部長。そうやって前触れもなしに来るの、やめてもらえませんか。みんなほら、なにかしら迷惑してますよ」

恵子はドーナッテーブルの上を部分的に片付け、コーヒーメーカの前に急いだ。

鳥居は席から動かなかったが、緩めていたネクタイをいつのまにか目一杯に締め上げていた。

猿丸は浮腫《むく》んだ青い顔を上げ、真っ直ぐ前を見て、どこを見ているんだかわからない風情で、ただ固まっていた。

「ふん」

全体を確認し、しかし長島は毫《ごう》ほども動じなかった。

「しかたあるまい。情報を伝達するにも、ここの方が安全なのでな」

長島はキャスタチェアに座り、恵子の淹れたコーヒーに手をつけた。

「おや？　ここの方が安全ということは」

純也は悪戯気に目を細めた。

「やってみたんですか？　宝探し」

宝探しは、盗聴器探しだ。前から何度か提案していた。ご自分の部長室、調べてみてはいかがですか、と。

「ああ。それも、自分でな」

「自分で？」

長島は頷いた。

「金田はないと言ったが、どこと誰がつながっているかは、警視庁だからこそわからない、と言ったのも、たしかお前だったな」

「そうでしたっけ」

空っ惚けてはみるが、振りだ。

「――あったんですか」

「三つばかりな。もっとあるかもしれないが、オール・オア・ナッシングだ」

「ああ。わかります」

「いつからここは、こんな魑魅魍魎《ちみもうりょう》の世界になった？　昔、俺が若かった頃からこんなだったか？」

「ああ。そんなのは簡単な理由です。わかりませんか？」

「――なんだ」

純也ははにかんだような笑みで、片目を瞑った。

「子供に天使や座敷童《ざしきわらし》が見えるように、大人になると魑魅魍魎が見えるようになるんです」

長島は唸《うな》り、暫時純也の言葉を吟味するようだった。

純也はコーヒーカップを手に取った。

「まあ、だからこそ、ここも存在できるというわけですが。はは、大人にしか見えない部署、ですか。かくて、見えるようになった公安部長も訪れるようになる、と」

「――なるほどな。それは、至言かもしれん」

そうして、長島はいくつかの情報を開示した。

主に神奈川県警から吸い上げた情報のようだった。

事態を動かすようなものはまだなかったが、私情を絡めることなく、細大漏らさず聞くことが大事だとは、くどいようだがJ分室の基本だった。

中には今は些細でも、いずれそれを足掛かりに新たなルートが開けることもある。

これも、何度でも繰り返す基本だ。

長島の語るところによれば、パイプ爆弾の成分、アルミだったパイプの組成、手動スイッチの構成は判明したらしい。

犯人の特定はやはり不可のようだ。

受付嬢と氷川以外に死亡者が出なかったのは不幸中の幸いだが、それでも近くのブースで商談中だった男性社員や取引業者、それに受付のちょうど壁裏の事務室で仕事中だった女性社員の、計八人がいずれも重軽傷を負ったという。

犯人がメディクス・ラボまで、車やタクシー・バスを使った形跡は無く、足取りも今のところ不明のようだ。動機も当然ながら不明だった。

会社側にはまだ、捜査中を通しているようだ。

当然だが、犯罪とも事故とも伝えてはいないという。

世評を気にするメディクス・ラボ側としては、取り敢えず氷川と受付嬢たちの葬儀を近々、社葬で執り行うことだけは取り決めたらしい。

「ま、会社的には妥当な判断でしょうね。ただ、一緒にされる彼女たちがかわいそうな気もしますが」

「その氷川がどんな男だったかは知らんが、虫魚禽獣《ちゅうぎょきんじゅう》までも、死なばあまねくみな仏だ。小日向」

と、携帯の振動音が聞こえた。

長島のポケットからだった。

「金田からだ」

どうした、と言って電話に出たきり、ひと言も発さないうちに長島の顔に驚愕が走った。

「なんだと」

短い遣り取りで通話を終えた後、長島は天井を振り仰いだ。

純也は言葉を待った。

しばしの間があり、長島は長い息の合間に言葉を混ぜた。

った。

「今度は、最高裁長官だ」

滝田《たきた》信広《のぶひろ》が爆弾テロにあって死亡したようだと、長島はJ分室員たちを見渡しながら言った。

四

滝田信広が最高裁判所長官に就任したのは三年前、二〇一二年のことだった。

滝田は地方裁判所時代から辣腕《らつわん》で鳴らし、最高裁長官就任時は、なるべくしてなったと法曹界では評判だったという。

六十四歳はなるほど、そのことが納得出来る若さだった。順当に定年の七十歳まで勤め上げれば、在任期間は六年を数え、おそらく歴代の長官の中でも五本の指に入る長さだ。

滝田は東大在学中から切れ者として評判で、司法試験に合格したのは十九歳、東大二年のときだった。

この学生時代には、滝田は社青同（日本社会主義青年同盟）第一見解の東大学生班に所属し、安田講堂では全共闘に参加したらしい。

このとき退学処分を受けた何人かのうちの一人だったらしいが、一切の社会主義活動と絶縁することを宣言し、翌年には復学したという。

最終的に最高裁長官にまで上り詰めた現実を見れば、この一年のブランクと学生運動は、特に滝田のキャリアになんの影響も及ぼさなかったようだ。

この時代、学生運動に〈触った〉程度の学生はみんな、この滝田と同じようなものだったかもしれない。

日本を代表するような大学の学生たちの多くが、必ずどこかで、なにかに参加しているといっても過言ではない時代だった。

そういう時代の熱だった。

ちなみに、この二〇一二年は小日向和臣総理大臣が誕生した年だ。

和臣と滝田は、学生時代に特に深い親交があったわけではないというが、東大紛争安田講堂の折り、自分の入試が中止になったことで自暴自棄もあり、世の中に対して本気で暴れてみようかとバリケードの中に入った高校生、小日向和臣を、

――東大生以外は出て行け。関係ない連中の手は借りない。

と講堂外に押し出したのは、たしかに若き日の滝田信広だったと、最高裁長官任命後に、記者会見で和臣は回顧した。

一浪と一年のブランクが共にあり、滝田は和臣にとって東大の二年の先輩に当たる。

殺されたこの年は、六十七歳だった。いや、六十七歳の誕生日を翌週に控えていたという。

朝、九時三十七分。

駒沢《こまざわ》公園のほど近くにある、最高裁判事官舎から出て、公用車に乗り込もうとしたところで爆発の直撃にさらされたようだ。

犯人はピザ屋のバイクで通り掛かりを装い、そのまま真っ直ぐに突っ込んできて自爆したという。

死者は滝田長官以外に、警視庁警備部警護課警護第二係のSPがふたり、公用車ごと吹き飛んだらしい。

ガソリンへの引火もあり、悪いことに当時吹いていた南風に乗って火は隣家へと燃え広がったと言い、事態はそのまま、消防車十五台が出動するまでの火事へと移行した。

こうなるともう、警視庁や警察庁の情報操作でどうなるものではなかった。

せめて〈自爆テロ〉の文言だけは使用を差し止めたが、現場付近に立つテレビのレポーターたちはこぞって〈爆破事件〉を口にし、コメンテータはみな、最高裁長官公邸を使用していたなら、この惨事は防げたのではないかという、通り一遍な見解を披露した。

セキュリティ面ではたしかに、最高裁長官公邸は判事官舎より優れていた。

なんといっても敷地が広く、車寄せがあった。

通り掛かりの宅配ピザのバイクが寄れるような環境ではない。

ただ、最高裁長官公邸は築八十年を経過して老朽化が懸念され、東日本大震災以来、使用が停止されていた。

前年二〇一四年には重要文化財に指定され、同敷地内に新公邸が増築されることが決まっていた。

滝田長官は就任以来、一度も公邸に住むことなく、人生の終焉を迎えたということになる。


この事件のあった翌日だった。

午後になって、純也は自爆テロの現場にひとり立った。

愛車であるディープ・シー・ブルーのＢＭＷ　Ｍ６は、だいぶ離れた駒沢大学駅近くのコインパーキングに停めた。現場周辺は何重にも、しつこいくらいの検問が予想されたからだった。

案の定、現場の近くは渋滞していた。実質としては停滞だ。

主に、マスコミの車両が多かったように思う。

判事官舎の周りには広く規制線のバリケードテープが張られ、単管足場までが仮組みされて、官舎の全周はブルーシートで覆われていた。

一定間隔で制服警官が立ち、辺りに睨みを利かせて物々しかった。

所轄は第三方面の玉川署になる。

「まあ、やる気がないよりはいいけど」

周囲から完全に切り離され、切り取られたような一角。

その異様さから浮かび上がるのは、警視庁の決意と覚悟だ。

そこに、下らないメンツと縄張り意識を混ぜて掻き回せば、立派な捜査現場が出来上がる。

ブルーシートの中には、所轄の刑事組対や見知った外事第三課だけでなく、本庁捜一の真部《まなべ》警部が率いる、第二強行犯捜査第一係の面々もいた。

誰もが純也の訪れに気付き、純也を知らない者たちは好奇とも怪訝ともつかない顔をするが、知った者たちはたいがいが渋面を作った。

刑事警察の捜査員と警備警察の公安マンはそもそも相性が悪い。

現場で顔を合わせれば、なおさらだろう。

それにしても気にしなかった。慣れていた。

ただ、

「ああっと、すいませんがね、勝手に入って来ないでもらえませんかね。捜査に関係のない庶務分室の理事官様なんざ、邪魔なだけなんですが」

中でも相性の悪い真部係長の敵意は、辺りを憚《はばか》ることがなかった。

これには苦笑するしかなかった。

そこまで所属を知られれば、誰もが貝になるだろう。

純也が理事官と知って所轄の連中には緊張が走り、本庁の連中は無視を決め込んだ。

だが、真部の大声も悪いことばかりではない。

「係長。なんですか、その大声は」

聞きつけて塀の中から、ラテックスの手袋をした斉藤誠《さいとうまこと》警部補が姿を現した。

短髪で顔つきはいかにもの刑事だが、眼差しは穏やかだ。

階級は違うが斉藤は警察学校の同期にして、庁内における純也のスジのひとりだった。

斉藤がいるなら、わざわざ無視や嫌味の直中《ただなか》に立つこともない。

アイコンタクトでブルーシートどころか規制線の外まで出、無遠慮な制服警官の視線を浴びながら離れて歩く。

斉藤とのLINEに、M6を停めたコインパーキングの名称だけを入れた。

すぐに了解と返信が来た。

三十分で、とあった。

「時間潰しか」

さて、と考える間はなかった。

背後から誰かがついてきているのはわかっていた。

剣呑《けんのん》なものは感じなかったから放っておいたが、やけに硬い気配だった。

「小日向」

規制線から百メートルほど離れたところで呼ばれた。

振り返って、純也はいつもの笑みを浮かべた。

さすがに意表を突かれた感じだ。

「へえ。懐かしいね。でも、お前がなんでこんなとこに?」

背後にいたのは東大の同級生、大谷健二《おおたにけんじ》だった。

学生のとき大谷は、サードウインドの別所幸平《べっしょこうへい》と同じベンチャー・クラブに入っていた。

それで知っていた。いや、知っていた以上に、ベンチャー・クラブの人間は別所を筆頭に多くが友達ではあった。

別所に融資したことはもちろん、ヤリサーに彼女を囲い込まれそうになった奴に、奪還の手を貸してやったこともある。

呑み会での肴ではないが、迷惑が掛からない程度の来歴を話したこともある。

ベドウィンとの生活のいくつかや、小日向一族との確執のあれこれ。

気のいい奴は、ひとりもいなかったと思う。

だが、捻《ね》じ曲がった奴もひとりもいなかったと今でも断言できた。

太いか細いかに違いはあるが、全員が恐ろしく硬い、一本道な男たちだった。

そんな中で大谷は、一番普通人に近い男だったと記憶していた。

たしか、起業計画が在学中からベンチャー支援機構のモデル事業に選ばれ、曲面有機ELを使ったサイネージを全国に展開して成功し、立派に一企業人となった。

卒業と同時に三年間付き合った彼女と結婚し、良き家庭人でもあったはずだった。

それにしては、再会にはあまりにも場違いだった。

「兄貴が。兄貴が、な」

声も表情も――。

「ん？」

瞬時に理解された。

四角い顔、若白髪の短髪。無精髭。

いや、無精髭は、心の余裕のなさか。

「そうか」

たしか爆死したSPのひとりが、大谷という名だった。

大谷徹雄《てつお》巡査部長。

司法解剖に回っているはずだ。

大谷は青い顔で首を振った。

「誰もなにも教えてくれない。遺体との面会も出来ない。俺は弟なのに。だから」

わからないでもないが、そういうものだろう。

捜査の主体は最高裁長官を狙った自爆テロで、ＳＰは守れなかった側の人間だ。

「小日向の名が聞こえた。お前が出てきた。なあ」

大谷は純也の両腕をつかみ、揺すり、

「教えてくれ。兄貴は。兄貴、は」

その場に崩れ、膝をついた。

両親を早くに亡くし、兄に育てられたようなものだと昔、大谷は言った。

――いつか、楽させてやりたいんだ。そんなことを口にしたら、兄貴はきっと怒るだろうが。それくらい厳格で、実直で、俺の方ばかり向いて生きてきた兄貴なんだ。

純也は視線を大谷に合わせ、その肩に手を置いた。

「死んだよ。大谷、お前の兄貴は、他人を守ろうとして死んだんだ」

心に刺す。

「そして死んで今なお、人を守るために必要とされている。お前の兄貴はきっと、そういう覚悟をもって職務についていたはずなんだ」

辛くとも、受け止めなければ始まらない。

受け止めなければ、前にも後ろにも進めない。

「……そう、か。そう、か。――そう、だよ、な」

嗚咽《おえつ》があった。

純也は待った。

制服警官が訝しんで近寄ろうとした。

手と針の視線で制した。

マスコミの連中が近くにいないのは幸いだった。

人には、涙が必要なときがある。

そんなときの涙は、無理に止めてはならない。

純也は大谷の泣くに任せた。

すぐ近くに自動販売機があった。

ブラックコーヒーと、ミルクティーを買った。

大谷が大きく息をついた。

頃合いだった。

「ほい」

立たせてミルクティーを渡した。

甘さはこういうとき、偉大な助けになる。

「ベンチャー・クラブの連中とは、最近どうなんだ」

「いや。俺のとこは、まだまだ自分で走らないと倒れそうな会社だからな。突っ走るだけで、昔の仲間と会ったりとかはまったくだ。連絡もとってない。そう、別所とか、八重樫《やえがし》とか、山本とか。懐かしいな。小日向、お前はみんなに会ってるのか」

コーヒーを飲み、ミルクティーを飲み、歩きながら友を語る。

電車で来たという大谷とはパーキングまで同道した。

「大谷。金曜日はどうだ。そのくらいになれば今より少しは、お前に話せることがあると思う」

「たのむ」

別れ際、大谷は手を差し出した。

「お前に会えてよかった。話せてよかった。少し、落ち着いた。ありがとう」

握手で別れる。

階段に向かう大谷の背を、純也は目を細めて見送った。

大谷と再会し、純也にも思うところがあった。

「健二、か」

犬塚と同じ名前。

東大に入学し初めて大谷と出会ったときも、

――ああ、外事特別捜査隊の、犬塚さんと同じ名前だ。

今と同じことを思ったものだ。

この年は、9・11の同時多発テロがあった。

　オックスフォード大を卒業した純也の兄和也《かずや》は、このテロで大学院進学を断念して帰国し、和臣の私設秘書になった。

　外事特別捜査隊は解体され、鳥居、犬塚、猿丸の三人は新設された外事第三課の所属になった。

「懐かしいな。ねえ、シノさん」

　振り返り、西の空に顔を上げた。

　綿雲がひとつ、流れていた。

　梅雨が明ければ夏が来る。

　夏が来れば、すぐに犬塚の一周忌だ。

　その前に新盆《にいぼん》。

　その前に――。

　純也は、おっ、と声にして手を打った。

「そうだ。呼ばれてたっけ」

　ペリエのママ、美加絵がそんなことを猿丸に伝言していたことを思い出す。

　死にゆく犬塚に花一輪。

　純也に出来なかったことだ。遅れた。見送ることもできなかった。

　だから――

たとえどんな願いであろうと、美加絵の望むことはすべてに優先する。

「それにしても、だね」

滝田信広の死に大谷健二の兄徹雄の死が紛れ、もって、犬塚の死を思い出す。死が、まったく多い。

「あのママも、そんな匂いがしないでもない。願わくば――いや」

考えまい。

今は別のこと。

別の物語。

コインパーキングのM6に向けて歩き出す。

遠くに、斉藤誠の姿が見えた。

五

二日後、鳥居はこの日、メディクス・ラボが社葬とした、氷川たち犠牲者の追悼式に参列した。場所は、築地本願寺だった。

言い方は悪いが、なかなか張り込んだと言える。

「立派なもんだ」

正門でまず、鳥居はネクタイを締め直した。

鳥居の参列は、純也からの指示だった。

――じゃ、メイさん。よろしく。

猿丸か鳥居、どちらかといえば消去法で鳥居、だったろう。猿丸はこういう式には不作法に過ぎる嫌いがあった。

犬塚が生きていたら間違いなく犬塚の役目だったが、他人の葬式で思い出しては、本人の死に遠慮がなさ過ぎるか。

厳かにも、波のようなざわつきの絶えない式だった。

本人たちをどれだけ知っているのかわからないKOBIXの関連企業や、関連企業の取引先までが列をなせば、葬送に〈悼《いた》み〉は失われる。

千人からが集まる席は、セレモニーもイベントも一緒だ。

しかもそんなざわつきは、参列者だけの話ではなかった。

遺族を慮った会社側の意向でマスコミはシャットアウトだったが、寺領の外にはずいぶん押し寄せているようだった。

公式発表は市警も県警もまだないが、マスコミはこの一件を大々的に取り上げた。

なんの罪もない受付嬢が三人、爆発に巻き込まれて吹き飛んだ。

マスコミは、この一点を大いに喧伝《けんでん》した。

なんの罪もないかどうかは実際、公式発表がない以上裏付けがあるわけではないが、散る花の悲劇を視聴者、聴取者は好む。

「へっ。わからないでもねえが、こんなときまでもよ」

塀の上に突き出た脚立やティ足場から狙うカメラの、無数のフラッシュが苛立つほどだった。

上空を旋回する、在京新聞社のマークが入ったヘリコプターも騒がしい。

どれもこれも、死者の眠りを妨げる。

主副で五人も連なった坊主が重々しく誦経する中、会社関係者でごった返す本堂で、鳥居は犠牲者らの肉親を捜した。

普通の葬儀より時間は掛かった。

社葬の追悼式という関係上、葬儀の主体は会社だった。

ひとりひとりは全体に埋没する。

遺族の席は、本堂の片隅に追いやられていた。

欠けた櫛の歯のような、寂しい佇まいだった。

寂しさはなにも、位置だけの話ではない。

そこに氷川と、犠牲になった山崎栞《やまざきしおり》の遺族は何人かいた。

だがあとふたり、寺崎聡子《てらざきさとこ》と大貫亜衣《おおぬきあい》の家族親族は、全員出席を拒否したという。

五十人からが着席できる席に、座っていたのはわずか数人だった。

今のところ、マスコミは情報を面白可笑しく肉付けするために、会社と氷川を悪者にした。

氷川、あるいは会社の事件に、関係のない受付嬢が巻き込まれた。

マスコミは、そんな風に風評を煽《あお》っていた。社内での力関係や態度から、氷川をよく言う関係者など最初からいなかった。

マスコミが餌食にするには、格好のターゲットだったといえる。

一時間を過ぎると、さすがに葬列も残りわずかになった。

鳥居は、ただひとり最前列に座る老女に近づいた。

染めることない白髪の前髪もそのままに、うつむいて老女は動かなかった。

「警察の者です。このたびは」

そう告げると、物憂げに顔だけが上がった。

いや、まだまだ老女と言っては失礼な歳だとはわかっていた。

死んだ夫と同い歳、なんと矢崎とも同じ、六十二歳だ。

苦労に苦労を重ねてきた結果だろう。

わかっていても、イメージされる言葉は老女しかなかった。

「捕まえますから」

老女は氷川の妻、俊子《としこ》だった。

鳥居は静かに頭を下げた。

「きっと、捕まえますから」

「はい。よろしくお願いします」

大人しい女性だった。長い年月、横柄な夫にただじっと仕えてきた、そんな風情がにじみ出ていた。

結婚して三十三年。

資料にはそう記されていた。

「息子さんは」

ひとり息子、貴樹《たかき》の姿がどこにも見えなかった。

貴樹だけでなく、俊子以外誰もいない。

最前列は、氷川家に割り振られた席だった。

「なんですかねえ。こんな所には、来られないと」

妻は寂しく笑った。

「そうですか」

それでも、妻は来るのだ。

ただひとりでも。ただひとりしかいないとわかっていても。

切なかった。

「当たり前だろう！　のこのこ出てくるあんたがおかしいんだ」

誰かが立ち上がった。

遺族席の誰もいない二列目を飛ばし、三列目だった。

山崎家の誰かだ。

男の声はよく通った。

近くにいた誰もが遺族席を注視していた。

離脱しようと鳥居はきびすを返した。

目立つ場所にいるわけにはいかない。

と――。

「おぉよ。氷川さんよ」

赤ら顔の男が三人ばかり寄ってきた。みな、だいぶ神酒《みき》を過ごしているようだった。

先に精進落としに上がっていた者たちか。

全員が涙目だった。

「なんでよ、どうして栞ちゃんが死ななきゃなんねえんだ」

やはり男たちは、山崎栞の親類縁者のようだった。

「なあ。どうしてだよっ」

ひとりが詰め寄ってくる。

「返せよ。洋二郎《ようじろう》の一人娘をよっ」

ひとりが椅子を蹴り倒す。金属音が悲鳴のように尾を引いた。

「こんな葬式によ。なんの意味があるってんだ！」

ひとりが手近な焼香台に走り、ぶち壊す。灰が舞い上がって靄のようだった。

「やめねぇか。おい」

言っては見たが、誰のなにを指すのかは定かではなかった。

取り敢えず鳥居は、詰め寄ってくる男と俊子の間に入った。

「退《ど》けよ」

「馬鹿なことすんじゃねえ」

その間に、誰かがパイプ椅子を振り上げ、投げ飛ばした。

鳥居に出来ることは少なかった。窮した。

残り少ない葬列も動きを止め、誦経《ずきょう》さえが止んだ。

静寂の中だった。

鳥居の背後で、俊子の息遣いが聞こえた。

「みなさん。ごめんなさいね」

震える声に、鳥居の心も震える。

「奥さん。そりゃぁ、言っちゃいけねえ。あんたの問題じゃねえ」

そのときだった。

本堂の中に、静寂があればこそ聞こえるリズミカルな靴音があった。

軽やかにして、事態に動じることなく真っ直ぐ祭壇に向かってくる男の靴音だ。

鳥居が目を転じると、男は振るようにして右手を上げた。

「やあ。メイさん」

「ぶ、分室長」

仕立てのいい黒スーツに身を包んだ、小日向純也だった。

姿勢のいい長身、ヒュリア香織によく似た風貌、歩けば吹き渡るような中東の風、その匂い。

袈裟《けさ》を着た坊主の群れとの対比によって、異国の風情がなお際立つ。

みな、一瞬にして純也に搦《から》め捕《と》られたようだった。

純也は人々の意識のど真ん中を歩き、無事な焼香台の前に立った。

祭壇を見上げ、ひとり焼香を済ませる。

誰もなにも言わず、動かなかった。

やがて、振り返って祭壇を背にした純也は、居並ぶ人々を見回し、おもむろに差し上げた右手の先で、人差し指を天に伸ばした。

「強い心で、皆さん。悪意に負けないよう。折れないよう。善意だけが、故人の魂を天に送ります」

そうして純也は、俊子を見た。

慈《じ》に溢れる、穏やかな目だった。

「だからあなたのご主人は、安らかだ」

鳥居は背に、その場に泣き崩れる俊子の嗚咽を聞いた。

全体に対して一礼を残し、純也は滑るように本堂の外に向かった。

慌てて鳥居は追い掛けた。

純也は外で待っていた。

「メイさん。ご苦労様」

有り難くも、頼もしい上司の言葉だった。

「道が混んでてね。ちょっと遅れたけど、好都合だったかな」

「いや。ちょっとどころじゃないですけど。でも」

鳥居は胡麻塩の頭を下げた。

「助かりました。遅れてくれて」

「なんのこと?」

純也は肩を竦めた。

「じゃ、戻ろうか。分室でセリさんが待ってる。あ、師団長もまたオマケで」

そう言って関係者駐車場に向かおうとして、純也は瞬間的に動きを止めた。

ふうんと呟き、広く塀の外にマスコミのフラッシュを眺める。

「どうしました？」

鳥居も背後から、純也の眺めるなにかを探った。

「いや。気配がね。へえ」

口辺が、徐々にチェシャ猫めいた笑みに吊り上がってゆく。

「少しずつ違うってことは、別の奴、いや、次の奴なのかな」

声もいくぶん弾んでいるようだ。

「色々と見る。見て落とす。見て詰める。心胆に煮詰めるものは、覚悟、かな」

長年の付き合い、阿吽の呼吸。

だから鳥居にはわかる。

新たな敵。

そうなったときの純也は、実に冴え冴えと、やけに楽しげだ。

「気配、ですか。私にはわかりませんが」

「もうないけど、相模原で感じたような気配がね」

「相模原。ああ」

自爆した男に近い、不可思議な気配。

殺気でもなく、漂い流れる生気でもなく無色透明は、見送る者の気配、巡礼の気配。

たしか、純也はそんな説明をしていた。

「メイさん。僕だけじゃなく、少なくともこれで、メイさんもロックされたかもしれない」

純也はふたたび歩き始めた。

「はあ。ロックですか」

「そう。怖いからメイさん」

純也の言いたいことは分かった。

これも呼吸だ。

「了解ですわ」

鳥居は自分から先に答えた。

怖いから、などと純也が言うときは、自分のことではない。

続く言葉は目に見えていた。

純也はうなずいた。

「後出しの許可はもらっておくから」

この許可とは、拳銃の携帯許可のことを指す。

制式拳銃、シグ・ザウエルP239JP。
出来ることなら使いたくない。
どう言い繕っても、鳥居にとって拳銃は殺人の道具だった。
（けどな）
誰も悲しませないために。
妻和子《かずこ》も、一人娘の愛美も。
鳥居はシグ・ザウエルの、固く冷たい銃把の感触を思い浮かべた。

第四章　標的

ロー・モノローグ4

スペインのマドリードに到着した私は、そこからシルクロードを通るようにして極東の島国に渡った。主に、エタというバスクの組織の男たちが私を助けてくれた。中国に入ってからはおそらく党の人が引き継ぎ、マカオで最後の身辺調整と日本語学習をして私は船に乗った。

日本は、想像以上に遠い国だった。

極東と言うのが、本当に正しい旅だった。

私は初めての海外で、地球をほぼ三分の二周回った計算だった。

――ロー。私の愛しい子。少なくとも、日本で生活出来るだけのお膳立てだけはしてあげる。だから、心配しないでお行きなさい。あなたの祖国に。

麻友子がそう言っていたお膳立ては、感心するくらい万全だった。

はるばる訪れた祖国で私を迎えてくれたのは、私の親という人たちだったが、これは特に驚くことではなかった。

このことについて私は、マカオで十分にレクチャを受けていた。

子のない夫婦と親のない子の、法の領域外のマッチング。

そんなことだったように思う。

私には、日本に入る前からすでに、両親も戸籍も整っていた。旅は来日ではなく、帰国の扱いだった。

私の名前も年齢も本籍も含め、すべては作り物だった。

しかし、偽物ではなかった。

見も知らない私の両親は、私を実の子供のように愛してくれた。居心地は、悪くなかった。

悪くないどころか――。

日本は想像以上に遠い国だったが、それ以上に、当時の私には素晴らしい国だった。心が躍った。

電車、バス、地下鉄、タクシー。

どこに行ってもなにがしかの交通機関や手段があった。

都市には高いビルが建ち並び、街は万国の音楽と料理店が軒を連ね、目眩がするほどの数の人で溢れていた。

近郊にはよく計画された住宅街が配され、公園や学校は、どこも歩いていける距離にあった。

インフラの整備も目を見張るほどで、都市も住宅街も、夜通し明るい生活など考えたこともなかった。

海は泥の色をして川は濁り、アンデスの山々はなかったが、日本にはペルーにはない近代化というものがあった。

なにをとってもサービスの質はペルーより遥かに高かった。

その分、料金も桁違いに高いと知るのはずいぶん後のことだった。

日本という国自体に圧倒され、最初は逆になにも出来なかった。養父母の元、ただ大人しくしていたように思う。

ただ、母の願いは忘れなかった。私は弟の遺髪を、養父母に頼んで連れて行ってもらった富士山登山で空に投げた。

父のことは、なんとなくそのうちにわかった。

父はどうやら、有名な人らしいと言うこともわかった。雑誌やテレビで、何度か顔を見た。

最初に見たのは、間違いなくテレビだった。なにかのインタビューだったろうか。

直感的に父だとわかった。

しばらく眺めた。

画面が変わった後、残ったのはどうしようもない嫌悪感だけだった。

足を組む、組み替える。立つ、座る。話す、笑う。頭を掻く、腕を組む。

なぜかわからなかったが、すべてがむかついた。

やがて、何度か見るうちに、理由だけはわかった。

ああ、私は麻友子より、この男に似ているのだ。

だから、嫌いなのだ、と。

思ったより、どうでも良かった。殺そうと思うほどの衝動も起こらなかった。

私は以降、麻友子の言いつけと教科書というバイブルに書かれたことをよく守り、日本に馴染むために一生懸命頑張った。

――ロー、これが読めるようになるまでは、あなたは向こうに行ってもペルー人よ。読めて、さらに意味がわかるようになって初めて、ふふっ、それでも日系のペルー人、かな。

麻友子はそう言ったが、少し違った。

意味がわかるようには、なかなかならなかった。

麻友子が教科書のお終いに書き足した色々は、日本の近代化と相容《あいい》れないものだった。

麻友子の人生と、時代の変遷。

意味がようやくわかるようになった頃、私はもう大人で、もう一人前の日本人だった。

見せ掛けの笑顔、張りぼての城。

曖昧を中庸と言い張る衆愚。

情の体裁の非情。

愛という暴力。

金満。

外から見る日本の輝きは、中で染まると、もう見えなかった。

けれど――。

バブル経済も終焉を迎え、ゆとり教育の弊害は蔓延《まんえん》し、超高齢化社会に足を踏み入れ、崩壊の足音さえ聞こえている現状。

にもかかわらず、日本人がしていることは私がこの国に初めてやってきたときと十年一日のように変わらない。

ペルーが懐かしかった。

垢染みてはいても底の抜けた笑顔。

輝く太陽。

遥かなアンデスの山並み。

抱えた銃の安心感。

火薬と油の匂い。

生きることの価値。

死ぬことの、本当の意味。

泣きたいほどに、ペルーが懐かしかった。

いや実際、私は麻友子の教えと、教科書を抱いて泣いた。

何度も泣いた。

そんなときだった。

バイブルにも等しい教科書の最後に、麻友子が書き綴《つづ》った文字が光彩を放った。

――これはワードキー。そろえば運命。まあ、そろわなくても、ロー、それは神の御意志。

神の御意志は、本来そろうはずもないキーをそろえた。

私はすぐに、麻友子に連絡を取った。

運命の扉は、私の前で音もなく開いた。

――だから。

私は神の御意志と麻友子の言いつけに従い、今この場から革命へと続く、いや、巡礼へと続く、闘争を始める。

一

十九日は、大谷との約束の金曜日だった。

純也はこの日、待ち合わせに帝都ホテルのラウンジを選んだ。

設定は午後の二時にした。

分室から歩ける純也が先にラウンジに着いた。

その後、約束の五分前に大谷と、品の良いスカートスーツ姿の女性が連れ立ってやってきた。

純也は立ち上がった。

女性が、セミロングの髪を押さえながら頭を下げた。

「小日向。こちらは」

大谷が口を開いた。

「その、兄貴のな」

純也はうなずいた。それだけで分かった。

というか、分かっていた。

「初めまして」

　女性は、古沢華江《ふるさわはなえ》と名乗り、名刺を差し出した。

　そういう名の女性のことは姓名から住所から、ある程度のことまでは十六日のうちに知っていた。

　十六日は、滝田長官爆殺の現場で大谷に会った日だ。

　分室に戻った純也は直後にもう、警視庁のメインサーバにアクセスしていた。

　警視の権限で閲覧できるビッグデータには、SPである大谷徹雄の私生活までが克明に記されていた。

　古沢華江は約三年前から徹雄と付き合う、都内私立R大学の准教授ということだった。

　年齢は徹雄よりひとつ上の三十九歳だというが、これは実際に華江を目にすると、純也をして感嘆を禁じ得なかった。

　艶やかでしなやかな黒髪。大学の准教授らしい理知的でシャープな顔立ち。そのくせほぼナチュラルメイクの、驚くほどに肌理《きめ》が整った肌。

　華江は分かっていてさえどこから見ても、とてもアラフォーには見えなかった。

　熟女ではない。昨今は美魔女というのだろうか。

　なるほど、赤い唇と高い鼻が印象的な華江は、魔女に見えなくもない。

　健二の兄徹雄が華江と知り合ったのは、健二の会社の十周年パーティの席だったようだ。

　当時華江は、アルバイトで派遣のパーティコンパニオンをしていたらしい。

華江が准教授になったのは四年前で、出会った頃はまだ講師だった。調べる限りではたしかに、R大学国際関係学部は、講師で生活するにはなかなか厳しい大学のようだった。徹雄は派手やかなパーティへの出席を渋ったようだが、節目だからと無理やり健二に連れ出されたらしい。

そこで平たく言えば、徹雄が華江に一目惚れしたらしい。

「初めまして」

純也も華江に名刺を差し出した。

「このたびは」

「いえ」

華江は黒髪を左右に揺らし、純也の手から名刺を受け取った。

少し触れた指先がやけに冷えて感じられた。

冷たさは心労の証か。

そういえば、驚くほどに透き通るような肌の白さも印象的ではあった。

大谷も華江も、精神的に落ち着いているように見えた。

なにがあったか。

「昼前にな、兄貴が送られた監察医務院から連絡があった」

席に座るなり、聞く前に大谷がそう説明した。

さすがに、二十歳そこそこでベンチャー支援機構に選ばれた企業人だ。会話の空気の捕まえ方は堂に入ったものだった。

ホールスタッフが注文を取りにきた。全員がブレンドコーヒーを注文した。

「返されるのか」

「ああ。この後、ふたりで行くことになっていてな」

「そうか。よかった、でいいのかな」

すぐにコーヒーが運ばれた。

「じゃあ、手短にいこうか」

コーヒーの湯気の中で、純也は知り得たことのあらまし、話せることのいくつかを語った。

「すぐに色々知ることになるだろう。だから、嘘も隠しもしない」

似たような爆破事件が実は神奈川でもあったことを漠然と教え、本件を止められなかったこと、だから大谷の兄を巻き込んでしまったことを言外に詫びる。

警視庁に神奈川県警との特別合同捜査本部が立ち上がることを告げ、それ自体はルールと面子《メンツ》の鬩《せめ》ぎ合いの結果として形成された、機能しない砂上の楼閣《ろうかく》であることを断言する。

そして、神奈川の爆発には純也が当事者として絡んだことで、今は納得してもらう。

「そう、か」

話し終えると大谷は、ただそう呟いて膝を叩いた。

俯《うつむ》いて聞いていた華江は、

「それにしても爆弾なんて。この日本で」

と、下を向いたままハンカチを握り締めた。

ふたりの前には、冷めたコーヒーだけがあった。

ホールスタッフを呼び、純也は人数分の追加を頼んだ。

「すまなかったな。小日向」

大谷が吹っ切るように、初めて笑顔を見せた。

取り繕ったとわかるものだったが、それでも純也は救われる気がした。

自分で口にして、改めて思ったばかりだった。

救えない人が多過ぎた。

自分は、無力だ。

「諍《いさか》い、争い。なくなりませんね」

華江が顔を上げた。

「徹雄さんはそういうものに、立ち向かう人でした。強い、人でした」

毅然と振る舞おうとしているのは、痛いほど分かった。けれど全身が小さく震え、胸は張れなかったようだ。

華江の目が潤みを帯びた。

「だから私も――。でも、役に立てなかった。間に合わなかった」

嗚咽とともに、涙が零れ落ちた。

「華江さんは、R大で国際関係学の准教授をされているんだ。紛争研究会のメンバーでもある。もちろん、国際学会だ」

華江に代わり、大谷がそう説明した。

「ああ。なるほど」

純也は華江に視線を置いた。

「大事な学問です。腐ることなく、どうか」

言葉は、華江に染み透ったようだ。

「ありがとうございます」

ハンカチで涙をぬぐい、華江もどうにか笑顔を見せた。

純也も正面から受け、笑顔を合わせた。

「大事ですが、難しい学問でもある。古沢さんは、テーマはどういったものを」

これも純也には十六日の、メインサーバへのアクセスでわかっていた。分かっていて聞いた。

それとなく、切っ掛けにしたかったからだ。

なものだった。

華江のテーマは公安的視点からすれば極左に繋がり、スジに獲得できれば力になりそう
華江はひと口、コーヒーを含んだ。

「学生の社会運動に見る考察からの構造的・制度的社会アプローチを。いずれ切り替える
つもりですが、まだ准教授としては駆け出しなので」

そう。これも純也にはわかっていた。これが興味深かった。

「ようするに、学生運動の研究と言うことですか」

「はい。私にとっては、それが最も身近な紛争ですから」

「身近、ですか」

華江は静かに頷いた。

哀しみは哀しみとして、自分の研究には愛着も誇りもあるのだろう。

声は凛として、自然、華江の背筋は伸びた。

「私の勤務するR大学には、つい最近まで偏った自治会がありました。資料も現物も、い
くらでもあります」

「なるほど。ああ、たしかにR大学には、つい十年くらい前まで学生運動家を標榜する連
中がずいぶんいましたね」

学生運動家とは、大学に在籍しながら学業より政治運動を中心に活動する学生のことを

指す。

大谷が腕時計を気にした。

監察医務院とのアポイントというより、許可が出たからには、出来るだけ早く兄の遺体を引き取りたいに違いない。

二杯目のコーヒーを飲み干し、さてと純也は立ち上がった。

大谷も華江も遅れて立つ。

純也はまず、大谷の肩に手を置いた。

「あまり、深く考えないことだ。お前はお前のすべきことをしろ。後は、俺がすべきことだ。そうして、俺がいずれ線香とすべての結果を、お兄さんの墓前に供える」

「――ああ。そうだな。お前ならな。――お前は、昔からスーパーマンだったからな」

よろしく頼むと、大谷は純也に頭を下げた。

「任せろ」

出来るだけ快活に受け、純也は顔を華江に向けた。

「古沢先生には、ご教示いただくことがあるかもしれません。いずれ、研究室に」

と、そこまで言ったところで携帯が振動した。

捜一の斉藤からだった。

すぐに切れて、また鳴った。

これはスジとの連絡で決めてある、緊急事案の合図だった。

大谷たちに失礼と断って出た。

「どうした」

電話の向こうで、斉藤の声は喫緊を叫んだ。

「ん？　あ、そう。へえ」

鳥居がいたら戦闘態勢とばれてしまうチェシャ猫めいた微笑みも、こういう場面では便利かもしれない。

大谷たちはまず、新たに発生した第四の事件の連絡とは思わないだろう。

「わかった。サンキュー」

純也は電話を切り、そのままの笑顔を華江に向けた。

「古沢先生。いずれではなく近々、お伺いしようと思います」

「え。あ、はい」

取り敢えずも華江の内諾を受け、純也はふたりに背を向けた。

背を向け、帝都ホテルのロビーから出、日比谷公園に踏み込んだところで表情は一変する。

暗い水底を睨み、睨むだけでなくそこに飛び込もうとするかの風情は公安マンのもの、いや、純也に限っては、まさに戦場に立とうとするソルジャーだったか。

――甘粕大吾だ。Aプラス製薬会長の。その甘粕が、散歩中に自爆テロにあった。

電話の向こうで、斉藤はそう叫んだ。

甘粕大吾は、純也にとっては既知の男だった。

元、純也の父和臣の家庭教師で、和臣・純也親子の先輩とも言うべき東大の出身。KOBIXミュージアムでの晩餐会にもゲストとして何度か呼ばれたことがある男。

そして甘粕は、学生時代は運動でずいぶん鳴らした闘士だと、自ら吹聴してはばからない男だった。

二

猿丸はこの朝六時から、矢崎とともに首相官邸の地階にいた。内閣情報集約センターのフロアだ。

前週金曜、午後一時二十二分。

Aプラス製薬会長甘粕大吾は東雲《しののめ》一丁目の自宅マンションから付近の水辺公園へ散歩に出たところ、近づいてきた男に飛び掛かられ、直後に起こった爆発の直撃を受けて死亡した。

この約四時間後、午後五時三十分の内示で、警視庁上層部は甘粕大吾を含む四件の爆弾事件を、関係性のある自爆テロと断定した。

猿丸はこのことを公安第三課の剣持から聞いた。

鳥居は鳥居で独自のスジから聞き、純也は長島から仕入れたようだ。

直前二件のパイプ爆弾の成分、アルミパイプの組成、手動スイッチの構成はすでにすべてにおいて一致を見ていた。

第一の西早稲田も、検証すれば火薬の成分は一致し、同組成のアルミニウムを検出した。

甘粕の事件も直前二件に照らし合わせればすむ分、関係性のあるなしだけはすぐにわかったという。

犯人の正体や動機が未だ不明なのも、逆の意味から言えば関連性をうかがわせる。

用心深く周到で、自爆さえ厭《いと》わないテログループが存在するのだ。

ただし、内示は出ても合同捜査本部が総本部になることはなかった。

警視庁本庁、戸塚署、玉川署、神奈川県警、相模原市警、そして新たに第一方面本部の湾岸警察署。

最高裁長官が犠牲者ということで、検察庁もしゃしゃり出れば、その動きを受けて警察庁もオズを待機させる。

笑うほどに多種多様だ。

三竦《すく》み、三《み》つ巴《どもえ》でも物事は動かなくなるというのに、八つが睨み合っては、おそらく半永久的にフリーズするか、どこかがショートして全焼するかの二者択一だろう。

サイロだからね、と平素から、純也は現状の警察機構を笑った。

サイロ、サイロ・エフェクト。

警察内にいまだ蔓延《はびこ》る、垣根や排他の思想や主義のことだ。

自分と他人の間に壁を立て、積み上げる。

必然として直上、遥かなる高みしか見なくなる。

足元や水平方向は見えるわけもない。

そうなるともう、見ようともしなくなるものだという。

「ま、手を携えながら見えない足下を蹴り合うのは、官僚と政治家の専売特許だけどね。あ、警察とヤクザもね」

純也は分室での打ち合わせの最後に、そんなことを付け加えた。

この日、朝から猿丸が首相官邸にいるのはそのとき純也から受けた指示による。

当然、首相に会うためだ。

手っ取り早く済ませようと、矢崎を通して面会を願った結果がこの早朝からの待機だった。

猿丸は内閣情報集約センターの応接室で六時から待ち、待ち続け、時刻はすでに午前十時半を回っていた。

地階であれば、太陽の運行はわからない。陽射しを感じることなく、時計の針だけで時の移ろいを確認する。

前日のうちに、秘書官から応諾の返事はもらった。もらったが、もらったのは面会許可のみで、時間の設定はされなかった。

和臣はこの一時間前、梅雨前線の活発化による集中豪雨で特定非常災害に指定された九州各地の視察から、政府専用機で羽田に戻ったばかりだった。

いつ戻るか正確にはわからず、あとに控えた予定までの隙間に会見を捻じ込むには、首相官邸で待機するしかなかった。

それにしても本来なら、総理はもうとっくに官邸に到着している時間だったが、出発地の悪天候により羽田への到着自体が三時間遅れた。

朝のこの段階で、すでにスケジュールには亀裂が入っていた。

やがて五階に呼ばれるか、地階に本人が降りてくるか。

「さすがにそろそろっすかね」

携帯をいじるのにも飽き、ポケットにしまって猿丸は聞いた。

聞いたが、静かだった。声はない。

隣で矢崎は呆れることに、来て座ったときの姿勢のままだった。腕を組み、瞑目《めいもく》し、木像と化して動かない。

泰然《たいぜん》として、姿としては悪くない。落ち着きのある大人の男を演出できる。で、真似してみようかと、来てすぐには猿丸もやってみた。

五分保《も》たなかった。すぐに飽きた。

矢崎はそれを続けている。いつまで保つものかと猿丸は興味津々だったが、矢崎はまったく動かなかった。

十分もしないで、見るのにも飽きた。

それから、なんの変化もなく四時間以上が過ぎていた。

「やっぱり、師団長は凄《すげ》ぇや」

矢崎はある意味化物だと、猿丸は改めて認識した。

「そんなことはない。不器用なだけだよ」

矢崎が声を発した。

目を開けた。

それだけのことだが、

「どぁっ」

木像がいきなり動きを見せるとビックリする。

「公安作業に入れば、君らはきっと私以上に動かないだろう。オン、オフ。私には、それが出来ない」

「――あの、すいませんがね。なんでもいいですけど、急に動くのは止めてもらえませんかね」

「いらっしゃったようだぞ」

「ほえっ」

どうにも、矢崎といるとペースが狂う。

それも苦手の、要因のひとつだ。

体裁を整える間もなく、いきなり応接室のドアが開いた。

挨拶の言葉ひとつなく小日向和臣が入ってきて、矢崎の前に座った。

「君には鈴の役目を受けてもらった。その義理でここにいる」

反応して矢崎が頭を下げた。

和臣はそのまま、斜《はす》向かいの猿丸に目を向けた。

力があった。

目力は、小日向和臣という政治家のひとつの武器だ。

初見だったら目を泳がせるか顔を背けるか、なんにしても落ち着かない気分にさせられるだろう。

だが――。

「どうも。ご一別以来ということで」

猿丸は動じなかった。慣れていると言い換えてもいい。

和臣の目は、三十年若くすれば純也のそれになる。

猿丸の言うご一別とは、〈マークスマン〉事件のことだ。

純也いわく、ダニエル・ガロアが仕掛けたゲームで、シュポと呼ばれるヒットマンが和臣を狙った一件だ。

その折り、KOBIXミュージアムのレストランから避難する和臣を、最後まで警護したのが猿丸だった。

「なぜ本人が来ない」

動じはしないが、感心はする。

人の言葉を無視して、言いたいことだけを言うところではない。

国会から災害地へ。

ほとんど休めてはいないに違いない。それでいて、疲れは微塵も感じられず、むしろ圧力のような力が感じられる。

六十五歳という年齢をどう考えるかだが、面と向かって浴びる猿丸には驚異であり、だから素直に感心だけはする。

「はあ。分室長は、別に行かなきゃいけないところがあるとかでして」

「ふん。ただ単に、顔を合わせたくないだけではないのか」

「ははっ。どうでしょう。私は他人なので、本心はわかりかねますが。ただ、行かなきゃならないのは私とは相性が悪い相手だとか。——それって、なんなんでしょうか」

「下らん。私がなにを知るというのだ」

「さあて。けど、あの分室長と親子でしょうから。なにか、相通じるところがあるかと思いまして」

「なにを」

冷笑を浮かべながら、ちょうど職員が運んできたコーヒーに口を付け、薄いなと呟いた。

「言った通り、矢崎君への義理でここにいる。あいつの関わりに割いてやる時間はさほどない。——このコーヒー一杯分、それだけだ」

「おっとっと。それじゃあ」

猿丸は身を乗り出した。

「総理の大学時代。思い返して頂きましょうか」

「大学?」

コーヒーカップの動きが止まった。

「はい。そこに滝田信広さんはいますよね。では、甘粕大吾さん、氷川義男さん、里村直樹さんはいますかね」

「——そういう話か」

和臣のカップがまた動き始めた。

大学時代のことを聞く。

「里村や氷川などは、昔も今もしらん。甘粕は、そうだな。――猿丸、と言ったな」

「ご記憶で。恐縮です」

あいつの関わりに、といつも捨てるように言う割りに、和臣はよく把握している。

猿丸が思うに、愛憎とは愛と憎ではなく相半ばでもなく、表裏、両価。

心理学に言う、アンビバレンス。

和臣と純也の関係は、そう思った方がしっくりくる。

「調べればわかることは、要らんのだな」

「はい。手間を惜しむわけではありませんので」

「なら、その辺の話だ。私の印象でしかないが」

コーヒーカップの傾きがだいぶ深くなった。

「甘粕は双子だった。大吾が兄で正二が弟。これは甘粕のプロフィールにもあることだが、わかっているな」

「もちろん」

甘粕大吾は現役で東大に合格し、正二は失敗して浪人した。翌年は東大入試中止の年で、双子で二年の差が確定した。

ただ、このさらに翌年の一九七〇年も終わりの頃、安田講堂紛争を疑われ、滝田信広ら首謀者からは一年以上遅れて大吾は東大を退学処分になった。

この辺のことを後に本人は闘争の戦士などと吹聴するが、一年生では実際にはなんの力も持ち得ない。バリケード内への弁当運び程度だったようだ。だから許されてというか、一年後には復学を許される。

少し遡ってこの年、一九七〇年の四月から和臣や鎌形は晴れて東大生となったが、一方の正二はまたもや受験に失敗する。

それでも浪人を続けられたのは、ひとえに甘粕製薬の御曹司だから、に過ぎないだろう。大吾も言えばまた御曹司で、三浪の正二とふたり、海外留学と称して渡米したようだ。ブームに乗ったきらいもある。

折しもボーイング747導入の年に当たり、海外渡航者が一気に増大した年だった。だが、この留学は甘粕家に不幸を呼ぶことになった。

大吾にしてみれば、復学を許されて日本に戻る直前の出来事だった。

自らが運転する車の事故で、弟の正二が帰らぬ人となったのだ。

傷心の帰国後は、四月から三年生として復学し、和臣や鎌形と同級生になった。

和臣のインタビュー回顧録には、この帰国後の甘粕大吾の印象として、

「いつの間にか同級生だな」

「そう言うことになるか。ま、よろしくな」

「なんだか明るいな。留学で、ずいぶん変わったかな」

「そうだな。これからは、自由にやる」

「正二さんのことは、残念だった」

「仕方がない。あいつの分も、前向きにな」

そんな会話があったと、猿丸は資料的に把握していた。

「甘粕は、ああ、これは大吾のことだ。あいつは留学で変わった」

「そうっすよね。知ってます」

「そうではない」

和臣は首を振った。

「なにかの資料で読んだな。だが、そんな上っ面の話ではないのだ」

淡々と告げ、和臣はコーヒーを飲んだ。

「家庭教師をしてもらっていた頃の甘粕は、いや、甘粕さんは、口は重いが思慮深い人だった。だから信頼できた。それで教えてもらった。だが、留学から帰ってきた後の、同級生となった甘粕は、よく言えば社交的だが、悪く言えば粗野だった。ふたり分生きると言うより、あれではまるで正二だった。だから、私は距離を置いた」

「距離ってぇと。どのくらい？」

「ほぼ無視、だな」

「うえっ。そんなに」

「私は、理知も思慮も分別もない男は嫌いでね」

和臣の視線が鋳込《いこ》まれたような気が猿丸にはした。

思わず首を竦める。

「え、あっと。気をつけます」

「君とはそこまでの付き合いはない」

和臣はコーヒーを飲み干した。

「私は離れたが、そんな甘粕と前も後も変わらず付き合っていたのが、鎌形だ」

「ははあ。鎌形防衛大臣」

「そうだ。そのおかげなんだろうな。鎌形が国政に打って出る頃から、甘粕のAプラスは、社を挙げて後援者だ。甘粕の後援があったからこそ、鎌形は国会議員になれたと言っても過言ではない。鎌形の親父はバックボーンも自己資金も大してない、ただの都議だ。選挙などは手弁当だったらしい。居直ってそれで、庶民派をアピールして生涯通したらしいがな。それもあって」

和臣は立ち上がり、矢崎を見た。

「野心家なのだ。あいつは」

ああ、と矢崎が納得顔で頷いた。

なるほど、そこいら辺りが矢崎就任の理由か。

和臣は、J分室の聞き取りと薄いコーヒーだけのために降りてきたわけではなさそうだ。

さすがに一国の首相だ。

食えない。

応接室の外から、総理、と秘書官の声が掛かった。

「あっと。最後にもうひとつ」

猿丸も立ち上がった。

「メッシ・アラ・アラ・リロッ。ご存じっすか？」

和臣は眉間に深い皺を寄せた。

「――なんだそれは」

「いえ。有り難うございました」

踵《きびす》を返し、和臣は一度立ち止まって振り返った。

「そうだ。さっきの質問、君の相性の悪い相手だが」

目が光る。

目だけ少々楽しげに見えるとは、溜息も出ないほど、まったく純也の目だった。

「私が思うに、女だな。それも、知性派の美女。どうだ」

「えっ。いや。ははっ」

口籠《くちご》もる猿丸に代わり、

「間違いありませんな」

なぜか矢崎が、ソファに座ったまま強く頷いた。

三

猿丸の性格、純也の思考。

そのどちらを見抜いたのかは定かでないが、和臣の観察眼はまったく的を射ていたようだった。

同日朝十時半から以降、純也の姿は池袋にあるR大学のキャンパスに見られた。

キャンパスと言っても、都内一等地にある大学の敷地はどこもさほど広くない。新キャンパスを郊外に移し、旧キャンパスは事務方のオフィスと、定年間近な老教授の散歩コースとしてだけ機能しているところもある。

R大学も池袋キャンパスは、まだかろうじて学生の通う学び舎《や》として使用されていたが、狭さは他の私大とほぼ同様だった。

敷地面積は東京大学本郷キャンパスのおよそ三分の一。

比べ様としては陳腐かもしれないが、東京ドーム三個分。

そんな広さだったろうか。

三年後には近郊へのキャンパス全移転が決まっているという。

R大学池袋キャンパスは、正門を入って右に歩けば蔦《つた》の絡まる二階建ての、古めかしい赤レンガ造りの建物に突き当たった。

東京都選定歴史的建造物にも選ばれているR大学旧図書館だ。

純也はその脇に新設された、図書館新館の四階にいた。地下二階から地上部二階までが図書館で、地上三階と四階はこぢんまりとした、自習室に毛の生えたような広さの研究室がいくつも並ぶフロアになっていた。

多種多様に分岐した昨今の学問的研究の、枝葉末節を引き受けるフロアだという。

研究として育てば、本校舎に広い研究室が与えられるらしい。

逆に言えば、廃れた古い研究室に代わって本校舎行きが決まることもあるようだ。

ど真ん中を突っ切るような共用廊下の左右にアルミ製のドアが並び、三階には片側十五部屋ずつで3—1から3—30番まで合計三十部屋あった。

四階は同様にして、4—24番までだ。

純也がいるのは、4—20番の突き出し表示がある研究室だった。

ドアの中央に、〈国際関係学紛争研究〉とあった。

それが、古沢華江の研究室だった。

この日の華江は、フレンチリネンのボタンシャツにデニム地のワイドパンツといったラフな姿だった。

大学で講義のない日はいつもそんな感じらしいが、隠してなおスタイルの良さが際立つ格好だった。

セミロングの髪も後ろでひとつに束ね、黒縁の伊達眼鏡を掛けていた。

そうすると恐ろしいことに、学生だと言っても違和感はさほど感じられなかった。

目標を持った女性は、美しくあるということだろう。

十時半から学食での昼食を挟み、三時過ぎまで、純也は華江の講義を受けた。プライベート・レッスンというやつだ。

ただ、内容は柔らかくも甘くもない。

この約四時間余りで、純也は六〇年から七〇年にかけての学生運動について概括的レクチャを受けた。

マルクス主義・社会主義、から共産主義。

日本の学生運動は大正デモクラシーを嚆矢《こうし》とするとも言うが、第二次世界大戦前後では主義主張が大きく異なるのは間違いない。

戦後、特に六〇年安保からの学生運動に限れば、戦後自然発生的に結成された全日本学生自治会総連合、通称全学連を、反共産党系学生が組織する新左翼共産主義者同盟（ブント）が握ったことが核となる。

　このブントと革命的共産主義者同盟が分裂、融合を繰り返してゆくのがある意味、学生運動を複雑怪奇に、また、陰惨湮滅《いんめつ》なものにしている所以《ゆえん》であることは間違いないからだ。

　ベトナム戦争への反戦運動、大学の学生自治と民主化運動。

　パリ五月革命のゼネラル・ストライキなど、世界的なスチューデント・パワーに呼応しつつ日本では高揚してゆく。

　ちょうど日本では、六〇年の日米安保条約改定に対する反対運動という形に結実し、やがて、授業料値上げ反対などの学生生活擁護運動に移行する。

　運動形態としては、分裂した主義・主張の各会派（セクト）や学部の対立を超え、全学部でバリケード・ストライキなどの実力行使に出る全学共闘会議、通称全共闘と呼ばれる闘争だ。東大安田講堂などもこれに当たる。

　学生生活に関わることもあってノンセクト・ラジカル（NR）、つまりは一般学生も多数参加し、その一般学生に誘われてさらに多くのNRが参加し、さらに大勢の、なにも分からない学生が寄り集《つど》った。

　のちに、居酒屋で酒を呑んでは部下に、

――俺は、その昔はな。

と自慢する上司の大半はほぼこの、なにもわからない当時の学生たちだ。

しかし、この全共闘はそのまま川の流れのように、七〇年安保闘争へとはまったく移行しなかった。

いや、実際には移行した。ただしそれは、運動や武装をエスカレートさせ、血で血を洗う党派間闘争を始めた学生運動家だけのものだった。

そもそも、この学生運動には〈学生たちが世直しをしようとしている〉と見る向きの、世の中の共感もあった。

〈若さ〉と寛容に対してくれる大人たちもいた。

学生たちに対し、全国の警察も最初はそうだった。

それが、この党派間闘争、例を挙げれば、東京教育大学生リンチ殺人、よど号ハイジャック。

民衆はもう、近所のお爺ちゃんお婆ちゃんに至るまで、誰も学生運動家にエールを送らなくなった。

これで、学生運動の大半は終わりだった。

ほとんどの学生は大学当局との交渉や日常の豊かさと折り合いをつけ、穏やかな大学生活に立ち戻っていった。

駆け足に総論すればこれが、日本の一般学生が関わると区切ったところの、学生運動というものだったろう。

ここから先は、公安警察が関わる、暗闘の部類に突入する。

「ふふっ。最初から学生が優秀だとわかっていると、講義は楽ね」

「いえいえ。教え方ですよ。非常にわかりやすかったです」

「お上手ね。あなたのことは色々、あれから健二君に聞いたわ」

「ああ、色々」

「うん、そうね。色々」

華江は特に隠さなかった。

そういう会話は、純也にとっては気持ちがよかった。

「国家上級、トップですって？　そんな人に褒められても、そうね、ちょっといい紅茶くらいしか出せないわ」

「なによりです。それが嬉しいですね」

お世辞ではない。

華江の教え方は悪くなかった。要点は確実に押さえていた。

純也も公安として全体の流れは知識として記憶している。

ただ、この六〇年代から七〇年代の学生運動は、ひとつひとつの出来事や分裂を理解しようとすると全体が捩《ね》じれていくのだ。

主義・主張のぶつかり合いをすべて理解することはできないし、考えてもいられない。

だから一度、淀みのない流れの中にブントもセクトも巻き込んで、研究者にレクチャしてもらいたかった。

それに——。

華江が紅茶を淹れる間、純也は室内を見渡した。

無機質な十五畳。

隣にもうひと部屋、同程度の院生部屋が与えられているらしい。

壁際のガラスショーケースの中に、角材や鉄パイプが並べられている。赤や黒や、黄ばんだ白の古びたヘルメットもだ。

ゲバ棒、ゲバヘルの色々だ。

ゲバはドイツ語の、ゲバルトが語源とされる。

それぞれの前に小さな名札が置かれ、使用セクト名が書いてあった。

研究的にはそこが大事だと、研究室に招き入れられた直後に聞いた。

たしかにそこが、部屋内で一番奇異な部分だったが、活動資金の多寡により、ゲバ棒もゲバヘルもリッチ&プアに変わるのだという。

そんな資金の流れからも華江の研究、紛争における構造的・制度的社会アプローチは進められるという。

こういう物理的なモノ、百聞を超える一見に触れることが純也には大事だった。

犯罪のモチベーション、その考察につながるからだ。

同様に、華江には窓辺から外、右手側を示された。

噴水があって小道があり、奥まった陽の射さない一角に、寂れた長屋のようなプレハブが見えた。

――あそこについ最近まで、新左翼の学生たちがいたわ。

聞いた以上、あとで寄ってみようと純也は思っていた。

そういう場所の埃《ほこり》やカビの匂いからでも、捩じれたモチベーションの構成は考察できる。

「どうぞ」

華江がティーカップを持って席に戻った。

香りからするに、TWGのアールグレイフォーチュンか。強い香りと、香りに負けないしっかりとした味が特徴だ。

キャスタチェアに座り、華江は足を組んで眼鏡を外した。

「でも、打てば響くって言うのかしら。話しやすかったわ。――本当に、みんなの飲み込みがあなたと同じくらい早いと、私も自分の研究にもっと時間が割けるのだけれど」

華江は冗談めかして笑いながらも、最後には嘆息した。本心、だろう。

准教授の本分は教授を目指すことであり、学生を教え導くことではない。

「熱、だったのでしょうね。学生運動って」

椅子を揺らし、華江は紅茶を飲んだ。

「良くも悪くも、エネルギー。燃え盛って抑えの利かない、灼熱のマグマ。昔に限ったことではないわね。今でも、若さの中に隠れたエネルギーは同じ。だから、私も研究のテーマに出来る」

「なるほど」

その後、他愛もない話とアールグレイで疲労した脳を解《ほぐ》し、純也が席を立ったのは三十分の後だった。

「勉強にも参考にもなりました。有り難うございます」

「また。どうぞ」

華江はほっそりとした手を差し出した。

「忘れたいことがまだまだ多くて。こういう時間は、貴重です」

「是非」

純也は笑顔で手を握った。

「ああ。ちなみに、この言葉を知っていますか」

Ｍｅｓｉ・Ｈａｌａ・Ｈａｌａ・Ｒｅｌｏｊ。

華江は口元を押さえて笑った。しっとりとした、いい笑顔だった。

「スペイン語？　ロレックス？　それともパテック？　そんな時計、見たことないわ。どうやってつけるの？」

「――いいえ。覚えがなければそれで」

華江から離れ、純也はハンガーラックに寄った。ジャケットを取る。

そう言えば、と華江が手を打った。

「Aプラス製薬の事件も、会長さんは社葬になると新聞で読みました。小日向さんは、いらっしゃるんですか」

それは今朝の新聞各社の発表で公になったことだった。

七月四日、土曜日となっていた。社葬とは言え、社業に影響の少ない辺りを選んだ、ということか。

「ええ。個人的にというか、一族的に近しいもので。それがなにか」

「そうですか。――あの、迷惑でなければ、私もご一緒させて頂けませんでしょうか」

華江は一歩、純也に近づいた。

「場所が場所でなければ喜んで、と言いたいところですが」

純也は華江の瞳を覗き込んだ。

華江は少し顎を上げるだけで、純也の視線を真っ直ぐに受けた。

そういえば華江は長身だった。百七十センチはあるかもしれない。

その分、口元が純也の顔に近かった。息が甘やかに香った。

「連続テロ、なのですよね。それってやはり、他人事《ひとごと》ではありませんから。私も、徹雄さんを失いました」

それまでの准教授の風情とは打って変わって、華江はひとりの女性だった。

「もちろん、徹雄さんの警察葬や、滝田長官を偲《しの》ぶ会には、呼ばれてもいますので健二さんと出席します。ですが、Aプラスさんだけは、関係がなくて」

「了解です。僕でよければ、エスコートを」

「よろしくお願いします」

待ち合わせ時間その他を決め、純也は研究室を後にした。

図書館新館から出て、右に道を取った。プレハブに向かうつもりだった。

噴水脇を辿り、小道に入って純也はふと立ち止まった。

西陽の側、噴水の向こうに目を細める。

また、あの気配があった。

殺気でもない無色透明な、巡礼の気配。

「さて、誰を送る。どこを見る。なにを願う。そして、どんな罪を贖《あがな》う」

呟けば目の前で、西陽を受けた噴水が血飛沫《ちしぶき》のような水を吹き上げた。

四

翌朝、七時前の日比谷公園だった。

純也は庭球場近くのベンチに座っていた。足を組み、サングラスを掛けて動かない。

通り掛かる人も、定時からすればまだほとんどいない時間帯だった。

うっすらとした靄が掛かっている。

ときおりイヤホンをつけたジョガーが、靄の向こうから姿を現すくらいだ。

純也はベンチの端、時間帯からいって日陰になる位置に陣取っていた。

庭球場近くのこのベンチを選ぶことに他意はないが、思えばJ分室員はなにかあるところのベンチを使っている。

知らず染みついた、日常的に往来するルート上にあるベンチ、ということになる。

陽が当たり、視界を遮断するものが少なく、適当に木陰もあり、人通りは多すぎず、隣に自動販売機もある。

ときに盗聴機器が売るほど仕掛けられる分室を離れる純也たちには、たしかにこの場所は格好の会議スポットといえた。

七時を回ると日陰はベンチを外れ始めるが、純也は動かなかった。

サングラスを掛けている分、大抵の人は仮眠中、と理解して通り過ぎるだろう。

陽射しが一気に強くなり始め、靄が生き物のように悶《もだ》えながら消えてゆく。

そんな中、純也に向かって園内白根楼の方から、ひとりの男がゆっくりと歩み寄って来た。


大柄のオールバックの固太り。

生地そのものが上質なスーツは、消え残る靄を弾くようだった。

男は、未だ動かない純也の前に立った。

「早いな」

氏家だった。

その声がスイッチだったかのように、純也が動き出した。

「先回りですよ。なに仕掛けられるか、わかったもんじゃないですからね」

サングラスを髪の生え際まで上げ、眩しげに目を細めた。

前夜、純也は氏家からのメールを受けた。

〈朝イチ八時に日比谷公園、庭球場前〉

定時登庁前と言うことだろうが、律儀なことだと笑えた。

「仕掛ける？　俺がなにかするとでも？」

氏家は東の空を見上げつつ、鼻で笑った。「お前は、そんな臆病なタマだったか？」

「いえいえ。理事官というか、理事官を含む全体がです」

氏家は無言で、糸を引くような視線を純也に下ろした。

「あれ。当たっちゃいました」

「空回りと先回りは大して面白くない。笑えないな」

「――いや、冗談ですよ。本当は、早く来すぎた。それだけです」

半々に嘘と本当。

指定のベンチに約束の八時に間違いなくいるためには、カイシャの地下駐車場に七時四十五分にはM6を滑り込ませなければならない。

逆算で国立の家を出る場合は渋滞を考慮に入れることになる。

で、渋滞が一切なく、驚くほどスムーズ過ぎた場合、こうなる。

それは半分の本当だ。

そしてもう半分はと言えば、大して面白くないと言われたが、用心とはそういうものなのだ。

冗談だと濁しては見たが、実際純也はさっきまで周囲に、二、三のかすかな視線を感じてもいた。

氏家ははぐらかした。

断じて認めることはないだろうが、そいつらは間違いなくオズだった。

純也がいなかったら、きっとそいつらがベンチに盗聴器の三つや四つ、樹木や街灯に隠しカメラの二台や三台は仕掛けたことだろう。

剣呑なことだ。

嘘と本当は、言葉にするかしないかの中にはない。

フンと鼻で笑い、氏家は隣のベンチに腰を下ろした。

「言ったはずだ。お前とのバーターは、黒孩子の代表として受けてやると。だからといって俺は自分の職務を放棄して、別の指令を中止したわけではない」

別の指令。

つまりは純也の、J分室の監視及び、隙あらばの殲滅《せんめつ》だ。

「俺がいなくとも、なんでも、どうとでも動く。オズはな、そういう風に作った組織だ」

「それはそれは。作った自由の堅苦しさ、ですか」

「どうとでも言え。自由は管理の中にあるものだ。野放図に動かし、駒をひとつ失ったのは誰だったかな」

答えず、純也は額のサングラスをまた掛けた。

ランニングポーチを身につけた男性ジョガーがまた、目の前の園内周回道路を通り過ぎた。

靄も晴れ、七時を過ぎていた。

あと三十分もすれば日比谷公園には、出社前にひと汗流そうとするランニングシャツにショートパンツ姿が大挙して押し寄せるだろう。

「お前とは、議論も馴れ合いもするつもりはない」

氏家は見もせず、上着のポケットから取り出したUSBを放って寄越した。

「スペイン、アルゼンチン、ペルー、チリ、メキシコ、コスタ・リカ、プエルト・リコ。この一カ月と仕切れば、スペイン語圏からの入国者はそのくらいだった」

「そのくらい、とは」

「たかが三人足す事務ひとりの分室には、膨大な数だ」

「なるほど」

「アルファベット順にだけはしてある」

純也は立ち上がって自動販売機に向かった。

小銭を出し、缶コーヒーを二本買った。

一本を氏家に差し出した。

「まさか、それだけじゃないですよね。僕の方のデータはそれ以上に、手間も暇も費用も掛かってますけど」

氏家は奪い取るように、缶コーヒーを鷲づかみにした。

「冗談ではなく、それだけにするつもりだった。――俺はな」

プルタブを開け、ひと口飲む。

「だが、勝手をする奴らが何人もいてな。俺がいなくとも動く組織は、俺の判断の先まで動く組織だ。止めるのには理由がいる。さすがに、黒孩子としてお前とバーターだなどとは言えなくてな」

「おっと。では訂正。作った自由も、使い方によっては便利だ」

氏家は笑わなかった。というか、無反応だった。何事もなかったかのようにコーヒーを飲んだ。

「一昨日までに、すでに消息が不明になっている奴らには印がつけてある。いちいち消去してから渡すのも面倒なくらいにいるぞ。ずいぶんいるものだとな、改めて思った。このうち何人が、実際に不法滞在で摘発されるものか。全員などとは到底思えない。そんな結果の白書どころか資料もない。スペイン語圏からだけでそうだとすると、考えるだけでも頭が痛くなる。――この国は全体、ザルかもしれんな」

「はあ」

純也はUSBを弄《もてあそ》んだ。

純也にとってはわかっていたことだ。

雑なザルの目だからこそ、サーティ・サタンのマイク・コナーズらに頼んで何人も国内外に動かしている。

法は人を縛るものではなく生かすものだという立場に立てば、少なくとも純也の周りでは、国外に脱出しなければ命がなかった者が多かった。

生かすことを前提にすれば、法は命の前に霧散する。

詭弁《きべん》、と氏家ならば言うだろう。

だからそこまでは口にせず、コーヒーを飲む。

そろそろ氏家との時間は、退屈なものになり果てていた。

と――。

ウエストポーチを身につけた新たなジョガーが走ってきた。

ジョギングウェアから突き出した手足が浅黒く、ワークキャップを目深にかぶった男だった。

一瞬だけ、顔が上がって目が合った。

途端、純也の中でけたたましく警鐘が鳴った。

殺気はなかった。

だから戦闘態勢ではない。警鐘止まりだ。

それにしても、あの気配だとすぐに理解した。

男は周回道路を走りつつ、いきなり方向を変えて氏家と純也の方に加速した。

男には、氏家の方が近かった。

それもあって純也は、動作のタイミングを一拍遅らせた。
殺気のない気配の、けれど間違いのない敵襲。
男がどうのという前に、どうしても氏家を試してみたかった。
その興味が勝った。
氏家まで八メートル。七メートル。
六メートルで氏家はかすかに反応した。
と言って、重心がわずかに動いただけだったが。
「へえ」
純也は思わず感嘆を漏らした。
男との距離は五メートルになっていた。
氏家が純也を睨んだ。
「小日向、試したな」
四メートル。
「お気になさらず。ちょっとした興味です」
三メートルで男は背腰からなにかを出した。
朝陽を跳ね返す銀の刃、約二十センチ。
サバイバルナイフのようだった。

「ひとつ貸しだ」

男との距離が二メートルになって、氏家はゆらりと立った。

無駄な力がどこにも見られなかったのは見事というほかなかった。

さすがにオズとして、氏家自身も鍛え上げられているようだった。

立つなり氏家は、見もせず大きく後方に飛んでベンチを越えた。

「ああ。やりますねぇ」

言った次の瞬間、純也の姿もその場にはなかった。

銀の光がそれまで純也の顔があった場所を通過し、遅れて襲撃者の全身が通過した。

純也は氏家とは真反対に、周回道路にサイドステップで音もなく滑り出ていた。

最初から男の意識が、純也にしか向いていないことは分かっていた。氏家の試しにはそのことも入っていた。

氏家はすべてを整然と判断したようだ。

やはり、オズの理事官だけのことはあった。

周回道路とベンチの裏に分かれ、純也と氏家で男を挟んだ格好だった。

男はナイフを構えながら、もう一方の手でキャップの鍔《つば》を上げた。

昏まで浅黒い顔、大きな黒目に透き通るほどの白目。

日本人ではなく日系人、と純也は直感した。

男は氏家を見、純也を見て不敵に笑った。
歯がずいぶんと白かった。
《順番待ちは退屈でね》
男が操ったのはネイティブなスペイン語だった。
《お許しが出たから遊んでやるよ。お前、ずいぶんと嫌われ者だってね。だから排除してやるよ。排除だ排除。この国から、この世からっ》
聞いてなお、純也も笑った。
笑って、口に流麗なスペイン語を乗せた。
《だから、なんだ》
男が一瞬怪訝な顔をした。
《お前、スペイン語が。――いや、その前に、お前、なんで笑う。いやいや、もっと前に、なんだ、その笑顔は。なにが楽しい。なにが嬉しい》
《君と同じさ》
純也は肩を竦めて見せた。
《地道な捜査は退屈でね。――来いよ》
初めて男から、殺気を感じた。
いい感じだ。

殺気は思考と方向を読む標《しるし》になる。
無言で男が純也に寄せた。
両手は後ろに隠していた。
直前で身体を沈め、左にステップを踏んだ。
踏みながら、遅れて振り出される鞭《むち》の要領で右手が振られた。
投球モーションにも似ていた。
唸りを上げる右腕の先にサバイバルナイフがあった。
純也の目が、ナイフの刃よりなお白く光った。
下がることはしなかった。
真っ直ぐ踏み込んで肘の内側に拳を打ち込んだ。
十分なはずだった。
にもかかわらず――。
拳には、たしかな手応えはほとんどなかった。
純也が拳を送るのにタイミングを合わせ、男が右腕の力を瞬時に緩めたようだった。
右腕はどうやら、ブラフだった。
「小日向っ」
氏家の気配が大きく揺れた。

答えることは、しなかった。

もう一度繰り返すが、殺気は思考と方向を読む標だ。

純也には最前からわかっていた。

最初に振り出したのは右手だというだけだ。

背後に隠した両腕のうち、男の意識は最初から左手に傾注していた。

ならば本命必殺は、最初から左なのだ。

ただし――。

言葉にすれば長いが、右のブラフから左必殺への移行は一瞬にして待ったなしだ。

《ほうっ》

男の左腕は、右腕の力を緩めた瞬間から始動していた。

右腕の先に拳を握ったままの純也を、二本目のサバイバルナイフが銀に光り、右斜め後ろから襲った。

だが――。

《なにっ》

銀光は大気を切り裂いて空に抜けた。

男の驚愕がすべてを物語る。

間違いなく男はその瞬間、純也の動きを捉え切れなかったようだ。

右後方から迫る刃の唸りを聞きつつ、純也は全身の力を抜いたのだ。

必然として身体は沈む。木の葉落としの要領だが、言って出来るものではない。

恐怖を友とする精神、あるいは死の一歩手前を楽しむ余裕、か。そんなものがなければ、身体は弛緩という自在を得ない。

沈んだ純也は、右の踵《かかと》を軸にして大きく回った。左足を振り出し、無防備な男の両足を刈る。

《ぐぉっ》

男はかろうじて後頭部をガードした。代償として、サバイバルナイフは二本とも宙に飛んでいた。

この一瞬の判断は正しい。

男は、正規の訓練を積んでいるように思えた。

だからこそ純也は、手を緩めない。

戦場の習いだ。

「フィニッシュ」

踊るように立ち上がった純也は、そのまま右足で男の両肘の間、すなわち顎を蹴り抜いた。

男は痙攣《けいれん》するように身を跳ね、そのまま動かなくなった。

意識は、完全に飛んでいるようだった。

「やるものだ。それが戦場仕込みというものか」

氏家が、さすがに感嘆を隠さなかった。

「そうですね。だからいつも、ギリギリですよ」

ひと息つきながら、純也はゆっくり後ろに退いた。

少し離れたところに、男女カップルのジョガーが青い顔で立ち止まっていた。

休む間もなく、純也はそちらに足を向けた。

「ああ。気にしないで」

純也は胸ポケットから証票を取り、出来るだけの笑顔を見せる。

「出来たら、見なかったことにしてくれると嬉しいけど」

本心ではない。冗談のつもりだ。

が、下手な冗談だったようで、ふたりとも真顔を崩さなかった。

「ははっ。参ったな」

純也がふたりの前で頭を掻くのと、

「小日向。もっと下がらせろ。こっちは俺が拘束する」

氏家が男に近づこうとするのは、ほぼ同時だったろうか。

と――。

「えっ！」

純也は愕然として振り返った。

男からかすかな気配が感じられたからだ。

訓練の賜物《たまもの》か。わずかな時間で男は意識を取り戻したようだ。

しかも――。

戻った意識は目の前の氏家に、逃げられないと悟ったか、瞬時に凝った。

純也をして、背筋をゾクリとさせる雰囲気だった。

馴染みのものだ。

一度目は懐かしくもあったが、今では違う。つい最近も感じた。

冷たく尖った覚悟、諦観、達観。

最後の武器、命は、メディクス・ラボでも感じた。

自爆だ。

氏家が身を屈め、男に手を伸ばそうとしていた。

途端、男はいきなり身体を動かし、ウエストポーチを抱き込むようにして両手足を丸めた。

待ったなしだった。

「理事官。駄目だ！」

純也の叫びにかろうじて氏家は反応した。

咄嗟に飛び退いた。

「Ｍｅｓｓｉ・Ｈａｌａ・Ｈａｌａ・Ｒｅｌｏｊ」

自ら抱き込んだ爆発は、まず音が炸裂した。

次いで炎と煙が拡散した。

「キャアッ」

「うわっ」

男女のジョガーが腰砕けになり、その場にうずくまった。

うずくまったが、それだけで済んだ。

ウエストポーチの大きさからして、爆発の威力は、メディクス・ラボの半分以下だった。

片膝をついて爆風に耐え、純也はその場から爆心を睨んだ。

威力は小さくとも、直撃なら人は四散して死ぬ。

煙と埃が薄まる中に見るものは、ひしゃげたベンチの陰に、血まみれで倒れる氏家だった。

上等なスーツは今や、身体に張り付く塵《ごみ》でしかなく、見る影もなかった。

純也が先に寄っていたら、あるいは避けられなかったかもしれない。

いや、避けられたか。

だが、逃走されたかもしれない。

それどころか、下手をしたらまた、一般人が巻き込まれた可能性もある。

そのすべてを、氏家が一身で引き受けてくれた。

「くそっ。やられたっ」

純也はアスファルトの地面を叩いた。

消え残る轟音はしばらく日比谷公園の上空に遊び、純也の慚愧《ざんき》を嘲笑《あざわら》うかのように、東の空に尾を引いた。

五

純也はこの日の夕方まで、中野にある東京警察病院にいた。

十階の特別室。

奇しくもそこは、〈マークスマン〉事件の折り、シュポに狙撃された長島が入院していたのと同じ病室だった。

「Ｍｅｓｓｉ・Ｈａｌａ・Ｈａｌａ・Ｒｅｌｏｊ、か」

純也はパイプ椅子に座り、誰にともなく呟いた。

自分自身の身体にはかすり傷ひとつない。

東京警察病院にいるのは、負傷した氏家に付き添う形で救急車に乗った結果だった。氏家はかろうじて自爆から逃れたようで、救急車が到着したときには、逆に激しい痛みによって意識が回復していた。

この時点で、命に別状がないことはわかっていた。

だからこの日、氏家の部屋を訪れる見舞客はなかった。警察庁や関係各所へは、長島を通じてすぐに連絡を入れておいたからだ。病室に入ってきたのは医師と看護師、あとは純也の指示によって、入院に必要な身の回りの物を運んできた猿丸だけだった。

〈九州地方へ、長期出張〉

これは、氏家本人の希望でもあった。

「自爆テロなどに、冗談でも巻き込まれるわけにはいかない。小日向、わからずとも理解はできるだろう。キャリアは、そういうものだ」

氏家は血まみれの手で純也の腕をつかんだ。

「それだけ元気なら。――じゃあ、さっきの試しの借りはチャラってことで」

大塚の官舎に住む家族にも、急な出張でしばらく九州に行くことになったと、警察庁の福島《ふくしま》警備企画課長から伝えてもらった。氏家にとっては直属の上司に当たる。

そもそも氏家は、全国のオズを束ねる裏理事官だ。出張など日常茶飯事だったろうから、警察庁内も家族も、怪しむ者はひとりもいないだろう。

男の自爆直後に氏家が血まみれだったのは、ベンチに激突して切った額と、爆発に弾かれた小石が右肩口の肉を削った出血のせいだった。

いずれも軽症の部類だ。

これは素人判断ではなく、ＣＴやＭＲＩの検査結果による。

ただとにかく、火傷は酷かった。

たいがいはⅠ度熱傷だが、表皮の三十パーセントは焼けているということだった。爆心に一番近かった右足にはおそらく深達性Ⅱ度の熱傷まで見られた。

さらには、爆発の衝撃波によって肋骨三本にヒビが入っているらしい。

内臓に触らなかったのは不幸中の幸いだが、しばらくの絶対安静だけは間違いのないところだった。

病室に入って以降、鎮痛剤で氏家は眠りっ放しだった。

肋骨のヒビはまだしも、全身三十パーセントの通常火傷は、相当痛い。

普通の人間なら我慢し切れず転げ回るかもしれない。

転げ回って表皮を剝がし、水膨れを潰し、さらに痛みを勝手に増す。

回復には眠ることはもちろん有効だが、それ以上に、動かさないということが第一だった。

それで、純也は氏家の病室に簡易デスクをひとつもらった。

「これ、膨大だな」

猿丸が持ってきたノートPCにUSBをつなぎ、純也はひとりで閲覧していた。

見ているのはさきほど受け取った、スペイン語圏からの入国者のリストだ。

USBのデータに目を通し始めて、早くも二時間が過ぎていた。

氏家が言っていた、すでに消息不明になっている者たちだけでも二十人や三十人では利かなかった。その全員が入国から三、四日で消えていた。

そういう連中は要するに、黒社会などに最初から流れる目的で入ってきた連中だ。

おそらく全員が偽造パスポートに、指紋認証も巧妙に誤魔化しているだろう。

J-BISは役に立たない。

その他、リストの七十パーセント以上は旅行者だったが、二十パーセント強は正式な就労ビザで入ってきた者たちのようだった。

そういう者たちに関しては、USBデータには入国先の会社名や住所まで記載されていた。

それが氏家の言う、勝手をする奴らの成果であり、純也がオズの剣持巡査部長に指示した結果だろう。

ひと通りを確認し終えた純也は、パイプ椅子に凭《もた》れて目頭を揉《も》んだ。

「こういうときだけは、小田垣がいると本当に便利だろうけど」

呟いて、止めた。

口にすると、往々にして現実になる。

社会学や心理学の世界では定説のようだ。

「ラベリングの先の、ピグマリオンとゴーレムの効果か」

能面のような小田垣は、まずゴーレムで間違いない。負の効果だ。口にすれば、面倒に巻き込まれる。

苦笑のうちに脳裏の小田垣を搔き消す。

確認し終えたデータは、取り敢えず鳥居と猿丸の個人アドレスに送る。

リスクの分散、共有は、人員の少ないJ分室ならではのメリットであり、デメリットでもある。

「これでよし」

かすかな呻き声が聞こえた。

氏家が起きていた。

純也は椅子から立ち、枕元に寄った。

「大丈夫ですか」

氏家は包帯の化物と化していた。

目の周りだけが外気に晒《さら》されている。

「お前の声に、助けられたな」

「まあ」

「――夢を見た。踏み込んでバッグをもぎ取り、放り投げると空中で爆発する。陳腐なヒーローの夢だ。実際には、お前の声で咄嗟に逃げた。根なし草の命も、使えば少しくらい日本のためになったのにな」

多分に自虐が強かった。

傷病に人は脆《もろ》いものだ。

氏家も、今のところ弱っているようだった。

「日本のためですか？　どうでしょう」

「――なんだ」

「国のためって、往々にして人々のためにならないことが多いですが」

氏家の目が動いた。

「ああ、でも」

純也は手を振った。

「少なくとも、今回は私のためにはなりました」

「……それは、人のため、と言うことか」

「他になにが？」

「お前は人に、カウントされるのか？　華麗なる怪物だと思っていたが」

「ははっ。下らない冗談が言えるなら、大丈夫ですね」

「冗談だと思われるような本音を言う以外、なにも出来ないがな」

「おお」

純也は手を打った。

「私に対する反応の仕方が、長島部長に似てきましたね。思えば理事官なら、いずれこっちの部長職もありだと。さて今の内に、上司への礼でも取っておきますか」

「それこそ、下らない冗談だ」

氏家が外を向いた。

窓に向かう苦悶が聞こえた。

少し身体を動かしただけでも苦しそうだった。

しばらく放っておいた。

朝は晴れていた空からは、昼を挟んで雨が降ったようだ。

ずっと病院内だったから純也にはわからない。猿丸が言っていた。

今はまた晴れて、空は赤かった。

「憶測でものを言う。いいか」

「どうぞ」

純也はパイプ椅子に戻り、足を組んだ。

すぐに氏家から声はなかった。

憶測の逡巡《しゅんじゅん》、ではないだろう。

不定期に襲う、痛みだ。

「――ペルー、だな」

「はい？」

思わず聞き返した。

職務上のこととは、少し意表を突かれた感じだった。

「お前に渡したデータには、もう一枚レイヤが掛かっている。オズの総力を挙げてチェックした結果だ」

「ほう」

「ペルーだ。ペルーからの九人。サトーだのタナカだの、日系人名が多い九人だ」

「九人、ですか」

「そうだ。チャンギから板付《いたづけ》に、同時に入ってきた。お前に渡したリストには日付までは入れていないが、六月四日だ」

板付は福岡空港のことだ。チャンギはシンガポール・チャンギ国際空港のこと。

チャンギから福岡へは一日二便、シンガポール・エアラインが就航していた。

「これまで自爆で四人。それでまだ全員ではないと仮定したとき、浮かび上がってくるのがこの連中だった。個々に入国されたなら別だが、だから憶測と言った」

「なるほど」

「四人以上の集団は、この他には三組しかなかった。四人がふた組と五人だ。今朝で五人目が自爆した。この、ペルーからの九人。公算はますます上がったと思うが」

「ペルーですか。ペルー」

朝の戦いを思い浮かべた。

「それはそれは」

ペルー人のスペイン語か。

言葉のリズムやイントネーション、それに加えて容貌にも、ペルー人なら納得がいく。

メディクス・ラボに現れた男も今日の男も、おそらくペルーから来た、日系人だ。

思えば、日本とペルーの関係は歴史的にも古い。

海外日系人協会の統計資料によれば、日系ペルー人はブラジルの百四十万、アメリカの百万に次いで第三位の八万人を数える。

ただし、このペルーに関しては調査年月日が相当古く、国外在住者は調査対象でなく、混血はまったくカウントされなかったようだ。

現在の実数はアメリカの百万人に匹敵するとも言われ、国の総人口に対する日系人の比率は、すでに三パーセントを超え、さらに増加中だとも言われる。

そして、そんなペルーでは日系人になるとビザが取り易いということで、闇で戸籍を買う者も多いらしい。

そこに今事件のポイントである、学生運動や七〇年安保というスパイスを〈適量〉混ぜれば、浮き上がってくる灰汁《あく》のようなワードはすなわち、極左だ。

「SL。センデロ・ルミノソ」

「それが自然だ」

センデロ・ルミノソ、SLは一九六九年、ペルー共産党から分派した極左（マルクス・レーニン・毛沢東）主義の組織だ。

センデロ・ルミノソの名は彼らの機関誌、『マリアテギの輝ける道（センデロ・ルミノソ）を目指して』からとった呼称だという。マリアテギは革命思想家として名高い、ペルー共産党創始者の名だ。

SLはアヤクーチョを本拠地とし、山地の学校の教師や生徒、その家族に浸透し勢力を広げた。

一九八二年には政府軍に制圧されたアヤクーチョを捨て、さらに山奥のウアンカヨ渓谷に逃れたというが、ここでSLは大きな転換点を迎えた。

ＳＬは密輸業者に搾取され続けながらも生産を続けていた小作農たちの、広大なコカ畑を見つけたのだ。

ＳＬは政府からも密輸業者からも彼らを保護することで、年間四億ドルとも言われる莫大な資金を得ることに成功した。

ＳＬは一気に復活し、攻勢に転じた。

独自の冷徹な革命路線を展開する指導者、アビマエル・グスマンの遣り方と相まって、ＳＬは〈南米のポル・ポト派（クメール・ルージュ）〉とまで恐れられた。

一九八四年にはＳＬは都市部への侵攻を開始し、八六年にはついに、首都リマに非常事態宣言が発せられるまでの事態になった。

一九八七年には戦闘の激化によって、リカルド・ロブレスを始めとする高級幹部数人を失うが、ＳＬの勢いは止まらなかった。

この後ＳＬは、一時的にはペルーの国土の三分の一までを制圧したと言われる。これは、〈ＳＬ以外はすべて敵〉とする彼らの粛清を恐れて、シエラ（高地）から逃れてきた大量の国内難民で、首都リマの人口がペルー総人口の三分の一に当たる、七百万人にまで膨れ上がったこととも関係している。

ＳＬによってペルーという国家は、現実的に存亡の淵まで追いやられた。

この危機を救ったのは、アメリカ国内への余波を恐れ、本腰を入れる気になったＣＩＡ

の介入だった。

支援を受けた警察当局の厳しい取り締まりで、一九九二年にはアビマエル・グスマンを始めとする七人の幹部が、九七年には同幹部のオスカル・ラミレス・デュランが逮捕されたが、まだ組織の完全壊滅には至っていない。

「なるほど。センデロ・ルミノソですか」

「そうだ」

純也の理解を待っていたかのように、氏家は窓を向いたままかすかに頷き、かすかに呻いた。

どうしても見せたくないのだろう。

いじましい、と言っては怒るか。

口を噤《つぐ》まれては困るので無反応で通す。

黙っていると、やがて氏家が話を続けた。

「SLについては、俺から福島さんにICPOへの照会を頼んでおく」

氏家が絡んだ結果のラッキーだ。ちょうどいい。

ICPOへの照会は、警察庁の専売のようなものだ。

実際に純也がなにか調べようとするなら、ダニエル・ガロアの関係になる。

その方がおそらく遥かに早く正確で秘匿性も高く便利だが、なにかと物入りでややこし

負えない。

金品の遣り取りだけならまだしも、義理や恩の売り買い、腹の探り合いになると始末に負えない。

いのが玉に瑕《きず》だ。

「お願いして、いいんですか。あとでなんか、あれくれこれくれ言いません?」

「――お前、病んでないか」

「いえいえ。いたって健康です」

こんな場所から、といって氏家は息をついた。

また少し苦しそうだった。

そろそろ切り上げどき、でもあるだろう。

「俺が出来るのは、それくらいで、そこまでだ」

「はい」

「もう行け。と言うか、もう来るな」

失礼しますとだけ言って、純也は氏家の病室を後にした。

第五章　潜入

麻友子・モノローグ1

ローから連絡が来たときは実際、たいそう驚きもしたけれど、同じくらいに嬉しかった。

回る糸車に手繰られるように、あるいは革命という永久機関の歯車になった気分で。

その昔、私はとある人の命ずるままに、唯々諾々とペルーに渡った。

けれど、私はただの糸でも、歯車でもなかったということなのかもしれない。

三つのキーが揃うなんて、考えもしなかった。

ローから聞いた瞬間、私は、私のこれまでの人生が一気に光を放つ素晴らしい感覚を覚えた。

血が騒ぐというか、もう騒ぐ力もそんなにはないけれど、神は私の人生の後半にまた、この上ない贈り物を下さった。そんな風に思えた。

私の人生は、満ち足りた。

いえ、満ち足りたまま、これからも輝く。

ローからの連絡で、大いなるライバルになりそうな男がいることも知った。

それも、小日向純也なんて、これこそ運命の悪戯。

私の胸は高鳴った。躍った。

そうこなくちゃ。

そうこなくちゃ、小日向和臣ファミリーの人生にちょっかいを出した甲斐もない。

でも、ちょっかいを出したからこそ話題にもなって、あの人は総理大臣まで上り詰めたとも言える。

いえ、私はそう断言する。

そう思うと、人生は不思議だわ。

ローからの連絡の後、私はすぐにペルーのエージェントと連絡を取り、私の愛しい子供たちを九人選ばせた。

九人はまったくのターゲットの数。失敗することなんて当然、考えに入れてない。

日本は隔絶の島国。海に守られている。

逃げるのは難しいのは知っている。

私はそこで生まれ、育ち、革命に生きようとしたのだから。

だから、愛しい子供たちに選ばせる手段は、最初から自爆だった。

誰を送るかは難しいところだけど。

だから、淡々とした交渉と契約書で事務的に処理してくれるエージェントに任せた。

中には自分から手を挙げてくれた子もいたらしい。

私が用意する破格の報酬はたしかにペルーでは魅力だろうけれど、私は教科書の中で命の安売りはくどいほどに禁止した。

だから、これはきっと自己犠牲の精神。尊い家族愛、かしら。

両親か弟か妹か、誰かがそれできっと助かるのだから。

エージェントは、選ばれた全員が二十代だと知らせてきた。

若さはそれだけで武器。私は満足した。

九人は精鋭。

だから、予備の人数なんてカウントしなかった。

ローに送るのは、そんな九人。

ローは知らないだろうけれど、私はローが日本に行ってからペルーを離れた。

三年くらい後だったと思う。

センデロ・ルミノソへの政府軍の攻撃が激化して、この頃からもうペルー内戦の予兆があった。

それよりなにより、政府軍の攻撃でセンデロ・ルミノソの大幹部だったリカルドが死んだ。

私をペルーにつなぎとめるものは、これで大してなくなった。

私はロー同様、エタ、スペインの民族独立系武装組織、ＥＴＡ（バスク祖国と自由）を頼ってスペインへ渡った。

この当時、コロンビア政府がよく、コロンビアに住むアイルランド人やバスク人の中にＩＲＡ（アイルランド共和軍）やＥＴＡのメンバーがいて、コロンビア革命軍のゲリラにテロの指導をしていると非難していたけれど、実は彼らはペルーでもセンデロ・ルミノソやＭＲＴＡ（トゥパク・アマル革命運動）の中に大勢いた。

スペインに渡った私がローと違うのは、そこに留まったことだった。

置き忘れてきたものは多かったけれど、私は日本にはなんの未練もなかった。

それに、あの地には私の分身であるローを送った。

故郷と言えば、私にとっては、今ではペルーだ。

実際、よくペルーの夢を見る。

ペルーは死んだローの弟も眠る、私にとっては第二の故郷でもあるし、ワンカヨのワリビルカ村は、ローと暮らした思い出の地でもある。

だから離れた後も、何年かに一度は戻ってひとときを暮らした。

戻れば日系人学校では、必ず私を先生として礼遇してくれた。

そもそもどこの学校も、教師たちは私の昔の教え子だったりした。

時代を感じもしたが、楽しいことだった。

その都度、新調した教科書も持って行った。

これには今の子供たちも、昔の彼らと変わらないくらい喜んでくれた。

今も昔もペルーは、金持ちはより金持ちなのだろうけれど、貧しさは大して変わらないということの表れだろう。

だから、私の教育は何年経とうと色褪せることなどないのだ。

私の教え子は現実として、今や世界に散って私の教えを忠実に守って活躍している。

とっても嬉しいこと。

とっても心が躍ること。

ただ、さすがにローに送った二十代は、私の教えを受けた最後の世代かもしれない。

私が教科書を更新して、最後にペルーに渡って教えたのが、たしか一九九七年だったから。

そのときの教科書にはもう、更新のたびに書き足される私の人生はほぼ網羅されていたように思う。

思えば私の人生は、スペインに渡り、少しイスラム過激派に知恵を貸した一九八八年で、いったん燃え尽きていたのかもしれない。

それでつまらないから、時々ペルーに渡っていたのかも知れない。

そう思って見返せば、教科書に挟んだ挿話は、寓話からいつからか、私の自慢話みたいになっていた。

実際にはいつからか、ではない。ハッキリわかっている。

ローがひとりで、日本に向かってから――。

それから私は、きっと寂しかったのだ。

淋しかったからペルーまで、自慢話をしに行ったのだ。

センデロ・ルミノソでの栄光。

スペインでの優雅。

イスラム過激派との共闘。

みんな、目を輝かせて聞いてくれた。

私はイスラム過激派に少しだけ知恵を貸したけれど、教わるものもあった。

ジハード。

私は思う。

若いということは、羨ましい。

ジハード。

若くして散る命は、それだけで尊く、美しい。

だから、

《ワクワクするわね》

そう言葉を添えて、私は最新の教科書をローに送った。

裏も表もない、挿話でも自慢でもない、赤裸々な私のすべてを。ノンフィクション、ドキュメントだ。

書くだけで、私は心が軽くなるということを知った。

苦しいことはしたくない。もう、じっと耐えて頑張る世の中ではないし。

手作業は機械化に駆逐され、アナログはデジタルに凌駕され、ローテクはハイテクに馬鹿にされる。

だから革命も、楽に、そして楽しめなければならない。

小日向純也。

実に楽しそうだ。

私の心は歓喜に震えた。

燃え尽きたわけではなかったのだ。

――心置きのないようにね。私の愛しい子供たち。

そう願う。

——あなたたちのために、また私は巡礼の旅に出るわ。

そして、私は祈る。

ブエン・ゲリラ。

私の愛しい子供たちが素晴らしい成果を上げ、私の愛しい子、ローの役に立ちますように。

一

六月二十五日の夜だった。

猿丸は十一時を少し回って、五反田のペリエに入った。

この日の夕方五時過ぎ、故買屋の楠木から連絡があったからだ。

——まあ、それなりには収穫があったんですが。

煮え切らない物言いは楠木の特徴だ。

コミュニケーション能力には大いに問題があることは分かっている。

慣れればどうということもない。

ペリエに十一時と、猿丸は楠木の都合など聞かず勝手に話を進めて連絡を終えた。

楠木との関係はそれで成り立つ。

面倒臭くないと言えば嘘になるが、楠木は使い勝手のいい男だった。それでスジに引き込んだのだ。

関東全域を網羅する楠木を入れて六人の薬剤系のスジ。

それだけの数に話は振ったが、他は全滅だった。楠木だけが仕事をした。

そういう男だ。

たいがいのことは、我慢するしかないだろう。

相変わらず妙な音がするカウベルを鳴らし、猿丸はペリエの店内に入った。

客が埋めている席は、三卓だった。数で言って五人。

着席で五十人はいける店内に五人は、はっきり言って閑古鳥が騒がしく鳴いている状態だ。

楠木と会った二週間前も木曜日だったが、そのときよりも間違いなく少なかった。

時間は遅いが雨ではない。

ペリエの先行きが、客ではあるが猿丸にも危ぶまれた。

六人目の客、楠木はカウンタに先着していた。

楠木からひと席空け、猿丸もカウンタのスツールに座った。

「よっ。七人目の客だぜ」

正面で美加絵が、煙草を吸っていた。

「いらっしゃい」

煙草を消し、オン・ザ・ロックを作って猿丸の前に置く。

「お兄さん。お代わりは？」

楠木が首を振ると、美加絵はそのままカウンタの裏に消えた。

楠木に向け、猿丸はグラスを掲げた。

楠木はただ、膝に手をそろえて頭を下げた。

「で、なんだって」

猿丸はグラスに口をつけた。

「塩素酸ソーダ。何カ所かのダークウェブに注文が。一件一件は遊び程度で、ハンドルネームも別々っす」

「何人くらいだ」

「五人、というか五カ所。ああ、本チャンの購入者氏名は当然偽名で。センスのないのばっかで」

「例えば？」

「トム・クルーズ」

「——なかなかだな」

「けど、注文の日付が全部一緒で。合わせると、無駄に多いっす。だから気になって。それと、製品まんまを売ったのはいなかったっす」

「製品はいない、か。それにしても、塩素酸ソーダね」

塩素酸ソーダは塩素酸ナトリウム。〈爆発物の原料となり得る化学物質対策〉として販売管理された十一原料に指定されている。

「日時は？」

「六月一日」

全体的に、狙う方向に合う日付だ。

「注文が入った材料はそれだけか」

猿丸の問いに、楠木は氷を噛んだ。少し言いづらそうだった。

「猿丸さん。〈トレーダー〉って知ってますか」

「ん？　なんだ、それ」

商社、と楠木は言った。

「色んな物を色んな所から集めてくる商社っす」

それにしても今この場で口にする以上、普通の商社であるわけもない。

闇の商社、ということだろう。

「集めるって、なにを」

「いや、知らなきゃいいです。こっちもってんなら、別料金っす。俺のお客でもあるんで」

「ん。じゃ、いいや。で」

「注文、もらいました。大した量じゃないっすけど」

パラフィンと亜硝酸エステルと楠木は羅列した。

「ふぅん。それでなにが出来るって？」

「あとは、ワセリンを買えば」

「――おっ」

猿丸のアンテナにも引っ掛かった。

塩素酸ソーダ、ワセリン、パラフィン。

これで塩素酸セジットS混合爆薬の主薬が出来る。

亜硝酸エステルは精製に精通していれば、純度の高いガンパウダーやオージャンドル(白色火薬)が得られる。

「パイプか」

パイプ。最後まで言わなかったが、パイプ爆弾のことだ。

猿丸でもわかるのは、セジットS混合爆薬がその昔、極左学生運動家の鉄パイプ爆弾にも、三菱本社爆破事件のペール缶爆弾にも使われた爆薬だからだ。

公安ならば、誰でも知る。

「そう。パイプっすね」

楠木は頷いた。

「それもたぶん、今風の」

今風と言うのは、猿丸にはよくわからないが、おそらく純度のことだろう。つまりは威力のことか。

「それでお前ぇ、売ったのか」

「売りました。別に、いつもの売り買いですから」

「注文の日時は」

「六月二日っす」

「この間はそんな話なかったな」

「ベースは塩素酸ナトリウムっす。それがあったんで、こっちが」

「なるほど」

猿丸はスツールを左右に回しながら、しばらく考えた。

「追えるか」

どうですかね、と楠木は即答した。

「売り手側からは無理っしょ。もう終わっちまってます。受け渡しと決済の方法も全部違うし、みんな、捕まりたくないんで」

「なら、買い手の方か」

「全部アドレスが違います。それにダークウェブは匿名性がえらく高いんで。俺の腕じゃ無理っすから」

言いながら楠木は、上着の胸ポケットを探った。

取り出したのはUSBだ。

「何カ所かのウェブに注文入れてきたアドレス、その他のデータっす」

「そうか」

猿丸はまず、USBを受け取った。

それから、少々厳しい目を楠木に向けた。

「よく手に入ったな。そのダークウェブのいくつか、運営はまさかお前ぇ自身かい?」

「やだなあ。猿丸さん」

楠木はペリエで、初めて笑った。

コミュニケーション以上に、下手な笑顔だった。

「投資っす」

「ふん。投資くれぇ、やるならお日様の下でやれよ」

懐から茶封筒を取り出し、カウンタの上を滑らせた。成功報酬の百万だ。

「どうも」

無造作に茶封筒をつかむと、楠木はカウンタを離れた。

猿丸の意識はもう楠木にはなかった。

携帯を取り出し、LINEを起動した。

店の入り口で、妙なカウベルの音が聞こえた。

猿丸は今の遣り取りを動画で撮っていた。

正確には、画像は胸ポケットの内側を映すだけだ。

情報は音声の方だった。

猿丸は純也と鳥居とのグループに動画をアップした。

「じゃあな」

残る猿丸、ある程度の情報をメールで純也へ。

「これでよし」

送り終えてグラスを傾けた。

ほぼ水になっていた。

「ちっ。不味いな」

美加絵を呼んだ。

すぐに出てきた。

「美味いとこ、頼むわ」

「なにそれ」

大振りな氷、口開けのスコッチ、ひと回しのステア。

注文通りだ。

出されたオン・ザ・ロックをひと息に空ける。

喉を熱い液体が通り、熱い呼気が言葉を連れた。

「なあ、淋しくねえか」

「え。そりゃあ、木曜だもの」

「店じゃねえよ」

「ああ」

美加絵は次の酒を出し、煙草に火をつけた。

「寂しいけど、ね」

ここが腕の見せ所とばかりに気負い込むと、猿丸の携帯が鳴った。

「うわ」

見れば、純也からのLINEメールだった。知らない携帯の番号が記されていた。

純也は頻繁に携帯を変える。直後に、その番号からの着信があった。

「はい」

——今、大丈夫だね。

ただの確認だ。すぐにLINEを既読にしたのだから問題ないし、また、大丈夫でなかったら出ない。電源を切る。

それがJ分室のルールだった。

「五反田です」

——ああ、そう。

純也はそれだけで理解したはずだ。

五反田という言葉は、今やJ分室ではキーワードだった。

五反田に行くと言えば、聖地巡礼にも等しい。

——見たというか、聞いたよ。出来たら、発注の出所まで辿りたいね。

「そうっすね。けど、先の先まで辿るなんてなぁ、俺が知ってる限りじゃ、サイバーか恵子ちゃんか、別所さんくらいっすけど」

別所幸平は、SNSゲームに先鞭をつける形で急成長した㈱サードウインドのCEOだ。

ROOT制限のために分割されたバンドル・キーのひとつで、NTFSにバックドアを構築するなど、猿丸にはよくわからないが、別所なら出来るという。

構成と階層の厚みによっては、大橋恵子にも出来るらしい。

残念、と純也は言った。

——別所は海外だよ。サイバーは信用できるのが今ちょっと少ないかな。大橋さんは、そう、あまり深く絡めたくないね。気丈に見えて、まだ病んでる。

聞けば納得できるが、どうにも純也の声が弾んでいるように聞こえた。

「そうなるともう手詰まりのような気がしますけど。――分室長、なんか楽しそうっすね」

――ああ。わかる？

「まあ。長い付き合いなんで」

――いいね。じゃあ、もう一人のこともわかってるね。

「もうひとりっすか？」

――あれ。わからないかい。いるだろう。

仙台に、と聞こえて、猿丸は呑み掛けのスコッチで咽《む》せた。

仙台と聞いた瞬間、脳裏でジャパニーズ・リン・ユーチュン、和知《わち》が笑ってVサインを出した。

「わ、和知君ですか」

――そう。ちょうど向こうでね、基地の中の秘密基地が仕上がったらしくて、師団長と僕宛てに豪華な招待状が来たようだ。

「しょ、招待状が分室長に？　なんでまた」

資本投下、と純也はおそらく電話の向こうで笑った。

――守山《もりやま》のスペックを、仙台は遥かに超えるよ。

猿丸も知らないうちに、純也はそんなことをしていたようだ。

「えぇと。分室長、資本投下ってぇと、ちなみに、いくらくらい」

――そうだねぇ。

聞いて猿丸は天を仰いだ。

「でぇっ。そいつぁ、出す方も出す方ですけど、受け取る方はマジで馬鹿だ」

ベイフロントの高層マンションが、最上階でもキャッシュで買える。

――だから、僕の代わりに行きがてら、堂々と頼んでいいよ。

了解です、としか言いようがなかった。

「ねえ。それ、分室長さん？」

そこへ、黙って氷を削っていた美加絵が割り込んできた。

純也にも美加絵の声が聞こえたようだ。

――ああ。そう言えば、頼まれごとがあった。セリさん、代わってくれるかい。

「はい」

ほれ、と美加絵に携帯を渡した。

外国人、滞在、就労。

純也と美加絵はそんな話をしていたようだが、敢えて聞かない。

聞かなければならない話なら、あとで聞く。

出来れば美加絵の頭を胸に乗せて。

美加絵の髪を手櫛で解いて。

「ええ。それだけあれば、他はいくらでも辿る。十分よ」

美加絵は頷き、猿丸に電話を返してきた。まだつながっているようだった。

——セリさん。例のオズの。

J分室員で共有している、スペイン語圏から入国者リストをママに、と純也は言った。

「いいんですか」

よくわからない。

——ああ。約束の始まりらしいから。

「約束？」

徹頭徹尾、わからない。

——そう。どうやら始まるのは、ママの絶望らしいけど。

猿丸は電話を切って、酒を呷った。

「パソコン、あったよな」

持ってこさせ、携帯のSDカードから入国者リストをコピーした。

「ありがと」

初めて見る、童女のような美加絵の微笑みだった。

「機嫌、良さそうだな。――約束の始まりって聞いたぜ。なんのだよ」

胸に乗せて、手櫛で解いて。

ゆっくりとじっくりと聞くそんな時間は、ないような気がした。

「ふふっ。あたしの希望よ。夢の始まり」

夢の始まりは絶望の始まり。

それが希望とは、人として悲しい。

「もう一杯、くれよ」

最後ね、もう終いだからと美加絵は念を押し、空のグラスを手に取った。

二

二日後は、土曜日だった。

純也は猿丸から連絡のあった翌日金曜日から、相模原にほど近い愛甲《あいこう》郡のとある町にいた。

潜入作業だ。

牧里《まきさと》工業団地。

狙いはそこだった。

三日前の夕刻、つまり、氏家ともども襲われた日の夕方には、ある程度の目算は立てていた。

愛甲郡の牧里工業団地は、氏家の示唆から狙いを絞った結果だった。

最終的には東京警察病院から自宅へ戻り、潜入の段取りを整えた。

潜入は本来なら部下に任せるべき作業だが、猿丸には別に任せた作業があった。

といって鳥居には、さすがに自爆テロやSLが絡むかもしれない潜入作業は、年齢的に考えても無理がすぎた。

犬塚がいれば、とは考えても詮無《せんな》い後悔でしかない。

それにしても、思われることは駒が足りないということではなく、これ以上部下を失うことがあってはならないという感情論にして、決意だった。

自宅の自室でコーヒーのアロマに包まれ、じっくりと思考は深化熟成させた。

潜入に当たっての抜かりも周囲への注意も、脳内チェックは万全だった。

翌朝からの純也の動きは、間違いなく誰にもわからなかっただろう。

祖母春子にも、常時純也を追う、オズの別班にも。

純也は工業団地内の長我部《おさかべ》工業という、様々なギアを加工する工場に臨時雇いとして潜入することにした。

牧里工業団地に狙いを絞ったのには理由があるが、長我部工業を選んだことに特段の考えはなかった。

ただ、長我部工業はＫＯＢＩＸテクノツール㈱が製造販売する、マシニングセンタや複合加工機の、ギアやプーリーを一手に加工生産する下請け工場だった。

丁度いいとは思ったが、ラッキーとは思わない。

ＫＯＢＩＸは日本を代表して、世界に冠たる複合企業だ。たいがいの場所の、ありとあらゆる業種に絡んでいると言っても過言ではないだろう。

だからどこへ行っても、まず間違いなく関わりのある会社は見つけられる。

特段考えなかったというのは、そういうことだ。

ただし、ＫＯＢＩＸ関連で自分が表に出ると波風が立つことは弁えている。

メディクス・ラボがそうだった。

だから、段取りの手始めは祖母の春子に頼んだ。

春子からＫＯＢＩＸテクノツールの専務に連絡を入れ、そこから業務部長に指示を下して長我部工業につないでもらった。

春子は小日向和臣の亡き妻、芦名ヒュリア香織の母というだけでなく、ＫＯＢＩＸ建設と関係の深いコウチ財閥系日盛貿易㈱の名誉会長だ。

ＫＯＢＩＸ関連企業のたいがいの重役は、小僧っ子の頃からなんらかの形で春子の世話になっていた。

日系トルコ人、鈴木・マリオ・太郎。

ベタにしてそれが、純也の変名だった。

トルコ系日本人、鈴木マリオとして純也は、ＫＯＢＩＸテクノツールの口利きもあって問題なく臨時採用された。

――ペルーだ。ペルーからの九人。

病室で氏家はそう断言した。

ネット検索を掛けると、さして深くないページですぐに、愛甲郡の牧里工業団地がヒットした。

そこには、工業団地で働く日系ペルー人のコミュニティがあった。おそらく日本でも有数の、日系ペルー人のコミュニティだということだった。

牧里工業団地では、昔から様々な地域の日系人が働いていたようだ。日系人を雇い入れる態勢や環境が整っていたのだろう。

そんな中から、この牧里工業団地には特に、日系ペルー人のルートや人脈が根付いたようだった。

「へえ」

純也はすぐに狙いを、この牧里工業団地に定めた。

メディクス・ラボの相模原研究所は、圏央道を上溝《かみみぞ》バイパスに降りた辺りにあった。

相模川を渡って牧里工業団地とは、直線で三キロもないほどの近さだった。

そもそも、メディクス・ラボで自爆した男の、あまりの軽装が純也は気になっていた。

引っ掛かって離れなかったと言い換えてもいい。

神奈川の捜査陣も警視庁の連中も血眼になって調べているが、犯人の移動経路を特定することはいまだに出来ていなかった。

警視庁は当然のことながら、相模原市警も神奈川県警も優秀だ。J分室には到底不可能な、蟻《あり》一匹見逃さない、あるいは蟻の這い出る隙間もない、豊富な人材を駆使した緻密な捜査が出来る。

その捜査陣をして、移動経路の特定には至っていない。

ならば、話は簡単だ。

犯人はおそらく、徒歩で来たのだ。

四日前に入国したばかりで土地勘のまだない連中が仕掛けるとしたら、徒歩圏内はセオリーとして当然強い。不足も紛れもないのだから。

核心に近い手応えを感じて、純也は潜入を即断した。

当然、住み込みでだ。

他の日系人たちも、当然そのほとんどが各工場内に住み込みで働いていた。

純也は度の強い、フレームの太いセルロイドの眼鏡を掛けた。

レンズの中心に細工したわずかなフラットスペースだけで物を見るのは厄介この上もなかったが、顔の印象は驚くほど変わった。

太いフレームはマスク代わりだった。

潜入は、金曜の午後から開始された。

日系ペルー人のコミュニティは工業団地全体で三十人余りということだったが、長我部工業にも四人が働いていた。

他の日系人や、おそらくイラン辺りの不法就労者も合わせれば、長我部で働く外国人労働者は総勢で七人だった。

「へイ。トルコだって。スペイン語は？　そうか。今度教えてやるよ」

「サラーム。こんちわ。なんでも聞いてよ」

「へイ。マリオでいいかい。俺はアルトゥーロだ。よろしくな」

少なくとも長我部工業に勤める外国人労働者たちはみな、陽気な男ばかりだった。

狙うコミュニティのリーダーがいたのは幸いだった。

アルトゥーロが、そのリーダーだった。

純也は出来上がった微小なギアを磨き、十個単位で専用のケースに収める作業についた。

内職のような簡単な仕事ではあったが、これが純也には思いのほか大変だった。

不器用とか、手先を使う仕事に慣れていないとかそういうことではない。

いや、それは身贔屓《みびいき》で、多少はあったかもしれないが――。

「うわ。これは、失敗したかなあ」

眼鏡に細工したわずかなフラットスペースで、微小なギアを見続けることが至難だったのだ。床に取り落としたりしたら、探すのはまず不可能だった。

「マリオッ。なにやってんだお前はっ。この愚図!」

もたついては、二十歳そこそこの日本人の班長に怒鳴られた。

「あ、いや。すいません」

愚図と呼ばれるのも無能を怒鳴られるのも、思えば人生初だったかもしれない。

そんな調子で、二日目のこの日は朝から晩まで怒鳴られ通しだった。

なかなか、耳が疲れた感じだった。

「フォルサ。大丈夫、大丈夫。すぐに、慣れるね」

「アミーゴ。ご飯だ、行くよ。お腹一杯、それでハッピーだね」

判官贔屓《ほうがんびいき》は、世界共通か。

この夜は仕事終わりに、アルトゥーロたちに食事に誘われた。

新人歓迎パーティというやつだ。

翌日は日曜で、工場は休みだった。

連れて行かれたのは、繁華街とも呼べない町場の一角だった。面板にひびの入ったスタンド看板に、店名はかろうじて〈アントーニオ〉と読めた。ペルー料理の店と言うことだった。元コミュニティの日系ペルー人が、地元の娘と結婚して開いた店らしい。

ドアを開けると、アンデスの民族音楽、フォルクローレが流れ出してきた。

海老《えび》とコーンのチャウダー。骨付き鶏のパエリア。カナリオ豆のオムレツ。ペルーのブランデー、四十二度のピスコと、そのカクテル。

「マリオ、たくさん、食べろよ。身体、大事。この国で生きてくには、身体だよ」

「アニマテ。うちの工場、いい方だぜ。団地の奥のＨＯＨＥＩモーターじゃ、殴る蹴る、当たり前だから」

トルコの血が混じっているということで、日系人たちはみな純也に気安かった。

逆に、パーティに日本人はひとりもいない。

夜七時過ぎには、他の工場に勤める日系ペルー人たちもぞくぞくと集まってきた。コミュニティの溜まり場、と言うことなのだろう。

酒も入り、次第に店内は大騒ぎの様相を呈し始めた。

アルパやマンドリン、ケーナを手にする者もあり、曲に合わせて踊り出す者もいた。

純也は壁際に退き、ピスコサワーを舐《な》めながら全体を眺めた。

ピスコサワーは、ピスコとライム、卵白などで作る国民的カクテルだ。強くて甘くて、作家アーネスト・ヘミングウェイも好んだという。

酒が入り音楽も踊りも始まれば、新歓パーティはいつもの呑み会へと様変わりする。もう、誰も純也を気にする者はいなかった。

それぞれがそれぞれの憂さを晴らす時間に突入していた。

聞こえてくるのは、ほぼスペイン語ばかりだった。

気配を消し、純也は場所を少しずつ移動しながら、男たちの話に耳を傾けた。

誰も純也を気に留める者はいなかっただろうし、気に留めさせもしなかった。

気付く者がいたとしたら、それは純也を超えるソルジャーということになる。

三十分もわずかな移動を繰り返すと、声を潜めた男らのスペイン語が気になった。

厨房に向かうカーテンの奥からだった。

純也はカーテン脇の柱に寄り掛かった。

《なあ、橋向こうの板金屋に勤めてたあいつも、いきなり帰ってこなくなっちまったって言うじゃねえか。なんなんだ、いったい》

《さあな。でもよ、これで六人全員だろ。これじゃあいい加減、この後は不定期アルバイトだって言ったって、この工業団地には呼べないよな》

《ああ。コミュニティの立場ってものもあるだろう。急に頼ってこられても、やっぱり迷

惑だよな。いやゝそれでもある程度の期間よ、居着いてくれればいいさ。でも、一カ月も保たねえんじゃな》
《そりゃそうだ。俺だってよ、いきなり来なくなったって別に俺のせいじゃないだろうに、職長のヤマザキが八つ当たりしてくるんだ。嫌になるぜ》
《これからはキチンと、いくらローさんが言って来たって、やっぱり断るのが正解なんだろうけどな》
《でもよ、アルトゥーロがな。あいつ、親分肌だし、ローさんの母ちゃんには頭が上がらないんだろ》
《先生だしな。その辺は俺たちも大して変わらないだろう》
《まあな。色々教えてもらったのは、間違いねえ》
《そうだよな。俺らは戦士から零れちまったが》
《でもよ、上手くなったぜ。肩を寄せ合って生きてくこともよ》
《そう。たとえ死んでも、な》
《そうだな。それも先生の教えっちゃ、教えだよな》
《なんだ。暗いぞ》
《暗くもなるだろ。この国じゃ》
　辛気臭い顔してんじゃないよ、退いとくれと元気な日本語が聞こえた。

さっきから何往復もしている、この店の女将《おかみ》だ。三角巾と割烹着がよく似合っている。

純也はカーテン脇を離れ、密かに店からも抜け出した。

酔い覚ましには、少し蒸し暑い夜だった。

西の空に三日月が輝いていた。

「上々、かな」

純也は三日月にひとり笑った。

もうすぐ、ある一面には辿り着きそうだった。

三

この翌日、猿丸は矢崎と連れ立って陸上自衛隊仙台駐屯地を目指した。

朝、六時三十二分発はやぶさ一号、新青森行きだった。

東北新幹線が開通してから、東北は近い。

上越新幹線開通後の新潟も近いが、都内からの感覚としては、東北は新幹線によってようやく手の届く距離になった。

E5系はやぶさは、東京仙台間を一時間三十分あまりで走破する。

ひと眠りすればあっという間の距離だが、猿丸はデッキで立ったまま到着を待った。

矢崎とふたり、購入した乗車券は指定だった。５列Ｄ、Ｅのふたり掛けだ。

この日は混雑しているようで、東京駅からの指定券は選べなかった。

「猿丸君。わかってはいるつもりだが、それにしても過ぎてはいないか」

席に着くなり、隣で矢崎は顔をしかめた。

「へへっ。こりゃどうも」

自身でもわかるくらい、どうにも酒臭かったのだ。

二〇〇四年、外事特別捜査隊所属の頃、ヘタを打って左手の小指と心の一部を失って以来、猿丸はＰＴＳＤと付き合ってきた。

ただでは眠れないのだ。

ただ眠ると、ほどよいところで有り得ないほどの絶叫を放つ。

呑んで潰れて眠るのは、猿丸が独自に編み出した対処療法だった。

前夜は呑み過ぎた、というより、起きたら調子が悪かった。

普段よりだいぶ朝が早いというのもあるが、早いからと思って早くから呑んだ。

早い分が結果、ただ多かった。

「一時間半くらいだ。寝るといい。私は、自由席でも探す」

矢崎はそんなことを言って席を立とうとした。

「おっとっと」

押し留めて猿丸が立った。

「師団長を行かせるわけにはいかないでしょう。それに、なあ」

猿丸は真後ろの席に目をやった。

ツーサイドアップにWリボンの女の子が、鼻をつまんだまま頷いた。

「あ、キランちゃん。どうもすいません」

隣でおそらく、母親が頭を下げた。

「いやいや。――師団長。こういうことなんで。のちほど」

ということで、猿丸はデッキに立つことになった。

考えるのは、

(キランてなぁ、どんな字書くんだ?)

それだけだった。

思考能力は、限りなくゼロに近かった。

車内販売が通るたびにペットボトルを買ってはガブ飲みし、トイレにも何度となく通い、仙台に着くころにはなんとか真っ直ぐ立てるまでには戻した。

駄目になるのも早いが、戻るのも人よりは早い。

いつの間にか、そういう身体にもなっていた。

仙台からはJR仙石線に乗り換え、苦竹《にがたけ》で降りる。

乗ってみると大きく揺れる電車はまだ駄目だった。

あと三駅先だったら、到着前に吐いていた。

「うん。懐かしいな。仙台駐屯地だ」

電車を降りた瞬間、矢崎は猿丸の状態とは真逆な、列車の疲れもない潑剌《はつらつ》とした声を出した。

陸上自衛隊仙台駐屯地は、たしかに目の前だった。

見渡す限り、という言葉が実感できるほど、フェンスと樹林で仕切られた区画はどこまでも続いているように見えた。

朝霞《あさか》には及ばないが、仙台駐屯地も敷地面積で七十二万平方メートルを超える。ちょうどこの仙台に、矢崎が昔いた守山駐屯地を合わせると朝霞になる。そんなくらいか。

改札を出た矢崎は先に立って道を進んだ。勝手知ったる道に、足は軽いようだった。

百メートルくらいで門だった。

「北門だ。正門は真反対の南門なのだが。電車との関係で、人の出入りはこちらの方が多いな」

横断歩道を渡ると、門の内側に立っていた夏服の男性が礼儀正しく腰を折った。

桜の花ふたつに横線一本は、二等陸尉だ。三十にはなっていないように見えた。

それで二尉なら、防大出か。

「師団長。ご無沙汰いたしております」

陸尉はそんなことを言った。

矢崎は鷹揚に手で応えた。

もう師団長ではないが、とは、陸自の駐屯地に来ても言わなかった。

二度変わった肩書きがどちらも、呼称向きではないのは誰しもに共通しているようだった。

ようは、言いづらいのだ。

だいたいの到着時間を矢崎が伝えてあったに違いない。それで二等陸尉が待機していたようだ。

「許可は先ほど取っておきました。さ、こちらへ」

陸尉は猿丸たちを陸自の車両に誘った。

「えっと。師団長、これはなんですね」

猿丸は小声で聞いた。

「ああ。まず挨拶に行く駐屯地司令部というか、東北方面総監部が南門近くでね。この中央通りを向こうまで、と言えば簡単だが、一キロ近くあるんだ」

「──ほほう」

たしかに、門の内側には片側二車線の〈中央通り〉が太く真っ直ぐ延びていた。

猿丸は大人しく、車両の後部座席に乗り込んだ。

矢崎は助手席に座り、車はすぐに動き出した。

「どうだ、若狭《わかさ》。和知は大人しくやってるか」

「大人しく、ですか」

うぅんと若狭と呼ばれた二尉は考え込んだ。

「大人しくというと語弊がありますか。和知一尉は警務官でもありますし、人知れず、あるいは、見えないところで、というのが正しいでしょうか」

なんとなくわかる。

若狭二尉は、正直者だ。

「えっと。師団長。和知君はこっちじゃ、監察部じゃないんで？」

「ん？　ああ、言ってなかったかな。やってることに大した変わりはないが、防衛監察本部ではなく、昇任であいつは警務隊に配属になったのだな。まあ、なんの因果か」

矢崎のかすかな溜息を、猿丸は聞き逃さなかった。

「で、なんの因果ですかね」

「――東北方面警務隊は、防衛大臣直轄部隊なのだ」

「え、防衛大臣？　え、それって」

「そう。またあいつとは、ずいぶん近づいた感じだな」

「――ご愁傷さま、でいいですかね」

「よくはないが、悪くもない」

到着です、と若狭が声を発するまで、会話は約一分半ほど途切れた。

降りると、北門から連絡が入っていたものか、偉そうな身なりの面々が建物の前に並んでいた。

それはそうだろう。仙台駐屯地の指令は東北方面総監部幕僚長が兼務し、階級は陸将補だ。

もともと矢崎の後輩だった男で、和知のような男が嫌いではないらしいとは、ブラックチェイン事件の頃、昇任を渋った和知を説得する矢崎の言葉の中で知っていた。

正確には、

――俺の直属だった男で、まあ割合こういう下らない話には乗る男だ。

そう言っていた。

下らない話とは、どこに配属になっても秘密基地めいた執務室が欲しいという和知の要求だ。

「師団長。お元気そうで」

「おう。金子《かねこ》、お前も、……だいぶ太ったな」

矢崎は差し出される金子幕僚長の手を握った。

「いやいや。余計な分はシンシン蜃気楼、ということで」

なるほど。

和知とはずいぶん気が合いそうだ。

金子は丸々とした目を猿丸に向けた。

「で、こちらが師団長の、ああ、政策参与の補佐の」

そう言う肩書きだと、たしか新幹線に乗る前に矢崎が言っていたのを思いだした。

防衛大臣政策参与補佐、松宮某《なにがし》。

「ええと、松、宮か、な。です」

猿丸は記憶を絞って頭を下げた。

「私よりだいぶお若いですかな。それで師団長の補佐は、立派なものだ」

金子は猿丸を上から下まで眺め、勝手に納得するように頷いた。

「では師団長も松宮さんも。話は中で、ケーキでもふたつ、みっつ食いながら」

胸焼けがしそうな話だった。

「え、あ。ば、幕僚長。私は早速、和知君のところへ」

「ん。もうですか。ああ、さすがに東京の人は時間を無駄にしないと。さすがですな」

と、これも勝手に納得顔だが、ようは二日酔いの身に、ケーキはきついというだけの話だ。

「では車を。おぉい若狭」

幕僚長がさっきの陸尉を呼んだ。

「あ。いやいや」

猿丸は急ぎ手を振った。

「いいっすよ。悪いんで。場所教えてくれりゃあ、勝手に行きますから」

「でも、真反対ですが」

「——え」

「北門のすぐ近くです。一キロ戻ることになりますよ」

二日酔いにはケーキもきついが、徒歩の一キロもきつい。

「んじゃ、有り難く」

動こうとすると、居並ぶ面々のひとりが金子になにかを囁いた。

「ああ。そうだった。松宮さん、でしたな。これを」

言うのは金子だが、囁いた男が猿丸に寄ってきた。

なにやらを手に持っていた。

パウチされたA４のなにかだ。

タイトルは、〈防衛館・特別進入手順〉、になっていた。

なんとなくわかった。

「和知の居る場所へのマニュアルです。どうにもわかりづらくてですな」

そういうことだ。

仙台でも和知のやっていることは、名古屋の守山駐屯地となんら変わらないようだった。

「では、お借りします」

後で行くという矢崎とも別れ、猿丸は復路の車に乗った。

「防衛館ってなあ、あれかい。史料館的な」

「ええ。そうです」

杜《もり》の都にまつわる戦国時代から昭和までの陸戦や陸軍、陸自の史料を展示していると若狭二尉は言った。

車が向かったのは、本当に北門に近い辺りだった。

四

防衛館は、大きな半円形ドームの飾り窓を載せたエントランスが特徴的な建物だった。

横に長く、高天井に思える位置に明かり取りの出窓が整然と並んでいた。

「ええっと」

マニュアルに従って、猿丸はまず前庭に足を向けた。

三方に巨大なラッパをつけた装置が展示されていた。

空襲警報サイレン、と説明サインには書かれていた。

「へえ、仙台駅辺りまで、四キロも聞こえたってか。——おっとっと。そんなんじゃねえ。観光じゃねえし」

猿丸は三方のラッパのうち、防衛館側を向いたラッパの前に立った。

「おおい。和知ぃ。今から行くぞぉ」

馬鹿馬鹿しいが、マニュアル通りに唱えた。

まるで呪文だ。

すると、

——了解でーす。どーぞー。

と、ラッパの中からかすかに声が聞こえた。

「へいへい」

猿丸は溜息混じりに、手順の②に進んだ。

前庭から防衛館の裏に回ると、まだ新しい横長一畳の物置があった。

さっきの呪文は、ここのロックを外す言葉らしい。

開けると、熊手だの草刈り機だの、要は駐屯地内の樹木の手入れ用品が収納されていた。

「――こういうの、あいつ好きだな」

守山でも、和知が居る史料館の二階に上がるために、一階最奥の二台並んだ掃除具ロッカーに向かった。

右側を開け、何本も掛けられたモップを分けて顔を突っ込むと、漢字変換のテンキーがあった。

それと方式は大して変わらない。

どうにも、お掃除とかお手入れ用品とかが好きな奴だ。

「えーと」

何本も掛けられた竹箒《たけぼうき》を分けるとインターホンがあり、漢字変換のテンキーがあった。

「防衛大臣直属、和知一尉、と。徹底的に阿呆臭ぇな」

しばらくあって、

――ご無沙汰です。どうぞぉ。

和知の声がした。すると、妙な音を発して物置の防衛館側の壁が部分的にスライドした。

約ドア一枚分だった。

中は二階へと続く、狭いが角度の緩い階段になっていた。

守山は両サイドにフルカラーのＬＥＤモジュールが明滅していたが、仙台は足下がカラフルに光っていた。

なんとなくだが、純也の資本も入っている分、こちらの方が金満の匂いがした。

二階の踊り場は、結構広かった。

仙台の防衛館がどういう作りなのかはわからなかったが、守山のように無理矢理整えた感じはしなかった。

そこにも、純也の資本投下が生きているのかもしれない。

ただ守山同様、秘密基地というか、どうしても悪の手先のアジトな印象は否めない。

また壁にテンキーがついていた。入力すると壁に見せ掛けた自動ドアが音もなく開いた。

守山の二階はオートロックでノブのついたドアだった。

金満だ。

「……なんじゃこりゃ」

中は、三十畳くらいはあった。

広いには広いが、守山とさほど変わらない。

そのくらいが使い勝手が良いと言うことか。

奥に風呂もトイレも、おそらくカップ麺だらけの食堂も、お馴染みのピクトサインをつけた扉もあった。

要は、全体的には和知の生活空間と言うことだ。

当然、猿丸が啞然《あぜん》としたのはそこではない。

壁際に並べられた、大型ディスプレイの豪華さはなんだ。

三十五インチはある四面のデュアルディスプレイ。たしか、クアッドモニタと言うんだったか。

それがしかも三段で、見渡す中に四セットあった。

合間合間には単品の大型モニタが置かれ、手前の端には通常のA3プリンタの他に、A0打ち出しのインクジェット・プリンタと、何に使うのか知らないが3Dプリンタもあった。

守山では雑然と置かれていた何台ものスマートフォンは、壁掛けになっておそらく非接触充電で二十台はオブジェのようだった。

その空間を――。

「セリさん。お久し振りでーす」

百六十センチ足らずで八十キロほどのマッシュルームカット。

というか、でかいマッシュルームそのものがキャスタチェアに座ったまま、いつも通り遊ぶように通り過ぎた。

それが和製リン・ユーチュン、歌えないマッシュルーム、和知だった。

見る限り、新しい玩具を得て守山の頃より闊達《かったつ》だった。

キャスタチェアの動きが早い。

行った椅子が帰ってくるところで、猿丸は足裏で座面を止めた。

「何度も言ってるが、仕事上の渾名は使うな」

猿丸は椅子から足を下ろした。

和知は、少し動いた。

もう一度足を乗せる。

「動くな」

「はぁい」

「ちっ。お前、それで本当に分室長と同じ歳かよ」

「あ、パワハラ」

「こら和知。誰がパワハラだ。パワハラだ。パワハラってなぁ、同じ職場で使うもんだろうが」

「え。セリさんとはときに同じ職場でしょうに。僕たちチーム・カフェノワールでしょ」

「まあ、敢えて違うとは言わねえけどよ」

チーム・カフェノワールは〈カフェ・天啓会事件〉の際、和知と猿丸と矢崎で組んだLINEのグループに、矢崎がつけた昭和な名前だ。

「だから、同じ職場でしょうよ」

「そんなもんか」

「そんなもんです。だから僕は、セリさんにパワハラされる権利があるんですね」

「だからセリさんは止め――まあいいや」

久し振りに蘇る感覚が、異常にあった。

こういう堂々巡りを諦めるのは、いつも猿丸の役目だった。

取り敢えずその久し振り感の一切を省き、猿丸はUSBをデスクに置き、用件だけを淡々と告げた。

「ふんふん」

鼻を鳴らして和知は聞いていた。

「つまり、サードウインドの別所さんや、分室のあの大橋さんに代われと」

「そういうことだ。――おい、あの大橋さんの、あのってなぁなんだ」

「え、あのってのは、あれです」

和知は一台の大型モニタを指差した。

大橋恵子が本庁舎内で、笑ったり澄ましたり、睨んだりしていた。

「盗撮か、コラ」

「違いますよ。許可を取ってないだけです」

少し考える。

「なにが違うんだ」

「これ、ネット上から引っ張ってますから。大橋さん、庁内で人気者ですね。綺麗だしなあ」

頭がくらくらするのは、二日酔いのせいだけではないだろう。

「なんでもいい。もういい。働け」

「お任せ下さい。ここの予算とJ資本の合算は、破壊力抜群ですから」

「まあ、俺は師団長が来るまでひと眠りする。なにも破壊しないで頼むわ」

「了解でーす」

和知は腕捲《うでまく》りでカウチな菓子類を両サイドに用意し、依頼した作業に取り掛かった。

猿丸は部屋の隅に置かれたソファで横になった。

すぐに睡魔はやってきた。

が――。

どれほどの時間、戦っただろう。

聞かされ続ける調子っ外《ぱず》れな鼻歌が、寄せ来る睡魔のことごとくを排除してくれた。

たしか和製リン・ユーチュンは、歌えないマッシュルームだった。

――おおい。和知ぃ。今から行くぞぉ。

どこからか、あの呪文が聞こえた。矢崎の声だった。

「了解でーす。どーぞー」

和知の答えを聞き、やおら猿丸は起き上がった。

「おや。起きました？　おはようございます」

特に反論はしなかった。

それでいい。

時間はと見れば、二時間くらいは経っていたようだ。

もうすぐ昼になる。

取り敢えず、二日酔いはだいぶ収まってきた。

これなら矢崎らに誘われても、昼飯はなんとか食える。

ソファから立ち、ポットを探す。配置は守山とだいたい同じだった。

インスタントコーヒーを見つけ、作る。

飲みながらクアッドモニタを何気なく眺めた。

ふと、映し出される映像が気になった。

刻々と変わりつつも、見たことのあるような場所ばかりだった。

「いや。遅くなった」

ちょうど、矢崎が入ってきた。

「金子が普段、止められているらしくてな。あそこまで甘党とは知らなかった。すまんな」

「いえ。――師団長。コーヒー飲みますか？」

「ああ。頂こう」

猿丸はコーヒーを矢崎に作った。

それから、もう一度モニタを見た。

と――。

「あっ」

記憶が映像とつながった。

「おい、和知」

「ふぁい」

ポテチを頬張って和知は振り向いた。

「ここのモニタに映ってんの。こりゃ、守山じゃねえのか」

「ふえ。ほうですけど」

「ほうですけどじゃねえ。こりゃなんだ。監視か」

「監視って」

和知はポテチを飲み下した。

「嫌だなあ。置き土産ですよ。たまにどうなってるかなぁってね。様子の確認ですよ。だいたい定点カメラですから。渋谷や新宿のお天気カメラと一緒です」

「にしたってお前ぇ、カメラの数が半端じゃねえだろう」

映像を見る限り、五十台は設置されている。

「半端かどうかは人によるでしょうけど、定点は定点です。別に人のプライバシーに触れるところにはつけてませんから」

和知は平然としたものだった。

猿丸は和知を睨んだ。

「それだけか？」

「――まあ、いずれは、全国を網羅しようと思ってますが。そのくらい軽く出来るスペックなんで」

「――なるほど」

さすがに生粋《きっすい》の自衛隊オタク。

いや、警務官か。

そう思って矢崎を見る。

見え見えに明後日《あさって》の方角を向き、元陸自の師団長は、空《そら》っ惚《とぼ》けた顔でコーヒーを飲んでいた。

「それにしてもこの定点、守山じゃ了承は得てんのかい。まさか誰も知らねえなんて」

和知を見る。

下を向いてゴロゴロと、キャスタチェアで離れてゆく。

自衛隊は自衛隊でややこしい、らしい。

猿丸はソファに戻って残りのコーヒーを飲んだ。

「セリさぁん」

和知が遠くのモニタの前で猿丸を呼んだ。

「んだよ」

突き放すように言えば、終わりましたよぉ、と気の抜けた返事が返った。

一瞬、わからなかったから動けなかった。

もっと掛かると思っていた。

最低でも丸一日は予定していた。

場合によってはもう少し。

だから、この日は徹夜で和知の尻を叩き、明日の夜にでも国分町に繰り出すつもりでいた。

国分町は名高い、仙台の繁華街だ。

「本当かよ」

「ええ。ここにあるものは僕も含めて、そんなスペックですから」

和知は鼻息荒く胸を張った。

「なんと、まあよ」

「経由し始めたのはいつだい？」

念のためだ。確認する。

「ええとですね。――五月の三十日ですね。そこから色々かましてくれちゃってまして。かあ、面倒臭い方法でまた。けど。――ホイ。プリンタから出します」

直後に、Ａ３プリンタが音を立てた。

吐き出される紙面に目を通し、猿丸は口の端を吊り上げた。

プリントを写真に撮り、潜入中の純也にＬＩＮＥで送った。

簡潔に画像と、スタンプのみだ。

画面上で、カウボーイハットをかぶったサボテンがウインクしながら〈ＢＩＮＧＯ！〉と叫んだ。

それだけで十分だろう。

すぐに既読になったが、返信は来なかった。

「まあ、いいや」

猿丸は携帯を仕舞い、さて、と手を叩いた。

「思ったより早く終わっちまったから、今夜はひとつゆっくりと」

「ああ。その件だが」

矢崎は手を挙げた。

「――」

嫌な予感しかしなかった。

「金子が松島温泉を取ったと言っていた」

「――ちなみに、それって誰が泊まるんですかね？」

「決まっているだろう。君と私。と、金子と＊＊＊と＊＊＊と＊＊＊と、若狭二等陸尉か」

半分は誰だか知らないが、頭とお尻だけは分かった。

ようは、陸自の矢崎会とでもいうべきものか。

〈馬鹿くさ〉

猿丸は背筋を伸ばし、踵をそろえた。

「猿丸俊彦警部補。本日ただいまを以《もっ》て、帰庁いたします」

有無を言う暇を与えず退出しようとしたが、このとき純也からの返信があった。

緊急や和知への追加であったら面倒なので、すぐに開けた。

〈正しい肉体労働で身体が痛い。特に指先が痛くて、返信が遅れた。――了解〉

必要な部分は、〈了解〉だけだった。

「なんだ。こりゃ」

肩に分厚い手の感触があった。

「まあ、猿丸君。せっかく金子たちが用意してくれたんだ。そう無下《むげ》にするものではないよ」

「──はあ」

言葉よりなにより、肩に掛かる握力というか圧力で、どうにも捕まったことは明白だった。

五

六月三十日の夜は、六日月が綺麗な晩だった。

日曜日の猿丸からのＬＩＮＥメールは、純也の狙いが正しかったことを裏付けるものだった。

購入者氏名こそ見え見えの偽名だったが、辿り着いたアドレスの契約住所は牧里工業団地の中だった。

Ｃ＆Ｃ金属加工研磨㈱。

この六日月の晩に純也が佇むのは、牧里工業団地の北の端に工場を構えるこの会社の近くだった。

前日とこの日中で、たいがいの下調べは済んでいた。

Ｃ＆Ｃ金属加工研磨㈱は工業団地内で社歴は一番古いが、工場の建屋自体は新築したばかりでもっとも新しい会社だった。

三年前に隣の廃工場を買い取り、解体して敷地一杯に新工場を建てたらしい。新工場の作業面積は旧工場の三倍以上だという。

社業が好調、と言うことだ。それもあってか、工業団地内では全体の世話役でもあるようだった。

従業員は全部で二十人。そのうち、日系人と不法就労者は十二人を数えた。近所の評判と、従業員総数に占める外国人の割合は悲しいかな、日本ではほぼ完璧に比例する。

C&C金属加工研磨は、劣悪な労働条件によってダンピングを勝ち残った、いわゆるブラック企業だった。

「さて、行くか」

純也が侵入を決めたのは、このC&C金属加工研磨の旧工場の方だった。

二階建ての小さな工場だ。ここの二階が、現在では日系人たちの寝泊まりの場所になっているらしかった。

忍び入ったのは、長我部工業のアルトゥーロが動いたからだ。

金曜から工業団地に潜入して、土曜のパーティ以外、アルトゥーロが人目を気にして夜半に動くのは初めてだった。

しかも密かに後をつければ、アルトゥーロが入っていったのは、純也にとってド本命のC&C金属加工研磨だった。

侵入は、即断だった。

内部の見取り図やなんらかの証拠など、もう少し材料をそろえてからとも思ったが、決断すれば躊躇《ためら》うことはなかった。

メールを一本打ち、それだけで純也は行動に移った。

旧工場はさして大きな建屋ではない。音も立てず、まず純也は一周して全体の様子をたしかめた。

西側、つまり正面側からは真反対が、新工場と接する形で狭い隘路《あいろ》のようだった。

アルトゥーロが入ってすぐ、この隘路の側から一階の奥に、小さな明かりが点《とも》るのを純也は認めた。

正面側に戻って目を閉じた。

気配を探れば、近くに人は皆無だった。

一分経ってから目を開けた。

気配を探るためだけでなく、ナイトビジョンには負けるが、それで夜目の準備は十分だった。

工場内へのドアは幸運というか不用心というか、鍵は掛かっていなかった。

「ま、その通りには受け取れないけどね」

純也は、渾身の力でゆっくりと開けた。

かすかな軋みがあった。

しかもドアは外開きだった。

音は内側に流れる。

「やっぱりね」

古さで自然に出来上がったトラップだ。

戦場にはいくらでもあった。

ガラスや陶器の破片でも敷き詰めてあれば完璧だが、それはないようだ。

ゆっくりと開け、同様以上にゆっくりと閉める。

軋みはドアを中心に、半径二メートルは出なかっただろう。

純也は密やかにひと息ついた。

細く、長く。

生の金属や工業油、グリスの匂い。それらが焼けた匂い。塗料の匂い。シンナーの匂い。

様々な匂いがあった。空気の流れはない。かえって蒸し暑い。

明かりと物音は奥に少しばかり。

照明はおそらく、天井から吊り下げられた裸電球だろう。

手近にあるのは、ただ無音と闇だった。

ただし、純也に不便はなかった。夜目は利いた。

手近な場所に二階への階段が見えた。

人の気配は奥と二階に。

二階はおそらく、住んでいる者たちの分だ。階段上からかすかなイビキが聞こえた。

様々なことを確認しながら意識を閉じ、闇に同化する。

それで、野戦の準備は完了だった。

奥へ、奥へ。

純也は、もう使われなくなった埃まみれのフライス盤や切断機の間を注意深く進んだ。

空気すら揺らさない。

対流が舞い立てる埃は、ときにそれだけで命取りと心得ていた。

気配に、だいぶ近づいたときだった。

《ひとまずはこんなもんだろうが、急いで次を仕込まなけりゃな。ローさんが待ってる》

訛《なま》りのあるスペイン語が聞こえた。

アルトゥーロだった。

《それにしても急ぎすぎだろう。パイプのタッピングは結構音が出る。中身の詰め込みとは違うんだ》

別の誰かの声もした。

タッピング。パイプの両端にネジ山を切ることだ。パイプ内に圧を掛けると爆発の威力が高まる。オーソドックスな手法だ。

純也はさらに、息を殺して慎重に進んだ。

《それにしても今度は時限式だって？　勘弁してくれよ。最後の最後に追い立てられるのは俺だぜ。ひとつ間違ったらドッカンだってのによ。そんなに急ぐなら、あのカルロスのを改造するか？　それが一番早い》

また別の声が直近から聞こえた。

純也の左手に堆《うずたか》く積み上げられた段ボールの裏からだった。

隙間から明かりが漏れていた。

覗けば、吊り下げられた裸電球のコードも見えた。

その真下に出された簡易テーブルを囲むように、三人の男がいた。

ひとりが座り、ふたりが立っていた。

ひとりはアルトゥーロで、三人は気配の数と合っていた。

テーブルには三十センチほどの金属パイプが三本ばかり載っていた。

純也はわずかに眉を顰めた。

パイプの両端は閉じていた。

パイプではなく、間違いなくパイプ型爆弾だった。
ひとりの男が爆弾と同材質の、一メートルくらいの金属パイプを弄んでいた。
それがタッピングについて文句を言っていた、ここの従業員ということでいいだろう。
ひとまず、全員の顔は把握した。
（さて、どうするか）
一瞬の思案。
そのときだった。
突然、表側のドアが明け透けに大きな軋みを発した。
居並ぶスペイン語の男たちに緊張が走った。
《誰だ！》
答えはなくただ、純也は滲み出る驚愕の気配を感じ取った。
それで十分だった。
待ったなしだ。
《警察だよ》
純也はダンボールの隙間からスペイン語を差した。
アルトゥーロが愕然として、慌ててテーブルのパイプ爆弾を抱きかかえた。
それでいい。

それで誤爆はない。
純也は段ボールの山を一部蹴り倒し、裸電球の下に躍り出た。
《うわっ》
《な、なんだ!》
一番手近な声は、製造の最終工程を受け持つ男だったろう。
感覚で立ち位置を把握し、振り向きざまに掌底で顎先を打ち抜いた。
意識が消し飛ぶほどの手応えはあった。
すぐに男は純也に向けて膝から崩れてきた。
すかすように右に流れると、倒れ込む男で段ボールが派手な音を立てた。
このC&C金属加工研磨の男が目の前だった。
金属パイプを振りかぶっていた。
《オラッ》
パイプが斜めに唸りを発した。
目に負けない光を湛《たた》え、純也は沈み込んで懐に飛び込んだ。
腕を取ってまず捻《ひね》り、担ぎ上げて男の軸足を刈り上げる。
変形の跳ね腰だ。
男の身体が宙に浮いた。

《グアッ》

コンクリートの床に背中から落ちる。

手を離れた金属パイプが床で暴れ、下手なリズムでしばらく鳴った。

転がる男を捕まえて首に膝を入れる。

そうして暫時の呼吸を絶ってから、純也はゆらりと立ち上がった。

真後ろに残るのは、青褪めた顔のアルトゥーロだけだった。

《マ、マリオ。手前ぇ》

目に憎悪が燃えた。

純也は冴えた光で応じつつ、右手を差し出した。

《どうする》

睨み、睨み、やがて純也の背後に人影が沸いて、目の炎が立ち消えた。

がっくりと膝をつき、ようやくアルトゥーロはパイプ爆弾を手放した。

純也の両サイドから、ふたりの男が前に出た。黒スーツの男たちだった。

ひとりがパイプ爆弾をまとめ、ひとりがアルトゥーロの後ろに回った。結束バンドを持っていた。

純也はふたりを順番に、冷ややかな目で見下ろした。

「ちょっとダメダメだね。配慮も思考も足りない。それじゃあ、命を落とすよ」

黒スーツはふたりとも作業しつつ、無言で頭を下げた。
ふたりはその昔、犬塚が神奈川で獲得したオズのメンバーだった。全部で六人いた。今回は警視庁の管轄外ということもあり、不測に備え、三交代で団地の外に待機を指示しておいたのだ。
事前に打った一本のメールは、この二人をC&Cの近くにまで呼ぶためのものだった。
それだけだった。
にもかかわらず、ふたりは入ってきた。
しかも、ノーガードで。
日系人らを泳がすも拘束するも、選択肢はなかった。
《急いで次をって、爆弾、足りなくなったのかな》
順に拘束してゆくオズの作業を見ながら、純也はアルトゥーロに声を掛けた。
《——綺麗なスペイン語だ。出来ないんじゃなかったのか》
《悪いね。君ほどじゃないけど、でも、ペルー訛りはないよ》
純也は肩を竦めた。
《で、今の質問だけど》
《ふん。言うと思うか》
《やっぱり駄目かい。じゃあ、質問ツー。ローって誰？》

《惚《とぼ》けたことを聞く。平和ボケだな。マリオ、お前も日系人のくせに、日本に長いのか。完璧な平和ボケだな》
　アルトゥーロは鼻で笑った。
《言ってても言わなくても、この国からはただ強制送還されるだけだ。けど言ったら、わからないのか。戻った途端、俺たちは殺されるんだ。それだけじゃあない。襤褸屑《ぼろくず》のようにされて死ぬんだ。言うわけがないだろうが》
《なるほど。帰って、国で平穏に畑でも耕すか。それもいいな》
《誰が。馬鹿を言うな》
　アルトゥーロが、笑った。
　壮絶だった。
《命さえあれば、何度でも帰ってくるんだ。また別の戸籍を手に入れてな》
　三人を結束し終えてオズのふたりが立ち上がった。
《呼んでいいよ。任せる》
　純也が言えば、ひとりが頷いて携帯を取り出した。
　県警か市警かは知らないが、ふたりが確保したことにして応援を呼ぶ。
　それが拘束と決めた場合の手順だった。
　ふたりに預けて、純也は来たルートを表に急いだ。

二階に気配はあったが、イビキは聞こえなかった。なにごとかと、様子見の最中なのだろう。

埃まみれのフライス盤や切断機の間まで戻った。

と――。

天井の明かり取りから忍び入る光に、不穏な影が差した。

考えるより先に動く身体の反応にしたがって、純也はとっさに二歩飛び退《すさ》った。

明かり取りが派手な音を立てて割れたのは、その直後だった。同時だったかもしれない。

何者かが純也の直前に音もなく落ちてきた。

白光《しらびか》る目をした、闇と同化しそうな浅黒い肌の男だった。

ランニングシャツに短パン、デッキシューズはずいぶんラフな格好だが、団地の従業員らとは明らかに違う体型であり身のこなしだった。

このところの慣れた感じもした。

殺気のない気配の、けれど間違いのない敵意。

自爆テロの九人。

それ以外考えられなかった。

地に足をつけてすぐ、男は下から右の拳を突き上げた。

スウェーで純也は躱《かわ》した。

躱しただけでなく左足を振り上げた。

伸びた男の腕の付け根、脇の下に近い辺りに爪先がヒットした。

人体の急所だ。

《クッ》

身体を丸める、と思いきや、そんなフェイントで素早く左転し、男はバックブローを振り込んできた。

体重の乗ったいい拳だった。

当たれば、だ。

気配を絶ちつつ、純也はそこにもういなかった。

男の回転に合わせて滑った。

バックブローはただ、虚《むな》しく空間を流れた。

いい拳は諸刃《もろは》だ。手応えを生まなければ止まれない。力の方向にただ持っていかれる。

男がバランスを崩したところに、逆側から純也は現れた。

気配は絶っている。

男には、純也がいきなり空間から姿を現した感じだったろう。

驚愕はストレスだ。

身体を固める。

純也は躊躇うことなく、顎先に右ストレートを打ち込んだ。

男が辛《かろ》うじて、わずかに首をすくめた。

それだけでも訓練の確かさはわかった。

純也の拳は真正面から男の鼻を叩き折った。

悪くはない。ダメージは間違いない。

だが、純也が意図した結果は得られなかった。

男は独楽《こま》のように回ったが、倒れることなくフライス盤に寄り掛かった。

鼻血を流しながら振り返り、純也に指を突き付けた。

《お前だよ。お前さえいなければ、数は足りたんだ。順当に先生の指示を遂行出来たんだ。

なんでお前みたいなのがいるんだ。なんで先生は、お前に引っ掛かるんだ！》

最後は絶叫だった。

純也をして意外だったのは、そのまま奥に走り出したことだ。

アルトゥーロたちの方だ。

純也はわずかに遅れた。

嫌な感じがした。

《アルトゥーロっ》

《カルロスかっ》

《俺のはどこにやった！》
《こっちだ。すぐ近く》
純也は目を見開いた。
カルロスとは、あのカルロス、と言われた男か。
アントーニオで聞いた、六人目の不定期アルバイト。
あのカルロスのを時限式に改造するのが早い。
改造。
アルトゥーロの近くにある。
なら――。
純也の背筋に悪寒が走った。
自分のことではそんな感覚にはならない。
「爆弾だ。退け！」
純也は緊急を叫んだ。
オズのふたりも訓練は積んでいる。躊躇いなく日系人らから離れ、窓に走った。
《俺のはどこだっ》
カルロスが喚いた。
《そこだ。足元のプラボックスの中っ》

アルトゥーロが顎で示した。後ろ手で結束されている。そうするしかなかったろう。
《みんな、来い！》
カルロスが呼んだ。
《おうよ》
《へへっ。頼むぜ》
C&Cの従業員やアルトゥーロの声には緩みがあった。
逃げられると思っているようだったが――。
それは、純也の考えとはだいぶ違った。
裸電球の真下に、四人は固まった。
すると、カルロスが他全員を両腕で抱えるようにした。
《お、おいっ》
《は、離せ》
アルトゥーロら、工業団地の男たちは藻掻《もが》いた。
しかし、カルロスは離さなかった。
《消せる証拠はすべて消す。仲間に迷惑は掛けない。それが戦士というものだ》
カルロスに増大してゆくものは、冷たく尖った覚悟、諦観、達観。
「外だ。急げっ」

オズに指示を出してから純也も表側に走った。

窓ガラスが割れる音がした。

「Ｍｅｓｓｉ・Ｈａｌａ・Ｈａｌａ・Ｒｅｌｏｊ」

最後まで聞かず、手近な窓をぶち割って純也も外に飛び出した。

すぐに爆発が轟音を筆頭についてきた。

純也が路上に転がるのと、爆炎が壁ごと押し破りながら噴き出してくるのはほぼ同時だった。

二階から屋根までも突き抜けた爆風は、赤々とした炎を夜空に吹き上げ、火の粉を盛大に撒《ま》き散らした。

おそらく、二階にいたはずの従業員も巻き添えだった。

余波を受けた新工場も壁に穴が開き、内部に炎の舌が見えた。

純也は埃を払い、まるで昼間のようになった路上から爆発を睨んだ。

オズのふたりが力なく寄ってきた。

「すいませんが、離脱します」

少し遅れてガラスの破片を食らったか、血だらけだった。

「そうだね」

純也は許した。

「ああ、理事官には、僕を追って巻き込まれたと報告すればいい。公傷、になるかもよ」

「そうします」

オズは一礼し、ゆっくりと目立たないように、まだ暗い方へ退いて行った。

純也は汗を塗《まぶ》した髪を搔き上げた。

少々、季節には早い花火だった。盛大に過ぎた。

もうじきあちこちから、住み込みの日系人が出てくるだろう。そこから消防車のサイレンまではあっという間だ。

「証拠品集めも、無理だろうね」

はにかんだような笑みを見せ、純也も静かに歩き始めた。

薄闇の中へ。

そこから、誰よりも濃い、闇の中へ。

C&C金属加工研磨に消防車が現着したのは、純也が消えてから十五分の後だった。

六

純也はこの夜のうちに長我部工業だけでなく、牧里工業団地からも離脱した。

とはいえ、念には念で、愛車のM6はJR横浜線町田駅近くに借りた駐車場に置いてあった。

長我部工業に潜入する際は、そこから再び電車で橋本で降り、線を変えて原当麻《はらたいま》で降り、バスを使った。

離脱はこの行程が、すべて徒歩になった。町田駅までは十キロ以上あった。

それでも、気を緩めることはない。

潜入より離脱の方が神経を使う。

潜入は無理があれば中止できるが、離脱はすでに、匂い程度はついた状態がスタートになる。

足跡も爪痕も残せない。辿られてはならない。

細心の注意は当たり前だった。

コンビニも防犯カメラすら、出来れば避けて通るのだ。

十キロの行程はおそらく、十五キロは軽く超えた。

ようやくＭ６に辿り着き、そのまま いわゆる〈直帰〉で国立の家に戻ったのは、明け方近くだった。

シャワーを浴びて少しだけ眠る。

「ああ。なんか、重たいくらいにいい天気だな」

さすがに身体の芯に澱《おり》のような疲労は感じたが、六時半には起きた。

前夜になにもなければ日の出とともに目覚めるのが身体に染みついた戦場の習いだったが、前夜は色々とありすぎた。

それでも、朝と呼ばれる時間帯のうちには起きる。なにがなんでも起きる。

朝は再生の刻《とき》であり、リセットの時間だ。

疲れだけでなく、怪我をした場合でも快癒までが早い気がする。

戦場の習いというか、真理だ。

病は気から。

これは万国共通だろう。

「お早う。今朝は気持ちいいわよ」

カーテンを開け窓を開くと、眼下のテラスから祖母春子《はるこ》の声が掛かった。食後の紅茶がテーブルに載っていた。

春子の輝くような銀髪が、実際朝陽に輝いていた。

チェーンのついた老眼鏡を掛け、タブレットを手にしていた。なにかを読んでいるようだった。

おそらく、日経の電子版だ。

「朝ご飯、食べられる?」

春子はそんな風に平然と聞いてきた。

朝帰り自体、純也には割りとよくあることだった。

「ああ。もらうよ」

腹はすこぶる減っていた。

夜七時過ぎに夕食を健康的に食い、それきりだった。

尾行、侵入、戦闘、爆弾、そこから徒歩で十五キロ。

なんでそんなに腹が減っているのかの理由を話したら、さすがに春子も平然とはしていられないだろう。

日常に生きる人々には、過ぎた非日常だ。

だが逆に言えば、そんな日常に生きる人々の平凡を守るために、非日常の過激の中に身を投じる。

それが警察であり、選別すれば警備警察というものだ。

「じゃあ、顔洗って、ちゃんと着替えてね」

「はいはい」

もうすぐ三十三になるが、顔を洗うことと着替えをすることはチェックの定番だ。

祖母と孫の関係は、その辺に始まり、その辺に終わるのかもしれない。

顔を洗って着替えて降りれば、テラスのテーブルには真っ当な和食が載っていた。

ほうれん草の白和え、きんぴら牛蒡《ごぼう》、シャケの塩焼き、ひじきの五目煮、キュウリの塩揉み、パックに入った韓国海苔、茄子と茗荷《みょうが》の味噌汁。

食材としては網羅されている。

ただし、サイズはどれもミニにして、味は安定的に間違いがない物ばかりだった。

「いただきます」

純也はまず、キュウリの塩揉みに箸を伸ばした。

唯一、それだけが春子の手製だった。純也の好物でもある。

近頃春子はフリーズ・ドライの、いわゆる冷食に凝っていた。

栄養バランスやコストパフォーマンスが、自作より遥かに優れていると気付いたらしい。

今まではどうにも手抜き感が払拭できなかったようだが、〈食べきりサイズ〉は結局、無駄の排除につながるということに思い至ったようだ。

老人は特に、だんだん食が細くなる。余らせること、駄目にすることは、戦争を挟んで生まれた世代にとってはなによりも悪徳だった。

ただ、純也にとっては別の思いもある。

春子が無駄を省く冷食に行き着いたのは、ひとりで摂る食事が多いせいもあるのだ。

純也がいれば、あるいは純也に妻子がいれば、皿盛りも大皿料理も春子なら作るだろう。

要は寂しさの裏返し、であるかもしれない。

飯を食いながらそこはかとなくそんなことを考えると、キュウリの塩揉みは味以上に塩辛い物にもなる。

「あらあら」

またタブレットに目を落としていた春子が、老眼鏡を持ち上げた。

「ほら、純ちゃん」

タブレットを差し出してくる。

一瞥だけで、春子がなにを見せたいのかはわかった。

液晶画面の半分ほどが、燃え盛る炎の画像で占められていた。

C&C金属加工研磨の、旧工場から舐め上げた新工場の画像だった。

電子版は、さすがに情報が早い。

「なんかこの場所って、この間純ちゃんに言われて、ほら、テクノツールの米川《よねかわ》君から紹介してもらった会社、この近くだったんじゃない？」

米川君はＫＯＢＩＸテクノツールの、強面《こわもて》の専務だ。

それを君付けは米川も春子もどっちにも、人に歴史あり、だ。

ふうんと、純也はさして興味もなさげに覗き、焦げ目のない不思議なシャケの塩焼きを囓《かじ》った。

画像の下のタイトルは、

〈深夜の漏電爆発。外国人労働者の悲劇〉

となっていた。

前夜、帰路を辿りながら長島には簡単な報告と情報操作を依頼するメールを打った。

その後、当人から直電が掛かってきたのは、町田の駅まで後八キロの標識を見た直後だった。

──報道関係に布石は打っておいた。

「ありがとうございます」

──オズか。

「と、言うことでいいと思います」

連携とは書かなかった。狙いが同じで、一緒になったと報告した。昨夜のふたりにも、似たようなことを指示した。

この、似たようなと言うのが味噌だ。

まったく同じより情報の信憑性《しんぴょうせい》が増す。

そして、この辺の出し入れは長島といえど駆け引きだ。すべての引き出しを開けるわけにはいかない。

これは、一般家庭でも同じことだろう。

引き出しには、預金通帳も実印も入っている。

「どうやら私が気付かれていたようで、トンビに油揚げをさらわれ、というやつですか」

——お前がトンビに後れを取るとも、油揚げが好きだとも思わんが。

「油揚げは好きですが。ただオズに関しては、さらわれ、止まりです。実質のなにかはありません。最後は、自爆テロの六人目にやられました。工業団地から消えた最後の六人目、だと思われます。俺のはどこにやったと言ってましたから。工場内、初めてではないようでした」

——そうか。それで、これからは。

「まだ考えていることはあります。立ち消えにはしませんし、なりません」

そうかと言って、長島は黙った。

——布石は打ったが、火災が思いの外でかい。なにかないか。

「目眩《めくら》ましですか」

——身も蓋もない言い方をするな。

「失礼しました」

純也はひと呼吸置いた。

歩きながらは、息も上がる。

「不法就労のブラック団地、でいかがでしょう」

——あるのか。

「有り有りです。当然、全部ではありません。中には、です。けれど、酷いところは相当酷いようですし、酷くないところもまあ、不法就労の扱いはぞんざいです。これは多分に日本的ですけど。戒め、にでもなれば一石二鳥という、有り難い四字熟語も成立しますが」

長島との会話はそんな内容だった。

春子のタブレットを見る限り、目眩ましは成功したようだ。

かえって、電子版の速さは要注意だと改めて感じる。

もたもたしていると、情報操作が追いつかなくなる可能性が大だ。

いつの間にか、白米の碗が空だった。

お代わりを頼む。

いそいそと春子がキッチンに去ると、ポケットの携帯が振動した。

氏家からだった。

テラスから庭に降りて通話にした。

「あれ。いいんですか。電話なんかして」

——昨日の夜、退院した。

とはいえ、声は重かった。

予測は立ったが、取り敢えず日本的な挨拶をしてみる。

「あ、おめでとうございます」

――許可が出たわけではない。強引に出てきた。

案の定だった。

退院即一応喜びにつなげるのも日本的なら、無理な退院で苦しく働くのも日本的だ。

一杯目と二杯目の間でよかった。

聞きながら食べると、きっと飯が砂になる。

――うちの神奈川から報告は受けた。

「ああ。そうですか。それで無理して出てきたんですか？　なんか素人目にも、あのふたりよりまだ、理事官の方が断然重傷っぽいですけど」

――俺のことはいい。それより、六人目だな。

「はい」

――あと三人か。

「どうでしょう」

間があった。純也の言葉をどう捉えるか考えているのか。

いや、単に辛いだけだろう。呼吸が喘鳴《ぜんめい》に近かった。

長話は氏家にも、朝食の途中の純也にも禁物だろう。

会話に棹を差すことにする。

「Ｍｅｓｓｉ・Ｈａｌａ・Ｈａｌａ・Ｒｅｌｏｊ」

──なんだ。

「先生の指示、と自爆した六人目は言いました。推測でいいなら、その先生は女性で、先生の子供の名前がローです。その三人の内のひとりがローなのか、あるいは別か。三人か四人かは曖昧です」

──なるほど。

「九人、あるいは十人。この全員が自爆することが、その先生の指示だったとしたら。狙うターゲットを抹殺するために、人数分のテロ要員が来日したのだとしたら」

氏家が唸った。

今度は、体調のせいではない。

──数が合わなくなっているということか。だが、少し根拠に乏しいな。

「危機管理の話です。たらればは、こういうとき使う言葉としては正解です」

実際に六番目の男はスペイン語で、

《お前だよ。お前さえいなければ、数は足りたんだ。順当に先生の指示を遂行出来たんだ。なんでお前みたいなのがいるんだ。なんで先生は、お前に引っ掛かるんだ！》

と言ったが、氏家にすべてを伝えることはない。こちらも長島同様の、駆け引きだ。

《お前さえいなければ、数は足りたんだ。順当に──なんで先生は、お前に引っ掛かるんだ！》

この辺は引き出しに仕舞ったまま、鍵を掛ける。

「なんにしても様子見、調査、どっちも必要ですかね」

——わかった。こっちはなにをすればいい。

「あれ。物わかりがよすぎる気がしますが」

——出ただけで、なにが出来るわけではない。今回に限り、アドバンテージはお前になる。なにも出来なければ大人しく寝ていればいいのに、とはこの際、口が裂けても言わない。

「では、ペルーのそいつらが入国してから、いや、この間私たちが襲われてから以降、そうですね」

一度区切る。

春子がお代わりの白米を持って、テラスに出るところだった。

「この後今週一杯くらいまでの、変死体か未解決殺人、捜査中でも構いません。それを炙《あぶ》り出してもらえませんか」

幾分早口にして、小声になった。

——どの範囲だ。

「全国です」

——なんだと。

さすがに声が尖るが、純也は気にしない。

気にしていると、白米が冷める。

「広範囲速攻は、私や分室の範疇ではないもので。それこそオズの強みでしょう。ああ、ついでに絞ってもらえると助かります。二件以内に」

――俺たちのときと、昨日の分か。

「おお。理解が早い。助かります。まあ、もしかしたら、程度ですが」

そう、理解が早いと、飯が美味い。

――自分で許したことだが、どうにも、お前に使われっ放しだな。

「どうも。でもこの一連は、最終的に理事官でどうぞ。そんなバーターでいかがでしょう。多少はやる気も出るんじゃないですか」

――俺が、俺の代わりにお前を動かしているということか。

「幕引きがあるなら」

――そういうことにしておいてやろう。

春子がテラスで手招きした。

では、と通話を終えようとすると、

――ああ。福島さんから連絡があった。

氏家がそんなことを思い出したようだった。

――照会の結果だ。ＩＣＰＯへの。

「ああ。ＳＬの」

昨今のセンデロ・ルミノソには、目立った動きはなにもないという。所属員に関しても、小者の名前までは確認できないらしい。前科でもあれば別だろうが、渡航者九人にはそんなものはなかったようだ。

──ただ、全員が同じ地域の小学校だったようだ。先生、か。お前が言っていた言葉が浮かび上がる感じだが。

ただ、そこまでだという。

それ以上は、犯罪者の証明が出来なければなにも動かせないと言う。

至極真っ当、正論だ。

「わかりました。その辺も、考えてみましょう」

──他には、なにかあるか。

オズに出来ること、出来ないこと。

して欲しいこと、して欲しくないこと。

思考を巡らせれば、出てくる言葉はひとつだった。

「お大事に」

反応を待たず、純也は氏家との通話を終えた。

【やあ、Jボーイ。久し振りだね。え、そんなことないって？　いやいや。久し振りという概念自体が、君と私の間に横たわる悪戯な蛇かもしれない。日本ではなんと言うんだったか。——そう、一日千秋。私は一日を、巡る千の秋ほどに数えて君からの連絡を待っているのだ。それでわかるだろ。Jボーイ。君にとってはわずか半年でも、私には巡る十八万の秋なのだよ。もう少し気にかけてくれてもいいんじゃないかな。

そう。なんといっても気が付けば、君と出会ってからもう二十四年が過ぎる。私もそんなことに女々しくなるほどに、齢《とし》を取るわけだ。一日一日をね、巡る千の秋ほどにして大切に生きようと思うが、駄目だね。世界はなかなか、私の思うようにまとまらない。

今年も半分が過ぎたが、Jボーイ、世界は相変わらず腐臭を放つよ。私の故郷、パリのシャルリー・エブドが襲撃されたことは、私にとって大きな衝撃だった。え、なにがだって。ははっ。Jボーイ。私だって絵画も文学も、ワインと同じくらい愛するフランスの男だよ。パリの中心部で銃撃戦など、美しくない。まったく美しくないよ。

Jボーイ。私が思うに、9・11以来のイスラム過激派には、美学がない。大量殺戮を好むボコ・ハラムは三月にＩＳＩＬに忠誠を誓った。これで、私の中ではＩＳＩＬはボコ・ハラムと同等だ。建国を表明しているが、Jボーイ。見ていたまえ。いずれＩＳＩＬも腐り果てる。美のないものは腐るのだ。美こそ永遠に定着する。

Jボーイ。そういった意味では、二月モスクワのボリス・ネムツォフの暗殺は美しかった。プーチンは六発の弾丸で、政敵とチェチェンの分離独立テロの両方を封じた。え、この暗殺もモスクワの中心部だったって。ふふっ。Jボーイ。敢えて言わせてもらうよ。だからどうした、と。

モスクワはモスクワ。パリではないからね。

え、話が長いって。それはそうだ。一日千秋なのだよ。一度の連絡を大切にして、なにが悪いかね。――ああ、そうだね。頼みごとの連絡だったね。いいだろう。快く引き受けようじゃないか。そうしないと君は、百八十万の秋ほども連絡をくれなくなりそうだからね。

なんだい？

Ｍｅｓｓｉ・Ｈａｌａ・Ｈａｌａ・Ｒｅｌｏｊ？

ほう。支離滅裂にして意味が通らない。なんのお呪《まじな》いだろう。東洋的だね。実に興味深いが――。

ふうん。センデロ・ルミノソかい。最近はあまりパッとしないようだが。ま、細々とは戦線を継続しているようだ。

やってみよう。大丈夫。私の仲間たちはどこにでもいる。それこそボコ・ハラムにもＩ

ＳＩＬにもね。

すぐに調べようじゃないか。ＯＫだ。Ｊボーイ。今、私は気分がいい。——なんだい。

なにがそんなにって？

ひとつはこの、君からの電話だよ。これが気分の七割を占めている。

残りの三割はね——。

そうそう、Ｊボーイ。つい一カ月ほど前のことだが、アメリカによる、キューバのテロ支援国家指定解除は知っているかい？　そう、それで今月中には見事に、一九六一年以来のキューバの雪解けだ。一九六一年などは、ほとんど私の生まれた頃でね。私はキューバの多くを知らない。キューバに行かない限りね。

だから、ちょっと関わってみたんだ。メインテーマはタイムズ・スクエアで、ラウル・カストロが作る本場のキューバ・リブレを呑むことさ。

はっはっ。Ｊボーイ。わかるかい。これが私の、美学だよ】

第六章　社葬

麻友子・モノローグ2

私は藤代《ふじしろ》麻友子。

私は千葉の農家の次女に生まれた、ごく普通の文学少女だった。

そう、H大学文学部に入学するまでは。

私の受験は、一九六八年のことだった。国立は落ち、私立三校に合格した。その中からH大学を選んだことに他意はない。当時、四年制私学の中で一番学費が安かった。ただそれだけの理由に過ぎない。

姉は大学には行かなかった。兄は行った。弟は、行くものと両親も本人も思っていたみたい。

そんな農家の次女は、学費のことくらい考えて学校を選ばなければ、あまり堂々と大学に行きたいとも言えなかった。

多くは考えずにH大学文学部に入学し、深く考えず、当時大学の自治会を取り仕切っていた社青同（日本社会主義青年同盟）解放派に参加した。

この頃は、誰もが同じような感じだった。どこかでなにかに〈捕まって〉いないと疎外感ばかりが募る、そんな時代だったから。

もっと端的に言えば、どこかに参加している人は頭がよくて格好いい。異性にもてる。なにもしていないのはノンポリで、愚鈍《ぐどん》で格好悪く、異性にもてない。そんな感じだったろうか。

一種のファッション、モードみたいなものかしら。

この年、私は滝田信広という東大の二年生と付き合っていた。出会ったのはセクトの関係だ。

滝田はこのとき、社青同の東大学生班に所属していた。

最初に顔を合わせたのは、六月の駿河台カルチェ・ラタン闘争のときだった。

私は当時まだ、右も左もわからない田舎者だった。

「そっちは危ないよ。こっちにおいで」

少し優しくされただけで、すぐに絆《ほだ》されたようになった。

恋というより、私にとっては東大生の滝田も社青同と同じ、ファッションやモードだったかも。

それが、かもではなく、確信に変わる刻はすぐに訪れた。

年が明けた一九六九年は、安田講堂紛争の年だった。

この年の東大入学試験の中止は、十二月中に文部省から発表されていた。

一月十八日、私は滝田を手伝う予定だった。

それでゲバ棒を手に、黒ヘルをかぶって安田講堂の裏にいた。

そのとき私は、私の胸が後にも先にもないほど高鳴る場面に遭遇した。

「うちは親が放任でな、仕事仕事で、さて一年に何回顔を合わせるやら」

聞いた覚えのある声に、私はなにげなく顔を振り向けた。

法学部一年の甘粕大吾の声だった。滝田の後輩として、私も知っていた。

本来なら受験生の三人が、甘粕に連れられて立っていた。

ひとりは大吾の一卵性の双子で、一浪中の弟の正二。残るふたりが、どちらも現役高校三年生の鎌形幸彦と、小日向和臣という男子だった。

実際には名前は後で知ったことで、そんなことはどうでもよかった。

このとき私の目は、小日向和臣に釘づけだった。離そうとして、離せなかった。

正確には、和臣の目にからめとられて動かせなかったみたい。

黒が深い瞳、淡い白の強膜。合わせて青白く発するような、冴えて光る目だった。

心中から溢れる情念、燃え盛る、そう、野心。野心は野性。

「なにを見ているんです？　ずいぶん、不躾だな」

このひと言で、私の心は震えた。私は初めて、男というものを全身で感じた。

言うのも恥ずかしいけど、後に思えば、それが私の初恋だった。

「おい。麻友子」

近くで滝田が呼んだ。私は無視した。気にもならなかった。

けれど、和臣は気にしたようだった。

誰ですかと、大吾に聞いていた。

「二年の滝田さんだ。もう司法試験に通ってる。相当な切れ者だよ」

その間に、滝田が私の隣に立っていた。

「麻友子、みんなに弁当だ。おい、甘粕も手伝え」

大吾に続いて正二も動こうとすると、滝田はあからさまに嫌な顔をした。そういうところのある男だった。

「甘粕は甘粕でも、お前はいらない。東大生じゃないだろうが。これは、自治の戦いだ。出ていけ」

甘粕正二と鎌形と、そして小日向和臣にとっての安田講堂はここまでだったが、私は安田講堂などどうでもよく、和臣のことが忘れられなかった。

けれど、私には滝田がいた。

まだ男を手玉に取る手管《てくだ》など備わってもいない、純情な頃だった。

ただ、和臣を想って、焦がれた。

事態が動いたのは四月だった。滝田が紛争の責任を取って退学処分になったのだ。

傷心、ではあったのだろう。

滝田は私になにも言わず、郷里の鹿児島に帰ってしまった。

好むと好まざるとによらず、私はフリーになった。

これは、チャンスだった。私の心は躍った。

私は和臣に近づいた。

和臣もきっと、まんざらでもなかったと思う。

そもそも、勝手に一浪を余儀なくされ、行き場のない憤懣《ふんまん》を抱えてもいた。

安田講堂に現れたときなどは本当に自棄《やけ》で、滝田さえ冷めたことを言わなかったら暴れるつもりだったらしい。

私は和臣の、捌《は》け口にも、受け皿にもなろうと献身的に努めた。

「君にはそう言うフェロモンというか、退廃に蠱惑《こわく》を醸《かも》すような匂いがあるのかもしれない。絶望の女神、ああ、いい得て妙だ。まさしく、そんな感じかな。だから、いい女だとは思う。思うが、それ以上ではない」

和臣はそんなことを言った。

よくわからなかった。

傍《そば》にいられれば十分だったから。

けれど和臣との、私にとっては濃密といっていい関係は長くは続かなかった。

和臣が東大に合格した後のことだ。鎌形幸彦も合格した。甘粕正二はまたダメだった。

「僕はもう、君を見ない。僕が見るべきは、遥かな高みにいる。届くか届かないかは僕次第だろう。だからといって、届かなくても戻らない。退廃と絶望より、光を見続ける。——君も、君が見るべきものを見つけなければいけない。僕も手伝う。手伝わなければいけないだけのものを、たしかに僕は君からもらった。時間はいくら掛かってもいいじゃないか。焦らず、探せばいい」

真っ直ぐな目で私を見据え、和臣はそう言った。

真っ直ぐな情念、揺らぐことのない野心。

「そうね。でも探した結果が、またあなただったら？」

「え。いや、それは——」

「ふふっ。冗談よ」

笑いながらもこのとき私は、心の奥底で和臣を諦めたのかもしれない。

（光、ね。私からは遠い）

和臣の言う光が、芦名ヒュリア香織だと知るのは、もう後戻りできないほど私が極左に嵌った後だった。

和臣に告げられた直後も、私は和臣の傍から離れることはなかった。ただ、H大学に組織されたノンセクト・ラジカル（NR）の『Lクラス闘争委員会』に賛同したのもこの頃だった。

やがて来る和臣との別離の寂しさを、紛らわすためだったかもしれない。

「君には革命の女神の匂いがある。それを大いに活用してくれたまえ」

Lクラスのリーダーに、和臣が口にしたのと同じような〈女神〉だと言われたのも、参加の切っ掛けだったろう。

同じような時期に、いえ、こちらの方が少し先だったか。

「いいじゃないか。人の暗部、恥部はいずれ財産だ。大いに行って、見て来ればいい」

援助を口にしつつ近づいてきていた〈あの人〉の言葉も、私のLクラスへの参加を後押しした。

〈あの人〉が提示してくれた援助は、クラスにも私にも、満足のいく額だった。

生活にも活動にも実際、お金は掛かるのだ。

私はもともと、学費の安さからH大学を選んだ学生だった。活動費の捻出などは、自分では到底無理だった。

私はそんな手土産を持参して、堂々とLクラスに参加表明をした。リーダーはたいそう喜んでくれた。

ただ、Lクラスにはリーダーも予想だにしなかった、百名を超す賛同者があったようだ。さすがにそれは、多すぎだった。

リーダーは苦笑した。

私はLクラスに入りきれない学生たちの受け皿として、分派の『Dクラス闘争委員会』を作ることになった。

Dクラスの最初のひとりは、甘粕正二だった。

——お願いよ。私の愛しい人たち。

少し甘い顔をして、少し身体を張って。

それだけで正二を手始めに、特に男たちは革命を口々に唱えながら集まってくれた。

リーダーは、それでいいと言ってくれた。

「言い方は悪いが、そうして男たちを誑《たぶら》かし、ときに女たちと激論を交わし論破していくうちに、君の中に澱のように溜まってゆく歪みが僕には見える。時代の瘴気《しょうき》のようなものだろうか。君は、そういうもので磨かれるタイプの女だと思う。美しさと、革命の気分がね、光り輝くほどに」

三月下旬になると、滝田が社青同との絶縁を宣言し、平然と大学に帰ってきた。

私の心はまるで動かなかった。

私にとってもう、滝田は過去の人だった。

滝田にとってはどうか知らないが、絶縁宣言の中には、間違いなく私も入っているはずだった。

四月になると、安田講堂紛争の関わりを突き止められて、今度は甘粕大吾が退学処分になった。

「仕方がないよ。けど、いずれ復学は問題ないはずだ。この退学者数は異常だから。大学側の建前だと思う。しばらく外から、じっくり学舎を見させてもらうよ」

そんなことを仲間に告げ、五月から三浪の正二とふたり、海外留学の運びとなっていた。

この年は海外渡航者が一気に増加した年でもあった。ブームと言ってもいい。ビザなど緩いもので、緩さがかえってトラブルの元にもなったりした。

海外留学とはさすがに甘粕製薬の御曹司だと、周りからはやっかみもため息も出たが、甘粕製薬の社長らの体裁を繕うための、実はこれはブラフだった。

私に誘われ、受験勉強などそっちのけでDクラス闘争委員会に参加した正二のお目付けを大吾が両親から言いつかったのだ。

正式な参加ではないが、大吾もDクラスの活動に加わった。

そして、いつしか兄弟で私の虜《とりこ》になった。

そうして私は大吾に、両親になにも報告させなかった。

すべては順調なはず、だった。

七月の、華橋青年闘争委員会における華青闘告発はLクラスにもDクラスにも衝撃だった。

〈当事者の意向を無視し、自らの反体制運動の草刈り場としてきた新左翼もまた、アジア人民に対する抑圧者に相違ない〉

全共闘の先細りもあり、Lクラスは自然消滅して代わりに『研究会』が発足し、DクラスもまたⅠ同様に『研修会』を設立した。

翌年、研究会は自家製爆弾の実験を始めた。

私の研修会はそれに同調する形で、知識者を模索し始めた。

私はこの頃、まだ和臣の近くにもいたけれど、同時にあの人とも付き合っていた。

あの人は聞き上手だった。なにを話しても楽しそうに聞いてくれた。

「面白いね。いいじゃないか。やりたいことをやればいい。僕は、僕の知らない話は全部好きだ」

それが嬉しくて、色々なことに手を出した。

研究会の爆弾実験に積極的に関わったのも、あの人の腕の中で新しい話をしたかったからだったかも。

いいえ――。

実際にはもう、この頃からあの人に、動かされ始めていたのかもしれない。

この年、甘粕正二はもう、東大を受験しなかった。それで父母と大喧嘩になり、絶縁状態となった。

それでも表向きは、まだ海外留学中だった。

私は、それを上手く利用することを考えた。

段取りを正二と入念に整え、甘粕製薬の研究所から爆弾製造に必要な薬品を奪取することに成功した。

これは、いつも研究会の日陰にいた研修会のステイタスを確立する快事だった。

「ありがとう。私の愛しい人」

私の言葉から〈たち〉が取れるだけで、正二は天にも昇る気分だったろう。

この頃にはもう私には、魔性の女、人間ドラッグ、そんな自覚もあった。

正二は研修会の中で幅を利かせ始めた。

大吾はそれを、ずいぶん危惧していたようだ。

危惧は翌年三月、大吾の危険に変わった。

前年のうちにこの四月からの復学を許可されていた大吾は、大学に戻る手続きでひとり帰国、という表向きで両親の元に戻った。

それで大吾は、闘争と私から醒めたようだった。

とある日、研修会がアジトに使っているバラックから、人の争う声が聞こえた。

ひとりは正二で間違いなかった。薬品の強奪第二弾のために、正二に抱かれるつもりで会う約束をした日だった。

「正二、ここまででいいじゃないか。もう、遊びは終わりにしよう」

大吾の声だった。

「なんだよ。それで結局、兄貴が全部持っていくのかよ。我が身可愛さだろ。親父もお袋も、もう俺はどうでもいいんだろうが、冗談じゃねえっ」

そこからの一部始終を、私はトタンの隙間から見ていた。

揉み合って揉み合って、最後はどちらかがどちらかを殺した。

私はバラックの中に入った。

特に足音をどうとか気配をどうとか、そんなことは考えなかった。

生き残ったどちらかが、血まみれで振り返った。

「あなたはどっちかしら」

私は聞いた。

生き残ったどちらかは、壮絶に笑った。

「俺は、大吾だ」

明らかに正二の匂いのする大吾が、そう言って私を抱いた。

一度は、そのままでもいいと思った。大吾も正二も、大して変わらない。私がそう思ったくらいだ。いったんは驚愕するだろうが、甘粕製薬創業家夫婦にも結果としては同じことだったろう。仕事仕事で、そもそも兄弟のことは放任で、年に数度しか顔を合わせることもないという。

大吾を正二と、父母もわかって黙認したに違いない。正二がアメリカで事故死など、本当は渡米などしていないのだからあり得ないのだ。海外も情報もまだまだ一般には遠い時代とは言え、あり得ない死亡の後処理は、〈大人〉の力でなければなし得ない。

東大生の長男とおそらく高卒止まりになる次男。

甘粕製薬の未来に必要なのが、東大卒の長男なのは自明の理だ。

甘粕製薬の正式な跡取りに認められた正二は、傍目以上に内面を大きく変えた。

長男の地位、東大生の資格、私の身体。もしかしたら、父母の愛まで。

欲しいものをすべて得たと錯覚したせいか。

いえ、それがもともとの、抑圧された本性だったのかもしれない。

正二は、私の最も嫌いな男になっていった。

利己独善の、資本主義の権化のような男に。

大吾となった正二は、金にも暴力にも糸目をつけなかった。

Dクラスはいつしか、嵐に巻き込まれたようになった。

気に入らない仲間は、勝手にどんどん排除した。

嫌気がさし、自分からやめていく仲間も増えた。

中には、いきなり音信不通になる仲間もひとりやふたりではなかった。

そして、そういう人に限り、仲間内で人望もあって、正二に対抗していた。

ただ、私はこれには、今ではあの人が関わっていたと思っている。

私は、不安になった。年が明けてから、私はあの人に相談した。

——あなたが手を下してるの？　ううん。どっちでもいい。でも、私はとにかく、大吾になった正二が怖い。

「ああ、そうなんだ。でもさ、行く場所、まだあるじゃない。って言うか、この間新しいのが出来たよね」

あの人は後押ししてくれた。それはたしかに、私も思っていたことだった。

一九七一年　十二月十二日　興亜観音・殉国七士之碑爆破
一九七二年　四月六日　総持寺納骨堂爆破
同　十月二十三日　風雪の群像・北方文化研究施設爆破

この十二月、研究会は新しい、東アジア反日武装戦線という名称を決めた。

〈狼〉、〈大地の牙〉、〈サソリ〉とあり、元リーダーが主宰していたグループは〈狼〉だった。

私は東アジア反日武装戦線〈狼〉の一員となった。

流れの果て、不思議なほど流れ流された最果てで、私は本格的に極左武装組織の、革命の闘士になった。

和臣は、そのことを知らない。

一

朝からよく晴れ渡った、清々しい土曜日の午後だった。

鳥居は上野の杜《もり》に佇む、精養軒《せいようけん》のグリルフクシマにいた。

精養軒は明治初期創業の、日本における西洋料理の先駆け的存在で、グリルフクシマはそのメインダイニングだった。

ただでさえ、どこぞの寿司屋の親方で通る風貌の鳥居と本格フレンチには溝があるというか、遠い。

ましてや、同伴の相手が濃紺のサバイバルベストを身に着けた、女性だというおまけまでつけば、たしかに一流ホテル並みのエントランスで、ポーターが奇妙な顔をしたのもうなずける。

鳥居は気にも留めないが、フロアの客席係に個室をオーダーしたときも同じような顔をされた。

「紗雪。お前ぇの格好のせいだよ」

「おっちゃんの顔に決まってんだろ」

同伴の相手は、片桐紗雪だった。

七分丈のチノパンに白いオーバーブラウス、まではいい。

紗雪はその上に濃紺のサバイバルベストを着用し、大きめのヒップバッグまでつけていた。

紗雪はそんな格好で平気な顔をして、待ち合わせのJR上野駅の公園口改札前にやってきた。

なんだその男前な格好は、と皮肉のひとつも言ってやりたいといつも思う。

ただ、紗雪は常日頃からそんな格好なので、鳥居の口からは文句や皮肉より先に、ため息が出る。

――おっちゃん、知ってる。ホッキョクグマのイコロがブリーディングローンで上野動物園に来てるんだって。

前夜、そんな電話が紗雪から掛かってきた。

ちなみにブリーディングローンとは、繁殖を目的とした動物貸与のことだと、鳥居はその電話で初めて知った。

「お前ぇ、繁殖に趣味があんのか」

――おっちゃんが言うと、ちょっと方向が違う気もするけど。あれ、知らなかった？　あたしは昔から動物は大好きだけど。動物園巡りも。

ようは調べ物に目途が立ったということを告げたいがための電話だったらしいが、会話はホッキョクグマのイコロに終始した。

成り行きで上野動物園に紗雪と行くことになった。

紗雪とふたりで動物園もなんだろうと、愛美にも声を掛けた。

「お父さん、あのさ。愛美がいくつになったか、わかってる」

「いくつって、小四だってこたぁ、まだ十歳か」

「まだじゃないの。もう、十歳。動物園は、そ・つ・ぎょ・う」

ということで十歳に断られ、三十直前女と朝イチから上野動物園に行った。

精養軒は、その帰り道だった。昼時を大きく外したこともあって、費用は掛かるが個室がオーダーできた。

前菜から肉料理まで、さすがに上野の精養軒だ。紗雪はなにを食っても、美味いと唸った。

鳥居はと言えば、昔からバターはあまり得意ではなかったが、齢のせいか、最近はとみに駄目になった。体調によっては腹に来る。

こりゃ明日の朝は、などと思いながら口に運ぶ本格フレンチは、味を堪能できるわけもない。

食後のコーヒーで、やっと落ち着いた。

「ま、嫌わねぇでくれんのは有り難《がて》ぇんだが、土曜の真昼間っからこんなおっちゃんと一緒ってなぁ、どうよ」

「そんなおっちゃんだから、こんなところで美味い食事にありつけんだよね。気にしない気にしない」

「へん。俺ぁお前ぇの財布かよ」

違うよカード、などと言いながら、紗雪は椅子に掛けたヒップバッグから何枚かの丸めた紙を取り出した。A４の打ち出しだ。

「ホイ」

鳥居に差し出す。

「なんだよ、お前ぇ。もっと丁寧に持ってこいよ」

「大丈夫。本チャンはメールするし」

「だからってよ。なんか、腑に落ちねぇけど」

ブツブツ言いながらも受け取る。

一枚一枚に、タイトルとして人の名前が書いてあった。

里村、氷川、滝田に甘粕。

「こっちだって大変だったんだよ。まったく。最初は、里村と氷川のふたりじゃなかったっけ。ようやく調べ終えたと思ったら次から次でさ。参っちゃったよ」

「仕方ねぇじゃねえか。こっちだって好きで追加オーダーしたわけじゃねえ」

「あ、追加オーダーって言えば、してもいい？」

「あ？」

「へへっ」

紗雪は揉み手で下から鳥居を見上げた。

「太っても知らねえぞ」

「有り難う」

「俺もコーヒーのお代わりだ」

「了解」

紗雪はスタッフを呼び、桃のデザートと小菓子の盛り合わせを注文した。

その間に、鳥居は紗雪が整理した資料に目を通した。

ざっと見ただけだが、

里村直樹　一九五二年、兵庫県伊丹《いたみ》市生まれ。一九七一年、W大学理工学部入学。日本学生同盟（日学同・旧W大学生連盟）参加。一九八〇年、大学院修了。以下略。妻、一男一女あり。一九九七年、W大学理工学部教授、死亡時まで同。

氷川義男　一九五三年、新潟県糸魚川《いといがわ》市生まれ。一九七一年、K里大学衛生学部入学。極左活動の疑いあり。一九七五年、豊山製薬入社。以下略。妻、一男あり。二〇〇六年、メディクス・ラボ特席研究員、死亡時まで同。

滝田信広　一九四八年、鹿児島県指宿《いぶすき》市生まれ。一九六六年、東京大学文I入学。東大紛争時、社青同東大学生班。安田講堂紛争、全共闘参加。退校、翌年復学。一九七五年、東京地方裁判所判事補。以下略。妻、二男一女あり。二〇一二年、最高裁判所長官、死亡時まで同。

甘粕大吾　一九四九年、東京都世田谷区生まれ。一九六七年、東京大学文I入学。安田講堂紛争、全共闘参加。翌年退校、翌々年復学。一九七四年、農林省入庁。一九八六年、甘粕製薬入社。以下略。妻、一男一女あり。一九九五年、甘粕製薬社長。二〇〇九年、甘粕製薬、CIによりAプラス製薬に社名変更とともに、会長職に。死亡時まで同。

よくまとまっていた。

「なあ、紗雪。この氷川の、極左の疑いありってなぁ」

「ちょっと待って」

紗雪は口の中の桃と小菓子を飲み込んだ。

なぜ一緒に食うのかは理解不能だから、特に聞きもしない。

「あれ、入れてなかったかなあ」

紗雪はヒップバッグを探った。

「あ、あったあった」

ほぼゴミのような紙が出てきた。

グシャグシャだ。

「ホイ」

差し差す。

鳥居は黙って受け取り、テーブルの上で丁寧に伸ばした。

「そこに書いてあんだけどさ。辿り着くのが、これが大変だったんだ。社内外で、闘士だったってオジサンたちにも当たってさ。そうそう。なにが大変だったって、そのオジサンたちに話聞くのがさ。もう長くて長くて」

藤代麻友子。

グシャグシャな紙のタイトルに、そんな名前が読めた。

真下に、Dクラス闘争委員会と言う文字も読めた。

「誰だ、これ」

鳥居に聞き覚えはまったくなかった。

「革命の闘士ってやつかな。でも、あんまり表に出てこない」

「ほう。それで」

「うん。なんかね、聞けば聞くほど、全員と関係があったんじゃないかって思うんだよね」

「関係？　関係っちゃなんだ」

「セックス。肉体関係」

ツラッと、紗雪が、言いやがった。

「てっ。バッ！　手前ぇ、こんな場所で」

かえって鳥居が慌てる。

こういう場合、そんなもんだ。

おじさんは赤裸々な言葉にどうしても反応し、どうしても弱い。

「なにが」

「――い、いや。――ああ。続けろ」

「最初はね、里村の同級生ってのが社内にいたんだ。聞いたらね、彼女がいたって。当時はずいぶん自慢してたって。Dクラスってのはその人に聞いた。里村は当時その、極左とは真反対の日学同だったから。彼女を俺たちの側に説得しなきゃって、そんな言葉で自慢してたんだって」

それがマユちゃん、と紗雪は言った。

「氷川の同級生にはね、新潟まで会いに行ったんだよ。そしたら、同じような話を聞いてさ。彼女の手伝いで忙しいみたいなことをよく言ってたみたい。ねえ、おっちゃん。なんか当時の大学生って、飢えてたの？　女がいるってだけで、みんな自慢するし、自慢された方も話を忘れないの」

うー、とか、あー、とかしか鳥居は言えなかった。

それがマユコ、と紗雪は言った。

「となったらもう、マユコで探すしかないっしょ。そしたら、出てきたんだ」

「なにが？」

「古い写真が一枚だけ。しかもうちの、古い芸能系の雑誌データから」

「――わからねえな」

ここからややこしいって言うか、ちょっと深いよと前置きして、紗雪は話を続けた。

「芸能系の生き字引。うちの取締役だけど、滝田の同級生だってんで聞きに行ったんだ。マユコって誰ですかってカマかけてさ。そしたら、なんで知ってるんだから始まって、話がそれはそれは長くってさ。でもね、最後には書庫にまでついてきてくれて、この娘だって教えてくれた。それが藤代麻友子で、滝田さんの彼女だったって。ただ写真ってのが——」

紗雪は自分のスマホを操作した。

「この雑誌で、この写真。これ、どう考えていいかわかんないから、あたしの判断は無し。データは後で送る」

鳥居はまず、見せられた雑誌の表紙のサブタイトルに眉をひそめ、実際の写真で目を見開いた。

藤代麻友子は、はっきりと写っていた。オープンカーの助手席に乗った写真だった。思い切ったショートヘア。中肉中背。

どちらかと言えば丸顔。

美人、には違いない。

総じて印象は、猫か、豹《ひょう》。目と口元に、夜行性を思わせる淫靡《いんび》さがあった。

だが、鳥居が驚愕したのはそれではなかった。

「こりゃあ、お前ぇ」

「一九七七年。芸能側の取材だってさ」

サブタイトルには、こう書かれていた。

〈銀幕のプリンセスを射止めた、通産省のプリンスとは〉

「うちの取締役、この写真見て、滝田の彼女が写ってるって思ったらしいの。あとで聞いたことがあるらしいけど、滝田は別れた後だって、関係ないって素っ気なかったみたい。それでも、あっちこっちに男を作る売女でって、初めて滝田の愚痴を聞いたって、それも印象的だったらしいけど」

「そうかい」

鳥居は真顔で時計を確認した。

「まだ間に合うな」

「え。なにが」

紗雪が爪楊枝を使いながら聞いてきた。

注意、という名の小言は後回しだ。

「今日はAプラスで甘粕の社葬の日だ」

「ん。ああ、そうだったね。そうだ。甘粕については、あんまりわからなかったけど。友達、少なかったみたいだね。で、社葬がどうしたの」

分室長が行ってる、と鳥居は自分の携帯を取り出した。

「報告だ。今ならもしかしたら、その写真と直結できるかもしれねえ。いや、分室長ならするだろう」

「うわうわ。ねえ、あたしも話していい？」

「ああ？」

紗雪の目が、なぜか乙女になった。

そういえば分室長フリークだった。

「仕方ねえ。あとで。——いや、お前が話せ。ややこしい説明、俺ぁ苦手だ」

「ヤッホーイ」

「その代わりまとめろ。短くだ」

「了解」

紗雪が直立で敬礼した。

これも、ひとつのニンジンになるか。

紗雪というスジを、これからも走らせるニンジン。

しかもそれが小日向純也という特大のニンジンなら、紗雪は地の果てまでもノンストップで走るかもしれない。

二

甘粕の社葬は、新高輪《しんたかなわ》にある大手のホテルで執り行われた。

会場はホテル内で最大の、三千人が収容できるホールだった。

ホテルの周辺には朝から、物々しいほどの警備警戒態勢が敷かれていた。

第一京浜と桜田通りの検問は、休日の国道に渋滞を引き起こした。

Aプラス製薬会長甘粕大吾の社葬には、小日向総理大臣を始めとする、民政党の歴々が参列すると早くから公表されていた。

甘粕は社を挙げて民政党の支持者であり、特に鎌形幸彦の支持者だった。

この日の社葬にはKOBIXからも、現社長の小日向良隆《よしたか》が出席していた。メディクス・ラボからも、社長が良隆のオマケとして列席しているほか、グループから多数の参集があった。

鳥居からの電話が掛かってきたのは、VIPではない純也が華江とふたり、長々とした列に並んでいたときだった。

すぐに切れて、また鳴った。

緊急、ということだ。

受付までもう少しだったが華江に断り、列を離れて受けた。

――例の太陽新聞の片桐に、今から一分で説明させますんで、五秒、労《ねぎら》ってやってもらえますかね。

分かったと言えば、紗雪が出た。話を聞く。

実際には、一分三十秒ほどは掛かった。

「了解。ありがとう。いい仕事をしてくれたみたいだね」

——い、いえ。どういたしまして。写真、すぐにメールで送ります。

通話を終えると、すぐに携帯が振動した。

添付を開き、写真を見る。

「なるほどね。人に歴史あり、だ」

口元を緩めながら呟く。

さして面白くはないが、興味ある写真だった。

少し考え、メールを打った。相手は公安第三課の剣持だった。

〈七〇年安保。キーワードは藤代麻友子。先入観なしに、浮かび上がる当時学生、今オヤジの姓名を手当たり次第に網羅〉

そんな内容を送る。

三十秒後にメールの着信があった。

剣持かと思って見れば、氏家からだった。

〈Aプラスの社葬だろう。出席の邪魔をしてはな。メールにする。急ぎではないからだ。特に変死体、未解決殺人、全国レベルで皆無。日本の警察の捜査能力で、そんなものそうあるわけもない〉

少し文章に切れがなく長かったが、それは氏家が暇だからだろう。

「あちゃ。外れたか。ま、外れが平和の証ではあるけど」

携帯を閉じようとするとまた着信があった。

こんどこそ剣持からの返信があった。

ただ、了解、と。

「どうされました」

列に戻ると、華江が聞いてきた。

ブラックフォーマルのワンピースに、黒手袋とベール付きのトークハット。

場所柄口にはしないが、女性の礼装は和洋を問わず美しさを上げるような気がする。

特に、華江は黒がよく似合った。

ベールの奥から見詰める目、ベールに掛からない赤い唇に、純也を蠱惑するような風情があった。

奢りではない、だろう。

今日会ったときの第一声のせいか。

――あれ。正礼装ですか。

黒手袋にトークハットは本来の礼装だ。日本では近親者でもなかなかしない。純也もただの黒スーツだ。

――ええ。でも、あなたの横に並ぶには、このくらいが相応でしょ。

そんな会話があった。

ちょうど受付の順番になり、会話がいったん途切れた。

受付を済ませ、会場内に入る。

三千人収容という会場は、半分以上が埋まっていた。

Dクラス闘争委員会。

それだけまず、純也は呟いた。

「え。なんですって」

「さっきのは部下からの報告でした。古沢先生は、Dクラス闘争委員会のことはご存知ですか」

「Dクラス？」

華江は小首を傾げた。

「いえ。Lクラスでしたら。私の素材の範疇ですから。東アジア反日武装戦線の」

「ええ。その流れのようですが」

そのとき、会場内に人の動きが慌ただしくなってきた。

どうやら、大物連中が到着したようだった。

「行きましょうか」

純也は華江を連れ、会場内の一角に向かった。

こういうとき小日向の名は、助けになるとは言わないが、便利ではあった。

純也は一般参列者だが、ＫＯＢＩＸの小日向ですと言えば、決められた一角の近くまでは警備員が案内もしてくれた。ほかのどの業者関係席より前で、小日向とＫＯＢＩＸでくくられたような席だった。民政党関係席の直近だ。

踏み込もうとすると、針のような視線が赤外線センサも同様だった。

警備部のＳＰが管理するエリア、ということだ。

政府関係者だけでなく、自爆テロの犠牲者である甘粕大吾の社葬に出席する以上、ＫＯＢＩＸ現社長らも警護の対象にしたようだった。

ＫＯＢＩＸ席のど真ん中で、隣の秘書らしき男に囁かれた良隆が純也を振り返ったが、振り返っただけで終わりだった。

他の連中も波のように順に振り返っては、雑な一瞥だけで前を向く。

小日向一族にあって、純也は気にはされながら無視される、鬼っ子だった。

そんなものだ。

会場内が大きく騒《ざわ》めいた。

小日向和臣を先頭に、民政党の一団が会場内に入ってきた。

純也はＳＰの視線を千切り、おもむろに歩を進めた。

純也の動きをとらえ、まずSPが出たが、和臣が遠ざけて自ら寄ってきた。

華江が頭を下げた。

和臣ではなく、張り付くように立つSPにだ。

大谷徹雄の同僚として知る男だったのだろう。

だがSPの反応は、無視だった。

別の男にも頭を下げた。

結果は同じだった。

SPは職務遂行中だ。わからなくもないが、見た目としては悲しい。

KOBIXの連中とSPと、純也と華江は、同じような扱いの場にいた。

「また、動いているようだな」

笑顔を辺りに振り撒きながら、刺さるほど冷ややかな和臣の声だった。

それにしても上手いものだ。

半径一メートル。

和臣の非情は、その外には流れない。

「俺はどうすれば、お前の首に鈴をつけることが出来る」

「さて。ただひとつだけは言えますよ」

「なんだ」

「無駄は、止めましょう」

和臣の笑顔がかすかに凍った。

わかるのは純也だけだったか。

「これ以上は、これこそが無駄だ」

「では無駄を省いて。お聞きしたいことがあります」

「なんだ」

「さすがにここでは」

そのとき、辺りが騒ついた。

「おやおや、これは珍しい」

鎌形幸彦が秘書やSPを大勢引き連れて寄ってきた。

鎌形のパフォーマンスは仰々《ぎょうぎょう》しい。

最後尾には、苦々しい顔の矢崎の姿もあった。

「悲劇と歓喜の親子から、もう二十年以上も経つね」

口では強気といつもの洒落《しゃれ》っ気を装うが、顔には疲れと窶れが見えた。

連続爆弾事件をどこまでテロと知るかはわからないが、少なくとも甘粕大吾の死は、公私に亘《わた》って大いなる痛手に違いなかった。

「純也君。久し振りだね」

心のない挨拶に、まず微笑だけで答える。

すると、鎌形の目が純也の背後に動いて停止した。

「おっと。これはどうも」

挨拶とは打って変わった感嘆が聞こえた。

鎌形は、華江から目が離せないようだった。

「甘粕も最後に、粋な出会いを用意してくれたものだ。心が躍るほどの美女じゃないか」

どんなときでも女性には目がないという噂を地で行く台詞だった。

英雄色《いろ》を好むという。

鎌形が英雄だとは思わないが、色を好んで華江に声を掛けてきたのは、純也には好都合だった。

「ああ、鎌形大臣。ちょうどいい。大臣にもお聞きしたいことが」

「なんだい?」

と——。

間もなく開式となる旨のアナウンスが会場内に響いた。

同時に、マイクを通した坊主の読経も始まった。腹に響くほどの大音量だった。

鎌形は秘書に耳打ちし、笑いながら手を、華江に振って席に向かった。

代わりに秘書が、その場でメモ書きをして寄ってきた。

政府関係者にあてがわれた別室がある。あとで、そっちに顔を出せばいいという鎌形の伝言だった。

やがて、式が半ばまで差し掛かったところで鎌形が矢崎になにごとかを囁き、和臣とともに退席した。それに伴って、政府関係者の大半とＳＰが動いた。

矢崎はひとり、別方向に向かった。純也たちの方だ。

苦虫を嚙み潰したような顔だった。

「大臣がな。そちらの女性も、くれぐれも一緒にだと」

純也は、はにかんだような笑みを見せた。

「そのつもりですよ。そうじゃなきゃ、こんなふうにわざわざ呼んではくれないでしょう」

「私は小間使いではないが」

「ではせめて、ギャルソンとでもお呼びしましょうか」

「やめてくれ。師団長で十分だ」

矢崎に案内された別室は、フロアの至るところにＳＰが立つ三階の小ホールだった。

豪華と言っていいケータリングの料理が並び、酒もあった。すでに民政党関係者で、大いに賑わっていた。

名目は精進落とし、なのだろうが、まるで政治資金集めの立食パーティのようだった。

秘書を先頭に、純也、華江の順で入った。

部屋の中にSPらしき男たちは、壁際四隅にしかいなかった。

和臣は鎌形と一番奥の、窓際のソファに座っていた。

ふたりの前にはワイングラスがあった。

矢崎が少し離れたところに立った。

呑むか呑まないかは別にして、純也は部屋係のトレイからシャンパンのグラスを二脚取り、一脚を華江に渡した。

「有り難う」

そのまま窓際にふたりで寄った。

不躾《ぶしつけ》と好色。

感じる視線は純也と華江でおそらく、半々だった。

「よろしいですか」

近くで声を掛けると、和臣は座った位置から純也を見上げた。

「よろしくはないが、答えなければ離れないのだろう」

「ご明察」

「なんだ。早くしろ」

和臣が急《せ》かした。

「では質問です」

「なんだ」

「鎌形大臣にも」

「ん？」

ワイングラスに口をつけ、鎌形が目を動かした。

純也にではない。華江にだ。

「そう言えば、さっきそんなことを言っていたっけね。なんだろう」

「Dクラス闘争委員会。ご存知ですか」

「――なんだそれは」

和臣は眉をひそめた。

和臣はそれだけだったが、鎌形の頰は一瞬だが、攣《つ》れたようだった。

見逃しはしない。

「いや、待て」

和臣が記憶を探っていた。

「――待て。Dクラス？　ああ、たしか、甘粕の弟が入っていたのが、そんな名前だったかもしれない」

「ああ。Aプラスの」

純也が口にすれば、

「そうだ」

と、和臣が頷いた。

「じゃあ、藤代麻友子。これは」

純也はそれとなく鎌形に傾注した。

だが――。

和臣の気配が大きく揺れた。

当然鎌形もだが、驚愕の仕方は和臣の方が大きかった。

それほど、藤代麻友子という名は衝撃だったようだ。

鳥居に言われた片桐紗雪が送ってきた画像。

写っていたのは、オープンカーの助手席に座る藤代麻友子と、サングラスを掛けた運転席の鎌形と、後部席に座る仏頂面の和臣だった。

撮影場所は間違いなく、世田谷の小日向家の車寄せだった。

「藤代、麻友子だと」

「ツービンゴ、ですかね」

無言で睨みつけるような和臣。

鎌形はワイングラスを叩くように置き、いきなり立ち上がった。

「ノーコメントにさせてもらおう」

冷えた声だった。

「答えたいなら小日向。お前が答えればいい」

総理、ではなく小日向、だ。公職を離れた話、ということだろう。

立ち上がった鎌形は笑顔で華江に寄り、おもむろに肩を抱いて動き出した。

「え。あの」

「無粋な話は、ご婦人にはお耳汚しだ。あちらでなにか口にしましょうか」

指を鳴らして秘書を促し、鎌形はアラカルトを命じた。

特に追おうとは思わなかった。

同じような衝撃の度合いなら、まず総理大臣で十分だろう。

二兎を追うには、おそらく与えられた持ち時間では足りない。

「さて、ご存知の話を、聞かせてもらいましょうか」

和臣は無言で純也を睨んだ。

純也は軽く肩をすくめた。

「あなたの過去などどうでもいい。そんなカビの生えた過去など、たとえなんらかの事件があったところで気にもならない。ただ、あなたも、そしておそらく鎌形さんも絡んだ過去が、今につながっています。つながって今、大勢の人を殺しもし、傷つけもした。しかも、まだ現在進行中です」

和臣は喉の奥で唸った。

「なぜ、お前なのだ」

純也はいつもの笑みで受けた。

「それこそ、憎まれっ子や鬼っ子が世に憚《はばか》る理論でしょうか」

「なんだ」

「現職の総理と大臣、一部上場企業のトップ。警察庁も警視庁も、おいそれと話も聞けない。裁判所から令状を取っても、紙切れ一枚どうとでもする人たちだ。事態も停滞も、いったい誰が動かすんでしょう。僕は、こんなときのこんなことのために飼われているのかもしれない」

「警視庁にか」

「――いえ。警備警察に」

視線が絡んだ。

先に動かしたのは和臣だった。

いや、父だったろうか。

それとも、夫だったか。

「ここではな。それに」

お前には話さない、と和臣は強く言った。

「それは」

純也は目を細めた。

和臣は顔を背けた。

「香織の顔をした男に、話す内容ではない」

「ああ」

得心はいった。

純也に妻の面影を見るこの男は、そういえば今でも、香織を愛しているのだった。

「では」

視線を動かせば、鎌形が華江と談笑している。

その後ろで、矢崎が二匹目の苦虫を噛み潰したような顔をしていた。

「ああ。あそこに、この手の聞き取りには打って付けの人物がいます」

和臣も見て、

「そうだな」

と納得したようだ。

「木像にならら、話してやろうか」

このときばかり、和臣は少々の笑みを見せた。

三

この日の、夜だった。

猿丸は土曜日の分室にいた。

交代制というわけではないが、案件がらみでハッキリとした動きがあるときには、誰かが分室で待機するのは暗黙の了解のようなものだった。

ブラックチェイン事件で、犬塚が死んで以降、誰が言うともなく始まったシステムだ。

以前からあったとしても、犬塚の死が防げたとは誰も思っていない。ただ、悔しさの産物だ。

悔しさを共有するための代わり番こ、遊びのようなものだった。

純也から電話が掛かってきたのは、十一時を回った頃だった。

Aプラス製薬会長、甘粕大吾の社葬に出席した後、一度連絡があった。

これから、古沢華江を自宅まで送り届けるというものだった。

五時前だったはずだが、それから連絡はなかった。

六時間振りの電話だった。

「掛かりましたね」

――人の葬式でも騒げる人種というのは騒ぐね。あの人のことは、この辺は認めよう。早々に引き上げた。まあ、当たり前って言えば当たり前のことだけど。

純也があの人と呼ぶのはすなわち、小日向和臣総理のことだ。

「そうっすか」

――ただ、古沢先生が鎌形さんに捕まったままでね。そこからホテルのラウンジまで引っ張られちゃった。まあ、先生も唯々諾々と従ったわけじゃなく、鎌形さんに条件を付けたようだけど。

「え、なんです？」

――知り合いのSP何人かと話がさせてもらえるならってね。ラウンジで少し、恋人の昔話は出来たみたいだ。けど、それにしても鎌形さんはよく言えば情熱家。悪く言えば女癖が悪い。

だから、と区切り、猿丸の電話の向こうで純也は、今度古沢先生を夕食に誘ったと言った。

――鎌形さんの相手を任せる形になっちゃったからね。お陰でスムーズに、民政党の控え室に入れたっていうのはあるけど。ハッキリ長々と口説かれたね。迷惑そうな顔ひとつ見せなかったのはさすがに、人と接する機会の多い、大学の准教授だけのことはあるってところかな。

「はあ。食事っすか。いいっすね」

――いいもなにもないよ。お礼さ、迷惑も掛けたお礼。

「でも、ずいぶん綺麗な先生だってぇじゃないですか」

――ん？　なんでセリさんがそんなこと知ってるの。

「恵子ちゃん」

――えっ。

「分室長。どっかで話したんじゃないっすか。古沢先生のことを」

――それはともかく。

「あれ、ノーリアクションっすか」

――時間的に余裕はね、あるようでないから。よろしくね。

「へいへい。了解です。今どこっすか？」

――深川の方。彼女が家に入ったのは確認した。

古沢華江の住まいは、たしか門前仲町だったはずだ。

実家だが両親とはもう死別して、一人暮らしだという。

猿丸は壁の時計を確認した。

「こっちは今から準備してだと、そうっすね。三十分だとちょっときついっすかね」

――いいよ。スタンドとかコンビニに寄る。一時間。

「ＯＫっす。一時間以内に、国立の所定の辺りに入ります」

――じゃ、そういうことで。

通話を終えた瞬間、猿丸は表情を切り替えた。

公安の、Ｊ分室員の顔だった。

純也の言う後出し許可のシグ・ザウエルＰ２３９ＪＰをショルダーホルスタに落とし、ジャケットに隠す。

次いで、手早く分室の後始末をしながら携帯を手に取った。

すぐに、こういう機動力が欲しいときに動かせるスジに連絡を取る。

――新高輪のホテルを出るときから、おかしな気配があってね。

純也からの電話は、決して軽い内容ではなかった。

機動力用のスジは、二十三区内に何人かいた。

この日は新宿の、大石《おおいし》という男だった。

――ふへぇい。

酔い酔いの声を出すがお構いなしだ。

爆睡中だろうと、女と同衾中だろうと、すぐに電話に出るのが約束のスジだった。

もちろん、それなりに金は掛かるが、逆に言えば金が掛かるから信用も出来たし、文句も言えた。

「バイク、インカム付きのヘル。いつものセットを新宿駅南口に三十分」

「うえ。俺、呑んじゃってますけど」

「声聞きゃわかる。誰かに積ませろ」

「金、掛かりますけど」

「手前ぇ」

声を冷やした。

今まで掛かった金を渋ったことはない。

無駄な会話は、慣れの証だ。

慣れに慣れると、冗談ではなく馴れ馴れしくなる。

「もう、一回。花園神社の窪城《くぼしろ》の顔、拝みてぇか」

花園の窪城とは、北陸の広域指定暴力団、辰門会《しんもんかい》直系田之上《たのうえ》組の現組長の名だ。

大石はその昔、窪城のベンツで下手を打った。

「わ、わっかりましたぁ」

三十分後、JR新宿駅南口で猿丸は、大石の舎弟という男から二五〇ccのオフロードバイク一式と、明らかに大石が書き直した請求書を受け取った。

「有り難《がと》よ」

インカムをセットしたフルフェイスをかぶり、そこからは夜中の青梅街道をフルスロットルだった。

国立の、純也の自宅周辺に到着したのは通話を終えてから五十三分後だ。

まずまずだろう。及第点だ。

猿丸が入る所定の辺りとは、芦名家の斜向かいに建つ住宅のガレージだ。

間口は普通だが、奥に深いガレージだった。それにしても、ここ何年も自家用車が停められたことはない。

住宅に住んでいるのがもう老夫婦だけということで、所有車がないのだ。

そこで、特に契約をしているわけではないが、ご近所さんの縁でいつ使ってもいいようになっているらしい。常にシャッタの鍵は掛かっておらず、警備会社のレーザーサイトからもガレージは外してもらったという。

至れり尽くせりで重宝なので、ときおり春子がガレージ内を掃除し、盆暮れに届く大量の中元や歳暮の類を選ばせて折半にしている。

老夫婦にはこれが、えらくお気に入りで楽しみらしい。

ガレージが奥に深いのは、その昔三人の男の子がいた名残だという。

話を聞けば切なくもなるが、切り替えて作業的にいけば、待機監視には便利なガレージだった。

ガレージの闇中の出来るだけ前方にバイクを停め、猿丸は息を潜めた。

ちょうど七分後に、純也のM6が自宅のガレージに入ってライトを消した。

それから、五分とは経たなかった。

「へえ。いつもながら、鋭いね」

たしかに純也が言う通り、ゆっくりと舐めるように芦名家の前を行き過ぎる軽自動車があった。

すぐには猿丸はその場を動かなかった。

ナンバーをまず鳥居にLINEで送った。

来る途中で、そんな手筈《てはず》は確認済みだった。

鳥居の所在は、分室にもう到着しているかどうか、そんな辺りだった。

すぐに既読になった。

〈到着。すぐに聞く。誰かしら、いるだろ〉

と文字がきて、厳つい警官のスタンプが〈OK〉と指を動かした。

こんなスタンプ誰が買うんだろうと思っていたが、鳥居が買ったか。

それにしても、鳥居のスジは庁内に多い。ナンバー照会など、お手の物だろう。

スマホをライダーズポーチに仕舞い、ようやく猿丸はバイクを発進させた。

芦名家の前は一方通行だが、バイクで路地に滑り出せば、路地から路地でだいぶ先の大通りまで先回り出来るのだ。

そこで待つと、先ほどの軽が大通りにノーズを差してきた。

(さぁて、地獄でもどこでも、行きやがれ)

猿丸は静かに、オフロードバイクのスロットルを開けた。

四

眠らない都会のアスファルト・ロードを東に向かい、三、四十分も走っただろうか。

つかず離れずの尾行中には、軽の乗車人数は上手く確認できなかった。

それにしてもひとりか、ふたりか。

三人はない。

やがて軽は上板橋の、とあるマンションの露天型駐車場に入った。

縦横に広い、一昔前の大型分譲タイプだった。

比例するように、背丈もある垣根に囲まれた駐車場も広い。

街路灯の明かりでざっと見るだけでも、路面の駐車場は列で四十台は停められるようだった。数えれば七列あり、敷地の奥側半分ほどには、屋根も兼ねた立体駐車場もあった。

それも加味して、単純計算で四百台強は、マンションとしてはやはり大型だ。

軽が入った後、上手いことにセダンタイプの乗用車が一台入った。

猿丸はセダンの後ろにつく形で、何気なく駐車場にバイクを乗り入れた。

猿丸の右手奥の露天と立駐の際に、追ってきた軽が停まっていた。駐車スペースに入っているわけではない。

停まっているのはマンション駐車場内の、周回通路だった。

猿丸はヘルメットを脱ぎ、髪を掻き上げた。

外気に晒された耳に、軽のエンジン音は聞こえなかった。

防犯カメラの位置もそれとなく確認するが、全体を網羅する位置でも性能でもなさそうだ。その辺も一昔前の代物のようだった。

駐車場側のエントランスで音がした。

おそらく、先ほどセダンで帰宅した男性が自動ドアの中に消えるところだった。

その他に物音は、風の音だけだった。

猿丸はヘルメットをハンドルに引っ掛け、バイクでゆっくり近づいた。

残り十メートルで停めた。

軽の中に、かすかな人影が認められた。

バイクを降り、ショルダーホルスタからシグ・ザウエルを抜いた。

ドアが開き、運転席から男が出てきた。

天然パーマの若い男だった。ドライビング・グローブをしていた。

出てきて即、猿丸を見た。
見て、笑った。
「動くな」
猿丸は咄嗟に、シグ・ザウエルの銃口を上げた。
そのとき、一台のバイクがゆっくりと駐車場に入ってきた。エンジン音に気を配ってい
るようだった。
ジェットタイプの風防ヘルメットだが、服装はラフな男だった。
また住民の帰宅だろうか。
「ちっ。今かよ」
猿丸は軽の男と新たなバイクをつなぐ線上に身を置いた。
バイクのヘッドライトが眩しかった。
眩しいまま――。
いきなりバイクがスロットルを目一杯に開けた。
夜の静寂を貫く爆音だった。
バイクが猿丸を目掛け、一直線に突っ込んできた。
カラカラと妙な音が響いた。
それが左手で地べたに引きずる鉄パイプだと理解した瞬間には、音は唸りに替わってい

た。
頭上斜めから降ってきた。
「なろっ」
猿丸はかろうじて首を傾け、頭部への直撃は避けた。
が、走り抜けた鉄パイプに、右肩から手首に掛けてを強《したた》かに打たれた。
「ぐあっ」
痛みと衝撃に、シグ・ザウエルが手を離れる。
たまらず自身も地べたを転がった。
「て、手前ぇっ」
すぐに起き上がろうとするが、無理だった。
右肩から先が痺れを通り越し、感覚がなかった。
天然パーマが、バイクの男から鉄パイプを受け取った。
軽を降りて来たときのまま、笑っていた。
鉄パイプを肩に担ぎ、笑ったまま寄ってきた。
左手でどうにか上体を起こし、負けない気魄を込めて睨む。
出来ることは、それだけだった。
(南無ってよ)

——フォンっ。

深い駆動音が真横から聞こえた。

猿丸だけでなく、男たちもそちらを見た。

背丈の垣根を飛び越え、天からバイクが降ってくる感じだった。

雄姿を現したのは、ドゥカティだった。

ドゥカティ・ディアベルチタニウム。

純也の愛車だ。

喪服のまま漆黒のバイクにまたがり、街路灯の光の中に飛ぶ姿はまるで、夜の鴉《からす》だった。

いや、優美さも含み、ブラック・スワンか。

そんな理論もあった。

事前に予想できないが、起きたときには壊滅的被害をもたらす。

ブラック・スワン。小日向純也。

飛び込んできたドゥカティは、二バウンドで純也のコントロール下に戻ったようだ。

そのまま猿丸と天然パーマの男の間に割って入ると、左足一本を芯にして純也はドゥカティを傾けた。

ゴムが焼ける匂いと煙とともに、大きな車体が見事な円弧を描き、天然パーマの足を浚《さら》った。

《ゴホァッ》

背中から地面に激突し、鉄パイプが男の手を離れて宙を舞った。

ドゥカティにまたがったままスタンドを起こし、純也は落ちてくる鉄パイプを手に取った。

「セリさん。大丈夫かい」

ここまでの一連はまるで決めてあったシーンのようだ。流麗にして、鮮やかなものだった。

聞かれても猿丸は、なにも言えなかった。

ただ、いい感じだ。

純也が猿丸に手を伸ばした。

右肩から下は痛みがひどかった。

とは、感覚が戻ったということであり動かせるということだが、この際だから手を借りた。

「へへっ。こりゃどうも」

起こされて並べば、相手側も同様に天然パーマが起こされるところだった。

「さて、セリさん。二対二なら負けられないところだけど。鉄パイプもあるし」

「そう、っすね」

言われて猿丸は右肩を回した。

奥歯を噛めば、動かせた。

動かせるなら、純也の前に出る。

それが猿丸の役目だった。

と――。

エントランス近くの駐車スペースでエンジンが掛かり、すぐにライトが点いて一台のセダンが走り出してきた。

「いけねえっ」

猿丸は叫んだ。

セダンは両サイドの停車車両を蹴散らしながら、猛スピードで突っ込んできた。

運転席にフルフェイスの黒いヘルメットが見えた。

前ではなかった。

前に出たら、後ろから来た。

背後、純也の前に出ようとしたら左肩をつかまれた。純也の手だった。

そのまま不思議な形に重心を崩され、抱えられたまま宙を飛んだ。

その直後を、セダンが一瞬で通り過ぎたようだ。

靴底に風すら感じた。

つまり、ギリギリだった。

地面に激突して転がるうちに、近くで派手な音がした。

先に立ち上がったのは純也だった。

猿丸も続いて身体を起こせば、セダンが猿丸のバイクを蹴散らし、ドゥカティを倒し、タイヤを軋ませながらテールを右に大きく振って停まるところだった。

フルフェイスに黒いジャケットが、拳銃を手にして運転席から現れた。

猿丸たちに銃口を向けた。

ためらいもなく、いきなり引き金を引いた。

——轟ッ。

咄嗟に伏せた。

純也も同様だった。

「なろっ！」

猿丸は取り落としたシグの方に頭を抱えながら転がったが、その間に、《Vamonos《バモノス》 a《ア》 escapar《エスカパル》 no《ノ》 te《テ》 mueras《ムエラス》 futil《フティル》（逃げるよ。無駄死にするな）》

くぐもってザラザラした言葉が聞こえた。スペイン語か。

なんにしても、フルフェイスの声に違いない。

——シイッ。

バイクと軽に分乗し、三人はタイヤを鳴らしながら奥の奥に去った。

どうやらそちらに、もう一方の駐車場口があるようだった。

ライトの光が、すぐに車道に出てどこかに消えた。

猿丸はそちらを睨み、すぐには動かなかった。

シグをショルダーホルスタに戻したくらいだ。

通路を封鎖するように放置されたセダンのせいで、その先には行きようがなかった。

純也がセダンの中を覗いていた。

「古いタイプだね。コードが直結されてるよ」

そんなことを平々と言いながら戻ってきた。

命ギリギリだったこの数分の、死闘の残り香もない。

「それにしても。――ふうん。二プラス、ローか。三プラス、ローか。それとも――。いや、それにしても、あの声」

純也がなにやらわからないことを呟いた。

「緊配、どうにかして頼みますか」

「いいよ。無駄は止めよう」

すいません、と猿丸は頭を下げた。

「ん？　なに」

「もうひとり、いるかもしれない可能性はあったんす。軽の乗車人数、最後まで迷ってました。ひとりかふたりかで」

「ああ」

純也は手を打った。

「ま、結果良ければ、さ。全部が全部わかったら、それは神様の領分だからね。分かってる？　神様はね、死んでるかどうかは知らないけど、生きてないよね」

つまらない、とは言えない。

気配りだろう。

猿丸はもう一度、すいませんと頭を下げた。

「でも、よく追ってくれました」

「ああ。そうね。セリさんが動き出したら、すぐにかぶるようなエンジン音が聞こえたんだ。だからまあ、ツーリングがてら。今日はもう、日曜日だしね」

「けど、逃げられちまいました」

「どうだろう」

「え」

口を開けたままの猿丸の肩を、純也は軽く叩いた。

「詳しくは、明日にでもメイさんから聞いて。あ、もう今日かな」

「はあ」

「じゃ、僕はっと」

純也は言いながらドゥカティに寄り、掛け声一発で引き起こした。

ちょうど、街路灯の真下だった。

見る限り、大きな外傷はさほどなかった。さすがに頑丈だ。

無惨なのは、猿丸の二五〇ccの方だった。

「あーあ。こりゃあ」

猿丸がバイクの傍に屈み込んで嘆息すると、すぐ近くで深々としたドゥカティのエンジンが始動した。

「あ、掛かった。じゃ、セリさん」

純也はあっさりと言ってまたがった。

「ちょちょちょ。分室長、じゃあってなんすか。どこへ行こうって」

「ん？　ちょっと銚子《ちょうし》にでも朝陽を見に」

「――あ、本当にツーリングなんですね」

「そうだよ。早いとこ行かないと。こんな礼服姿で真昼間に走るのはさすがに、ね」

「なるほど」

妙なところに気を遣うものだと、妙に納得する。

「今の銃声で住民が出てくる。セリさんも、早いとこ引き上げた方がいいよ。まあ、部長にはこっちから連絡しておくから。じゃ」

猿丸が現実に戻った瞬間、純也のドゥカティが発進した。

午前一時半、壊れたオフロードバイク。

「俺に、どうしろってのかね」

猿丸は夜空を振り仰いだ。

居待月《いまちづき》が上天に煌々と輝いていた。

五

週が明けた火曜日の朝、鳥居は足立《あだち》区梅島にある、五階建てマンションの三階にいた。

梅島の駅と区役所のちょうど中間辺りだ。日光街道までは出ない。

猿丸が追った軽のナンバーは、五分も掛からず照会出来た。

今の時代は巡回中のPC《パトカー》からでも、端末が搭載されていればすぐに照会できる。

鳥居がこのことでスジを頼るのは、単に鳥居が照会端末を上手く使えないからだ。

機器は覚えても覚えても、日進月歩ですぐ古くなる。みんなどこかで、きっと追いつけなくなると鳥居は頑《かたく》なに思っている。

それが年齢でか、興味、理解力でかは人によるだろう。

鳥居はすでに、すべてにおいて匙を投げていた。

照会の結果、軽自動車は会社名義だった。所有者は西新井にある、アンデス・ツーリズムと言う中南米への観光旅行を扱う会社だ。

在日と日系のペルー人が、西新井の駅前で営む会社だった。

翌日曜の朝になって西新井署のスジに確認を入れたが、アンデス・ツーリズムは特に目立ったところはない、従業員四人で回す零細企業だった。会社に違反歴も、社員に犯罪歴もない。

税金の滞納もなく、零細ではあっても模範的企業のようだった。

「彼らのコミュニティのね、結束力とかは侮れないが、ま、普通に暮らしている人たちは普通だよ。普通にしてまったく善良だ。海外に住む日本人だって、本国から渡航者がきたら、きっと疑うことなく大歓迎だろう。それと同じことじゃないかな。だから、そうだね。気軽に貸し出しちゃったかな。それを脇が甘い、とは言いにくいね。本当に普通の人達だし」

報告を上げると、純也はのんびりとそう言った。

ちなみに今、どこにいるんですかねとだけは聞いた。

純也は、犬吠埼《いぬぼうざき》で風を浴びている最中らしかった。

この分室長は、常に神出鬼没だ。

携帯という機器がなければ行方不明にも近い。

だから、どこにいても気にもならない。

それともうひとつ、と鳥居はなにごともなかったように次の報告に移った。

ナンバー照会と同時に、鳥居は別のスジを使い、Nシステムも稼働させた。

特に同業のスジには、複数の作業をさせないのが鳥居の流儀だった。

「へえ、そうなんだ。ああ。そっちは当たりっぽいね」

眺める大海原がそうさせるのか。言葉の内容は案件の核心に迫るものだったが、言葉は茫洋と広がるものだった。

「じゃあ、よろしく」

そんな、太平洋に向けた声の寝惚けた指示の結果が、今鳥居がいる西新井のマンションだった。

正確には狭い路地を挟んだ斜向かいに建つ、古い三階建てアパートの二階の角が狙いだ。

入国してきたテロリストたちには、やはり土地勘のなさがネックだったに違いない。

Nシステムで最終的に向かった辺りと、アンデス・ツーリズムの登記上の本社は近かった。

当たりをつけ、日曜日には早朝からアンデス・ツーリズム近辺を手始めに、段々と外に車で流した。

途中からは、品川の女医さんに治療を受けた猿丸が合流してふたりで探った。

猿丸は幸いにも打撲だけで、骨に異常はなかったようだ。

「大正解っすね」

「ああ。そうだな」

アパートの駐車場に、無造作に停められたあのナンバーの軽を見つけたのは、鳥居の作業開始から七時間後の昼過ぎだった。

すぐに猿丸のスジだというネット主体の大手仲介業者の男を宥《なだ》め賺《すか》し、最後には脅して今いるマンションの一室を借りた。

ついでに情報を聞けば、斜向かいのアパートは老朽化が激しく、入居部屋は知る限り、たぶん三部屋だけということだった。

たぶん、の理由は、

――あそこのオーナー狡賢《ずるがしこ》いって言うか、セコいんで、最近は自分で勝手に契約しちゃってるみたいです。もちろん違法ですけど。だから胡散臭《うさんくさ》いのも入居するみたいで、余計不人気になっちゃって。

ワンフロア七部屋として、二階と三階で十四部屋。

一階は、狙いの角部屋の真下に陣取る小汚い中華屋だけで、あとは空き店舗だけだ。

この中華屋の親父が、アパートのオーナーだった。

換気扇から吹き出す油の煙が、角部屋の壁にこびりついて黒い染みを作っていた。

換気扇のカバーは、昔あった跡があるだけで、今はない。

三部屋それぞれの住人のことは、飯を食いに中華屋に入り、店主兼オーナーの親父からそれとなく聞き出した。

猿丸とふたりでチャーハンとラーメンを食って褒め、持ち帰りで焼き餃子《ギョーザ》と春巻きと焼売《シューマイ》の六人前ずつも頼めばすぐだった。

「日本語がわからねえかたどたどしいかの連中ばっかりだね。角の奴らは先月内から入ってるよ。人数は知らねえ」

人相風体も、怪しまれない程度に出来る限り聞き取った。

このチャーハンとラーメン以降、餃子と春巻きと焼売で食いつないで今朝になった。

特に大きな動きはまだなかった。

昨日までに出入りの人間の顔は確認した。中華屋で親父に聞いた人相風体からも、数自体は合っていた。

その中のふたりを、土曜の天然パーマとハーフヘルメットだと猿丸が断定した。だから、写真もすぐに押さえた。

ただ、ふたりは順番に出入りを繰り返し、部屋が留守になることはなかった。食事のときもだ。

三人目、あのフルフェイスはまだ、一度も現れなかった。

この火曜からは交代制にする予定だったが、昨日の月曜、猿丸は昼過ぎから外出した。ひっきりなしに掛かってくるひとりからの電話に閉口した結果だった。

「いいって。行ってこいよ」

「そうっすか。すいませんね」

バイクの後始末と支払いについて、らしい。

すいませんと猿丸は言うが、これも作業のひとつ、業務のうちだ。

「まあ、たしかに廃車は間違いねえくらいグチャグチャで。金じゃねえって偉そうに怒ってんすけど、あいつの場合、そりゃあ、つまりは金ってことっすから」

そんなシュールなことを言って、猿丸は新宿に出掛けた。

交代の時間は、この日の夕方五時頃と決めた。

だが、

「うぉっす」

と、猿丸が姿を見せたのはなぜか昼前、十一時頃だった。

手にコンビニの袋をぶら下げていた。温めた弁当とインスタント味噌汁がふたり分だった。

有り難かった。

焼き餃子と春巻きと焼売がまだあった。

というか、もう喉を通らなかった。

「なんでぇ。えれぇ早いじゃねえか。交代は夕方五時過ぎのはずだぜ」

「あれ。そうでしたっけ?」

弁当を並べながら猿丸は空っ惚けた。

「そうでしたっけじゃねえよ。おい、なんの魂胆でぇ」

「魂胆もなにも」

インスタント味噌汁に湯を注ぎ、猿丸はテーブルに置いた。

「七夕じゃないっすか」

「ああ?」

「愛美ちゃん、短冊作ったんでしょ」

「ん? ああ」

たしかに、日曜に焼き餃子と春巻きと焼売を食いながらそんな雑談をした。

――愛美の野郎、短冊によ。七夕の夜は、お父さんとお母さんと廻らないお寿司、だってよ。

それを覚えていたようだ。

「昨夜は徹夜でしょうが。もう歳なんだから、早めに帰って寝て、すっきりしねえとね」

猿丸は、窓の外に斜向かいのアパートを見下ろしながら味噌汁をすすった。

「廻らないお寿司に行っても、自分の目が回っちまっちゃあ、洒落にもなんねえでしょう。愛美ちゃんが可哀想だ」

「そりゃあ、まあ、よ」

心遣いに楯突く口は、この歳になるともうなかった。

かえって情には、どえらく涙もろい。

涙腺が怪しいのを隠すよう、鳥居は味噌汁のカップに顔を近づけた。

「おっと」

猿丸が瞬転して硬質な声を上げたのは、そのときだった。

鳥居は顔を上げた。

猿丸は、公安の顔になって斜向かいのアパートに冷ややかな目を向けていた。

六

猿丸が見下ろした先に、鳥居も無言で視線を向けた。

ターゲットが初めて、そろって外階段を下りて来るところだった。

向かったのは遠方ではなく、一階の中華屋だった。

昼飯を食いに出たようだ。

「チャーンス。どれ」

猿丸は動き出そうとした。

「おい」

鳥居は呼び止めた。

「迂闊《うかつ》なことはすんなよ」

「迂闊じゃないですよ。中華屋ならここから丸見えじゃないっすか。それに、だいたいあのアパート、人の出入り自体がほとんどないっしょ」

たしかに入居が三部屋で、そのうちひと部屋がテロリストでは高がしれている。

この二日間ほどの確認でも、住人以外で階段を上ったのは、中国語を話す男が三人と、バックパッカーのような白人がふたりだけだった。

夜になっても明かりが入るのはふた部屋だけで、テロリストたちの部屋は目張りでもしてあるのか、明かりが洩《も》れることはなかった。

「間違いないでしょ」

猿丸は首を鳴らした。

戦闘準備、といったところだ。

「でもまあ、念には念を入れますんで。ちょっとだけ手伝ってください」

「仕方ねえな。じゃあ、俺はよ」

鳥居は中華屋の先、アパートの空き店舗の辺りを指差した。

「あすこの自販機の辺りから、店ん中を窺《うかが》っとく。なんかあったらすぐ教えるわ」

「了解っす。ま、チャッチャと済ませますんで。んで、七夕へＧＯってね」

猿丸は黒いプラスチックケースを手に取った。

様々なピックとテンションの入った、いわゆる解錠道具だ。それをワンショルダーのボディバッグに入れ、猿丸は先に立って共用廊下へ向かった。

「気をつけろよ。相手ぁ、テロリストだってこと忘れんなよ」

鳥居も、自分のショルダーバッグを担いで猿丸に続く。

「へへっ。分かってますよ」

アパートの外階段を上る猿丸をそれとなく確認し、鳥居はいったん中華屋を通り過ぎた。

自販機の前に立ち、バッグの中から小銭を探す振りをしながら周囲に目を配った。

車二台は行き交えない路地だ。

左右、見渡す限りに、人も車も皆無だった。

自販機の前から、さりげなく中華屋の中の様子をうかがった。

上手い具合に、店内の大部分がそこから確認できた。

天然パーマともうひとりのテーブルに、親父が醬油の薄いラーメンを運ぶところだった。

携帯にイヤホンをつけ、ポケットに落とすとすぐに振動と着信音がした。

——じゃ、始めます。

猿丸からだった。

「早ぇな。さすがだ」

——チョロいもんっす。

鍵を開け、部屋の中に入ったらヘッドセットで携帯をつなぐ。

それが手順だったが、外階段下で猿丸から離れて、まだ一分も経っていない。

鮮やかなものだった。

「気をつけろよ」

——わかってます。

黴《かび》臭く汚い室内。

間取りは六畳二部屋の1DK。

掃除くらいしろよ。

まず、そんな報告があった。

やがて、

——ビンゴォ。

怪しげにして得意気な声だった。

――デイパックがふたつ。どっちの中にも、着替えにくるまれたパイプ爆弾。それとパスポートと、なんだこりゃ。

「どうした」

――いえね、なんかラテンアルファベットの手紙かなんかすかね。それも自筆じゃなく、古惚けたコピーの束ですわ。所々に書き込みはありますけどまあ、大したもんじゃあ。

――いや。

紙をめくる音に続き、猿丸の尖った声がした。

――こいつぁ、爆弾の作り方。それもパイプ爆弾だ。

「なんだあ」

鳥居も目を引き剝いたそのとき、中華屋の中で二人が立ち上がった。

顔をしかめていた。

お気に召さなかったか。

いや、それはそうだろう。

あの親父の作るラーメンは、たいがいの人間の舌に馴染まない。

つまりは不味い。

「おいセリ。店ん中でふたりが立ち上がったぞ。会計かもしれねえ」

――ほいよ。じゃ、と。二個は面倒だから、全部デイパック一個に詰めるわ。重てぇけどね。

「なんでもいい」

鳥居もそれとなく自販機を離れた。

階段下に向かおうと、中華屋の前を通る。

店の中ではやはり、会計のようだった。

ふたりが一列に並んでレジの前に立った。

「セリ。急げっ」

――へへっ。慌てるなって。もう出るよ。

イヤホンにドアが開く音が聞こえた。

ただし、続けて二回だ。

――ん？　あ！　て、お前っ。

隠しもしない、乱雑にして様々な音がした。

なんだかわからないが、とにかく不測の事態は間違いなかった。

「どうしたっ」

イヤホンを押さえ、鳥居は尖った声を走らせた。

――と、隣の部屋だ。隣にもうひとりっ。

「なんだとっ」

——か、勝手に部屋使ってやがった！

猿丸の声が割れていた。

意味は不明だが、おそらくスペイン語の怒鳴り声も聞こえた。

——見たことねえ野郎だがっ。さ、三人目だきっと。さっきとおんなじコピーがあるっ。くっ。ウラァッ。大人しくしやがれっ。

格闘になったようだ。

だが、鳥居は動けなかった。

中華屋から出てきた二人が、階段の前に陣取るような鳥居を見て警戒心を露《あらわ》にしていた。

昼どきだが火曜日だ。商店街でもない。

路地に立つのはただ、鳥居ひとりだけだった。

男たちは使っていた爪楊枝を捨て、目に剣呑な光を灯した。

鳥居の背に悪寒が走った。

何度も見たことのある目だった。

いざとなったら、殺しでもなんでもする目だ。

(考えろ)

男たちは足早に寄ってきた。

天然パーマの方は二階を気にする様子も見せた。
（考えろ考えろ）
イヤホンからは相変わらず、猿丸と三人目の格闘が聞こえてくる。
万事休すだった。
（考えろ考えろ。考えろっ。――おっ！）
考えれば、天啓は降るものだ。
鳥居はおもむろにショルダーバッグに手を突っ込んだ。
《お前、そこでなにしてるんだ》
男たちがもう目の前だった。
近くに立つと、思うより大柄なふたりだった。
「あんたら、テロリストかい」
テロリスト、という言葉はわかるのか。
ふたりの意識が鳥居に集中した。
そのときだった。
鳥居はバッグの中から金属製の短い円筒を取り出し、上部を引き上げた。
携帯ライトの類だが、そんじょそこいらにある代物ではない。
ダニエル・ガロアのカスタムメイドだ。

《なんだ、それは》

なにも言わず、鳥居は携帯ライトのスイッチを押した。

晴れ空の陽光さえ押し返す、白い光が路地にさく裂した。

二人のテロリストは悲鳴に近い声を上げ、目を押さえてその場にうずくまった。

使い方次第だが、鳥居の携帯ライトに内蔵された超高圧キセノンランプは、推定百万カンデラの攻撃的な光を発する。

「セリ。どうだっ」

と、叫ぶような鳥居の声は、イヤホンから聞こえる猿丸の声に重なった。

――うわっ。いけねえ。メイさんっ。近くにいんなら、離れろ！

「なっ。お、おうっ」

反射的に後ろに走る。

――Ｍｅｓｓｉ・Ｈａｌａ・Ｈａｌａ・Ｒｅｌｏｊ。

イヤホンにかすかなスペイン語が聞こえた。

――なろぉっ。

ガラス窓が割れる音がした。振り返れば、角からふた部屋目の窓を突き破り、デイパックを背負った猿丸がとびだしてくるところだった。

直後に、アパートの二階が爆発した。

猿丸は音と爆風と、爆発物の破片とともに落ちてきた。

路地に落ちて猿丸は転がった。

ガラスの破片だらけだったが、猿丸は止まらなかった。

「痛ってぇぇ」

転がるたびにどこかが血を噴いた。

「セリっ」

鳥居は猿丸に走った。

視界の奥に、逃走に移った二人組を捉えたが、無視した。

そもそも鳥居の足では追うのは無理だった。

それよりもまず優先すべきは、この現状からの離脱で、猿丸の救助だった。

出来るだけ離れなければならない。

「おら」

鳥居は猿丸の左腕の下に肩を差し、渾身の力で引き上げた。

すぐに鳥居の衣服も血で濡れた。

出血はだいぶひどいようだった。左足も引きずるようだ。少なくとも捻挫《ねんざ》は間違いない。

「メ、メイさん。七夕ぁよ」

呻きの中に、猿丸は言葉を混ぜた。

心だけは、受け取る。

「馬鹿。情けねえ声出すな。七夕ぁまた来る。お前ぇが先だ」

「――へへっ。すまねぇな」

鳥居は猿丸を揺すり上げた。どうにも血で滑った。

「謝んなら、今度俺ん家《ち》来て、愛美に直接言えや」

猿丸が自分で鳥居につかまった。

それで少し、歩きやすかった。

「ああ。そうするよ」

一歩一歩、確実に離脱するのだ。

せめて大通り、日光街道まで。

「左は俺が支える。ほれ、右。――ほれ、右」

「いててっ。クソっ」

「ほれ右。――ほれ右」

「いててっ。オリャ」

上司と部下の痛々しい二人三脚は、そのあと実に、二百メートルほども続いた。

第七章　晩餐会

麻友子・モノローグ3

私が氷川義男に出会ったのは一九七二年、私が通っていたH大学を留年した、二回目の四年生の年だった。

私はこの頃もう、セクトに所属していた。氷川には出会ったと言うより、狙いを定めた結果だった。

私のセクトには、氷川と同じK里大学の女性がいた。

――爆弾を手伝わせるのに打ってつけのがいるわ。人一倍プライドが高いカッコマンで、ドスケベ。でも、頭は相当いいわ。

それで、私は氷川を誘惑した。

簡単だった。

氷川がというより、だいたいの男は簡単だ。

私が、

――ありがとう。私の愛しい人たち。

そう言えばみんな喜んで、法を犯しても頑張ってくれたし、たまに寝てあげて、

――ありがとう。私の愛しい人。

って囁いてあげれば、それこそ死を覚悟しても働いてくれた。

私はセクトで、そう言う役割の女だった。リーダーは私を魔性の女とか、人間ドラッグとか、そんなふうにも呼んでいた。

この翌年、何度目かの実験で氷川は爆弾を完成させた。ドバイでハイジャックのあった年だ。

クラッソS爆弾。

そう言えばわかる人は、今はもう警察か報道関係か、爆弾の使用当時、三菱本社にいた人くらいだろう。

私はこの事件にはまったく関わってはいないし、氷川も作るだけは作ったが、怖じ気づいてどうやらセクトから逃げ出したらしい。

「ありがとう。私の愛しい人」

ただ、このときはまだ労いの意味で、久し振りに氷川と寝てあげた。

十月だった、と思う。場所は私のアパートだった。

氷川が性急だったのと〈安上がり〉だからという理由からだったが、これがちょっと不用意だった。

氷川が帰ってすぐ、あの男がきた。

甘粕大吾と言う名の、甘粕正二。

「聞いてたよ。なあ、麻友子。そのフレーズ、俺以外には言うなよ。そうしないと、殺しちゃうぜ。他のみんなも、お前も」

この日はされるがままに、正二に犯された。

その気でするのと犯されるのは、全然違うって初めて知った。

怖かったし、痛かった。

私は翌日から、一切の消息を絶った。

実際にはセクトの、例のK里大学の女性に匿《かくま》われていた。

「国を出ないか。ペルーになら行けるルートがある。仲間の拡大を試みてみたい。ちょうどいい」

おそらく、よど号やドバイハイジャックに触発された、セクトのリーダーから提案があった。

この年、リーダーの親戚がペルーに渡ったこともいい切っ掛けだったようだ。

ペルーは南米で日本と最初に国交を樹立した国であり、リマには成功した日系人によるペルー中央日本人会があり、センデロ・ルミノソが山地の日系人学校に浸透しており、そこで巡回教師を欲しているという。

この提案に私は乗った。

いや、乗ったと言うより、また流された、が正しい。

ペルーに渡り、本当のゲリラたちを見て初めてわかった。

私は身体を使って男たちを翻弄し、傅《かしず》かせることをただ楽しんでいただけだった。

翌日に私は、私のすべてを動かすあの人に抱かれながら相談した。

その人も、

「それが一番いい。もう、人の暗部、恥部もお腹一杯だ。君がいると、これ以上はお腹を壊しそうだ。もちろん、当面の生活費などの支援はする。心配ない。行けばいい」

と言ってくれた。

その次の日、私は久し振りに和臣に抱かれた。

「なにか、心配事でもあるのか」

「ううん。言うほどのことはないわ」

強い眼で見る和臣に、私はなにも言えなかった。

和臣はただ、私にとって眩しい光だった。

私はペルー行きと、和臣との別れを決断した。

それからしばらく、

「段取りが整うまで、こっちを手伝ってくれ」

リーダーに言われて協力したのが、小冊子の出版だった。

そのうちに、私は体調の変化を感じた。

つわりだとわかったが、誰にも言わなかった。

言えば飛行機に乗れなくなるから。

堕胎も考えられなかった。

出発をいつ言われるかわからなかったから。

翌一九七四年。

私が、二月に完成した小冊子を手にイスパノアメリカ、ペルーへ向かったのは四月だった。

ペルーまでは長旅ということもあって、ついた途端、私は気分が悪くなって気を失った。

空港から直行した病院で、私は出産した。早産だった。

「あなたはもう、出産は望めませんが」

無情な言葉とともに医者に示されたのは、保育器の中で眠る、二卵性の未熟児だった。

リーダーの親戚は付き添ってくれたが、ペルーとメキシコを行き来する行商が思うほど成功せず、生活は苦しいようだった。

私も双子など、現実として育てようもなかった。

迷いながら眠る子に手を伸ばすと、多分、先回りするようにひとりが死んだ。

そしてもうひとりが、勢いよく泣き出した。

神というものを、思わざるを得なかった。

この子が、ローだった。

それにしても、これから山地に入って巡回教師になるのだ。連れてはいけない。

「ローの里親はなんとしても俺が探す。心配するな」

リーダーの親戚の言葉にローを託し、私は山奥に向かった。

——さあ、これから授業を始めます。私の愛しい、子供たち。

私は一生懸命だった。充実もした。

日本のあの人からの支援も、実質として一年ほどで連絡ごと絶えたが、気にもならなかった。私は日本ではなく、ペルーに生きていた。

それに、ペルーやコロンビアにはこの当時もう、日本から極左組織の人間やヤクザが結構来るようになっていた。

日本の情報は放っておいても手に入った。

ただ忙しさにかまけているうちに、リーダーの親戚もローも、消息がわからなくなっていた。

わからなくなるとペルーでは、探す手段はあまりなかった。

私はより一層、センデロ・ルミノソの巡回教師として日系ペルー人の子供たちに向き合い、愛した。

一九七七年には、和臣と芦名ヒュリア香織の結婚を知った。ペルーに来た日本のヤクザが、そんな週刊誌を持っていた。

私の胸は疼《うず》いた。

痛みではない。

純情可憐な文学少女の面影はもう、私にはない。私はときに、AK―47を抱えて山野を駆けるゲリラでもある。

疼きは三割の望郷と、華麗なウェディングドレスをまとった週刊誌の写真に対する嫉妬の七割だと、きちんと自己分析出来た。

私はこの翌年、それまで何度となく求愛を口にしてくれたセンデロ・ルミノソの幹部、リカルド・ロブレスを受け入れた。

多分に、和臣と香織に対する、遥かペルーの地から、ささやかな対抗だったかもしれない。

でも、これは私の運だった。

この四年後、政府軍の猛攻に晒された結果として、センデロ・ルミノソはウアンカヨ渓谷の上流にまで落ち延び、そこで巨万の富を得るに至った。

リカルドはたちまち大金持ちになり、私も十二分にその恩恵を受けることになった。

この翌年、圧倒的な力を手に入れたＳＬは政府軍を押し返して優勢となった。

私は金銭的にも立場的にも余裕が生まれた。

私は自分で銃を構えなくともよくなった。

それでふと、巡礼に出てみようかと思った。

国境を越えたコロンビアに、サントゥアリオ・デ・ラス・ラハス教会があった。中南米に名高い巡礼地だ。

リマで生まれ、そのまま亡くなった我が子。

名前さえなく別れた我が子。

そして、私の教えに従い、一人前のゲリラとなり、散っていった生徒たち。

私は、罪深い。

私は、巡礼に出るべきだ。

そのときは、そんなふうに思ったものだ。

私は巡礼に足を踏み出した。

コロンビアと国境を接する町、トゥルカン。

砂塵舞う、やけに風の強い日だったことは覚えている。
私はそこで、恩寵に与《あずか》った。
最初は遠目に一瞬だけだったが、私は我が子を見間違えない。
わずか七歳の子だったが、私はその横顔にあの人の面影をはっきり見た。
これが恩寵でなくてなんだろう。
「私もあなたを、ローと呼んでもいいかしら」
いけないわけはない。ローは私がつけた名前だ。
ローは〈狼〉。
私がペルーに渡ったそのときの理由。
南米に草の根を広げるべき、私たちの組織の名前だ。
ローは私についてきてくれた。
ローは弟の分も逞《たくま》しく、元気に育ってくれた。
夢のような毎日だった。
けれど、別れは突然やってきた。
二年後、ローは日本に行きたいと言い出した。
悲しかったけれど、私は承諾した。
ペルーでのSLの活動は今や燎原《りょうげん》の火のごとくで、いずれ国をひっくり返すところまで来ていた。

日本ではもう、内ゲバばかりを繰り返す革命運動は下火らしい。東大紛争も日大闘争も遠い昔。

パルチザンのヘルメットは部室の奥で粗大ゴミ扱いだと、ペルーに来た日大出身の商社マンが教えてくれた。

けれど、私の母校ではまだ、細々ながら極左の自治会が活動しているという。

だから、まだ火種はあった。

火種が熾《お》き火を作って燃え上がれば、やがて燎原の火のごとく広がるだろう。

今の自分たちが、ＳＬが実証している。

だから――。

ローには、ローのためだけに手を加えた、そのとき最新の教科書を与えた。

〈Ｈａｌａ・Ｈａｌａ・Ｒｅｌｏｊ〉

最後のページ、それが鍵。

そして、

「行くなら、遺髪も持っていってくれる？」

名もなき我が子にしてローの弟の、ほんのわずかな、産毛のような遺髪を託した。

「あなたの旅は、私の巡礼。そして、あなたの巡礼」

ローは小首を傾げたが、私の教科書を読み、もっと大人になればいずれ分かるだろう。

私は、この手に掛けた我が子への贖罪《しょくざい》。

ローは、その犠牲の上に生きながらえた命の贖罪。

それが、私たちが辿るべき巡礼の目的。

一週間ですべての手配を整え、私はローを送り出した。

ローにとっては、初めての日本。

でも私は、なんの心配もしなかった。私が教えた生徒の中で、親の贔屓目ではなく、ローはかなり優秀な生徒だった。

ときおり送られてくるローからのエアメールを楽しみに、私はペルーに生きた。

そして、リカルドの死という哀しみを経、莫大な遺産を得、スペインに渡った。

サンティアゴ・デ・コンポステーラの巡礼路。

聖ヤコブの遺骸があるとされるカテドラルへの旅は、ローマ、エルサレムと並んでキリスト教三大巡礼地と言われ、スペインへ渡る私の大いなる動機付けにもなった。

スペイン・ガリシア州の州都、サンティアゴ・デ・コンポステーラを目指す巡礼は、フランスからピレネー山脈を越え、スペイン北部のイベリア半島を横断する行程で最長約八百キロに及ぶ遥かな巡礼路だった。

スペインへ渡ってすぐ、私はこの巡礼路に足を踏み出した。

リカルドの死を含む、多くの仲間たちの死、生徒の死を悼む旅路だった。

充実した巡礼になった。

そして、この巡礼にはまた、私にとっては恩寵があった。

神は巡礼路に立つ私に、必ず恩寵を下された。

小日向和臣が妻香織と次男純也を連れ、外務省の一等書記官としてカタールに駐在しているということを、知ったのだ。

情報をくれたのはイスラムシーア派、〈イランの工作〉のメンバーだった。

スペインで私が協力しているETAは、指導委員会（Zuba）の下、収用準備部門が武器売買で多くのイスラム過激派グループとつながっていた。〈イランの工作〉もそのひとつだった。

聞いたのはペルーの山奥ではない。スペインのアンダルシアの、輝く太陽の下だった。

私が尽くした日々から約二十年のときを経て、和臣が手の届くところにいた。

私には時間もお金も、十分にあった。

小日向ファミリーの情報を欲し、自らカタールに入ることも何度かあった。

大使館員とも密かに接触した。

カタール人は、多少のカタール・リヤルをつかませるだけでなんでも教えてくれた。

日本人駐在員では、大使も参事官も警戒心に薄い、言って見ればクズだった。唯一、矢・

崎啓介という武官が手強そうだった。

矢崎に気をつけながら、私は何度も和臣を遠望した。

一度だけ、涙が出た。

二十年という時間を、私は和臣に感じなかった。

冴えた目の光は往時のまま、まるで変わっていなかった。

それにつけても――。

幸せそうにいやらしい、香織の存在が鼻についた。

腐臭すら放って我慢できなかった。

私は一計を案じた。

イランのイスラム過激派は、米国と通じる湾岸協力会議（ＧＣＣ）の六カ国（ＵＡＥ・バーレーン・クウェート・オマーン・サウジアラビア・カタール）に恨みを持っていた。

一九八七年後半から入念に、私はＥＴＡを通じ、いくつかのイスラム過激派と計画を練った。〈イランの工作〉も入っていた。

一九八八年三月、六カ国同時多発テロを主導したのは私だ。

カタールは、私に一番最初に和臣の情報をくれた〈イランの工作〉に任せた。

――小日向和臣は殺さないで。小日向香織は確実に殺して。その子供も。

〈イランの工作〉は見事に、笑うほど真半分の成功を収めた。

和臣は生き延び、香織は死に、純也は生死不明。

純也が日本に生還するのは、この四年後のことだ。

その後のことは、あまり知らない。

私の小日向ファミリーに対する興味は、香織の死で完結したようだった。

それから、私はスペインで静かに生きていた。

携帯電話が発達し、あまり動かなくても情報も、ローの声も聞けた。

最高の男、小日向和臣が内閣総理大臣になったのも知っている。

初めての彼氏、滝田信広が最高裁判所長官になったのも知っている。

当時敵対した日学同から引き抜くために誘った里村直樹が、W大理工学部の教授になったのも知っている。

そうして――。

あの人、鎌形幸彦が防衛大臣に就任してしまったことは、ローからの連絡で初めて知った。

笑った。

笑えた。

だって、私はローに与えた教科書の最後に書いた。

九人の男の名前を列記した後に、

〈今の日本では、司法・立法・行政の三権は分立しない。世界から見ても、するとしたら司法・立法行政・軍隊ね。だからもし九人の中から三人が同じ時期に、司法の最高裁長官、立法行政の総理大臣、軍隊の防衛大臣に揃ったら奇跡ね〉

そんな鍵を掛けた。

私は、ひとり遥かな地にいる自分が、もしかしたら呪わしかったのかもしれない。日本で爆音も火薬の匂いも銃弾の嵐も知らず、のうのうと生きているみんなが羨ましかったのかもしれない。

カタールのテロも、その延長だったかな。

それで、鍵を掛けた。

〈三権〉にしたのは気紛れ。

いえ、半分は本気。

最初の彼、滝田は本当に頭がいい人だった。その分ドライだったし、誰に対しても口の利き方はなってなかったけど。

十九歳で司法試験に通ったし、最高裁長官も夢ではないって、確実だって周り中が言っていた。

鎌形は鎌形で、最初から私を餌にして甘粕に近づけ、強請《ゆす》りのネタを拾おうとしてた。

Dクラスを提案したのも鎌形。甘粕兄弟を引き込もうって。

そのために活動に援助もしてくれた。親子で。

そうして甘粕製薬をバックにつけて、都議の家から国政の中心に成り上がるって言ってた。総理を目指すと。

だから私の中では、絵空事じゃなかった。

でも、私を一番翻弄し、蹂躙《じゅうりん》し、道具に使ってくれた鎌形が最後の鍵なんて、本当に笑えた。

総理じゃなかったし。防衛大臣だって。

笑えた。

笑うほどの有り得ない確率。

笑えて泣けた。

それこそ運命。哀しいほどの道化話。

私がローに託した〈滅私・Hala・Hala・Reloj〉の最後のページの最後の行。

〈奇跡が起こったら、それは鍵。

　革命の扉を開けましょう〉

笑えて泣ける。泣けて笑える。笑って、笑って、泣いて泣いて泣いて泣いて……。

革命なんかどうでもいい。

私の心と身体の上を通り過ぎていった九人の男たち。

全部消えて、いなくなってしまえ。


ロー、あなたの使命は重大。

私はまた、これから巡礼の旅に出る。

サンティアゴ・デ・コンポステーラ。

九人と、もしかしたらロー、あなたのためにも私は祈る。

そうして――。

今度はどんな恩寵に出会えるかしら。

ロー、よろしくね。

もう会えないかもしれないけれど、私もそのうち、あなたとあなたの弟の元に、きっと会いに行くから。

一

この梅島での爆発とちょうど同じような時刻、純也は公安部長室のドアをノックした。

長島にこれまでの経緯を報告する。

そこに鳥居から連絡が入ったのは、経緯に憶測や推論まで交え、報告をし終えた頃だった。

公安部長室など、あまり長居したい場所ではない。

早々に退散しようと、ソファから腰を上げた瞬間だった。

少し気が緩んでいたと言えば、緩んでいた。

「えっ！」

やけに息の上がった鳥居の声は聞き取りづらかった。

それで、話のいきなりな展開に虚を突かれた感じだった。

さすがに、純也も驚愕を隠せなかった。

「わかった。セリさんをよろしく。あ、自分も気をつけて」

通話を終え、天井を睨む。

長島に、いつものはにかんだような笑みを向けるまでには、そのまま二十秒ほどの時間が掛かった。

「部長。また少々、お手を煩わせることになりました。今――」

待て、と長島は手で制した。

居住まいを正し、大きく息を吐く。

「なんですか。それ」

純也は苦笑したが、長島はいたって真面目だった。

「心の下拵《したごしら》えだな。万事に通ずる、武道の心得というものだ」

そもそも匪石だ。長島に遊びはない。

「お前が驚くほどのことを、構えもなくノーガードで聞いては、老骨は心身共に保ちそうもないからな」

純也は肩をすくめた。

「どうにも、部長との付き合いも長くなったと言うことですね」

「その分、貸しも加速度的に増えていると言うことでもある。そのことを忘れるなよ」

「いっそ、光の速さを超えてみましょうか。虚数世界では貸しが借りに反転するかもしれませんせん」

「つまらん冗談だ」

「はい。つまらない冗談です。さて、時間はあまりありません」

純也は本題を切り出した。

七人目の自爆。

ふたり組の逃走。

次第に、長島の目に光が灯った。

喉の奥に唸りのような呼吸もあったが、それだけだ。

さすがに匪石だといえる。

遊びはないが、狼狽《ろうばい》もない。

「そうか」

言った後、長島は椅子に沈んで暫時天井を振り仰いだ。

張り詰めたような静けさの中で、長島が考えるのは、後処理に関する手順とルートだろう。

安心して、純也は黙った。

黙って、ただ待った。

この辺の呼吸も、積み重なってゆく貸しの中に腐るほど埋め込まれている。

当然、椅子の軋みとともに平生に復した後の長島は早かった。

「やっておく」

メモを引き寄せつつ前室の金田を呼び、自身も受話器を取り上げた。

この後に、憂いも純也の出番もない。

一礼して部長室を後にし、純也はそのままJ分室に戻った。

「お帰りなさい」

恵子と、マリーゴールドの花だけが迎える分室だった。

「なんか、セリさんが爆弾と絡んだようだ」

恵子は小首を傾げた。

次の言葉を待っていた。

生か、死か。

「怪我だけで済んだようだ」

「そうですか」

恵子はマリーゴールドに負けない笑みを見せた。

「精算分の経費、預かったままですから」

冗談か本気かは、微妙なところだ。

曖昧に笑い、純也は恵子にコーヒーを頼んだ。

それから約、四時間が過ぎた。

陽が傾き始めて、鳥居がひとりで帰ってきた。柄にもない大振りのデイパックを背負っていた。

よっこらせと、本当に年寄りじみて鳥居がそれをテーブルに下ろした。

「十本もあると、さすが重いっすわ」

「お疲れ」

純也はデイパックを自分の方に引き寄せた。

「セリの奴ぁ、現場から離脱してそのまま、品川の病院に放り込んどきました」

「品川？　ああ、あの女医さんの所だね」

品川の病院と言えば、特定機能病院にも指定されている、S大学付属病院のことを指す。

猿丸のスジというか、女友達の整形外科医がいる病院だ。

たしか八木千代子《やぎちよこ》と言ったかと思うが、人のスジなので本気には覚えていない。

「いやあ。参りましたよ。もう身体が痛ぇのなんの」

鳥居は自分の肩を叩きながら報告を始めた。

命ギリギリの戦いを経、猿丸の命に別状もない今となっては、話はテロの実行犯についてだが、どうしてものんびりとしたものになる。

それでいい、と純也は思う。

緊張と弛緩は表裏一体だ。状況に合わせてクルクルと動く。

恵子が笑いながら、鳥居の前に淹れたてのコーヒーを置いた。

「もう若くないんですから、アクション俳優みたいなこと、しないでくださいね」

「俺じゃねえよ」

鳥居はコーヒーカップを手に取った。

「アクション俳優の真似事したなぁ、セリの奴だ」

「どっちもです。どっちももう、わ・か・く・ありませんから」

「へいへい」

仏頂面でコーヒーをすすり、アチチと喚いて鳥居は前屈みになった。

「ほら。注意一秒、怪我一生、ですよ」

そろそろ定時に近かった。

恵子はゆっくり帰り支度を始めた。

「じゃあ、さて。こっちに掛かろうか」

純也はデイパックの中から、ひとまとめになった筒状の物を取り出した。

手に持ったまま、しげしげと眺める。

「ふうん」

短く切った、鉄製の筒のひと括《くく》りだった。

「爆弾としては雑だけど、威力に問題はないか」

「え」

聞き咎《とが》めたのは、帰り支度の恵子だった。

「爆弾って、本物ってことですか？」

「うん。パイプ爆弾。本物」

「まあ」

さすがに恵子ちゃんも、口に手を当てて後退った。

「おっと恵子ちゃんよ。大丈夫。信管は抜いてあっから」

鳥居が、純也から現物の爆弾を受け取って雑に弄んだ。

大丈夫のポーズだろうが、恵子の眦《まなじり》はやや吊り上がった。

「そういう問題じゃなくて。分室内にまで、持って上がってくるような物じゃないと思いますけど」

「おっとっと。藪蛇《やぶへび》かい」

鳥居は頭を掻いた。

「ははっ。そういえば病室のセリさんも、この間、山梨から引き上げてきた例のＣ４をそのまま部長室に運んで、金田さんにずいぶん怒られたみたいだね」

笑いながら、純也はデイパックの中からさらになにかを取り出した。

古ぼけた紙の束だった。原本ではない。

コピーのようだ。

二セットあった。

ひと束を取り上げ、純也は表紙を眺めた。

子供がマジックで殴り書きにしたような絵。デザイン。

「いや、違うな」

筆記体のアレンジにも見えた。ならば、手製の文字か。

「そうか」

読もうと思えば、

〈Ｈａｌａ・Ｈａｌａ・Ｒｅｌｏｊ〉

読めなくはなかった。

そう思ってＭｅｓｓｉを探せば、向かって左上の、消え掛かった滲みのような部分が気になった。

「これは――」

理解した瞬間、純也は表情を引き締めた。

「ふうん」

それは、鳥居にも恵子にも分かるほどの変化だったろう。部屋の空気を硬く凝らす質のものだ。

鳥居がかすかに喉仏を鳴らした。

「じゃあ、主任。私、お先に失礼します」

おそらく邪魔しないよう小声で頭を下げ、恵子がショルダーバッグを肩に掛けた。

戸口へ向かう足音に、

「ん？　ああ。大橋さん」

思い出したように純也は顔を上げた。

本当に、思い出したのだ。

心は数瞬、分室になかった。

「はい？」

細い声で恵子が返事をした。

振り返ることはなかった。

「今日は――」

純也はそんな言葉から口を開き掛け、途中でやめた。

恵子が一瞬、透き通ったような気がしたからだ。

消え入る気配は哀しみと、寂しさだ。

純也は指を鳴らした。

「うん。そうだった。今夜は七夕だったね」

出来るだけ陽気に、出来るだけ、軽く。

「――そうですね」

恵子は肩口から柔らかな笑みを振り、もう一度会釈して分室を後にした。

二

恵子が廊下に出て、ドアが閉まった。

「メイさん」

ヒールの靴音がまだ聞こえる中に、純也は鳥居の名を混ぜた。

「へい」

待ち構えていたように、鳥居はドーナッテーブルに身を乗り出した。

公安マンの顔だった。

だが――。

「メイさんも、今日はもういいよ」

紙の束から目を離すことなく、純也は言った。

変な間が空いた。

「へ?」

鳥居が理解に要する時間だったろうが、いやに長かった。

「いやいや」

それほど、意表を突かれたということだろうが。

「いやいや。そいつぁねえ。分室長、ねえですよ」

「七夕じゃないか。愛美ちゃん、待ってるんじゃないのかい」

「とんでもねえ。滅相もねえ」

鳥居は激しく手も首も振った。

「セリもあんなんなっちまったヤマです。なんにもしねえじゃ、それこそいられませんや。なんかしねえと」

「じゃあ、そのパイプ爆弾。今から地下の保管庫になんとか押し込んで。それで帰っていいよ」

「え。い、いや。そりゃ勘弁です」

いきなり鳥居の語気が緩んだ。

「なに？　なんかしないとって言ったのはメイさんだよ」

「すいません。俺ぁ地下の、あの内山ってえ警部補が苦手で」

保管庫の主幹は刑事部刑事総務課だ。

内山はそこに、サイバーから移ったばかりの警部補だった。

「Ｍｅｓｓｉ」

純也はいきなり、例のスペイン語を口にした。

「な、なんですね」

「Ｍｅｓｓｉ」

もう一度口にして、顔を上げた。

その口辺には、いつもの笑みが浮かんでいた。

実に楽しげだった。

「メイさん。ここにね、そう書いてあるよ」

純也は自分が手にしたコピーを掲げ、表紙の向かって左上を指し示した。

「そっちの、メイさんの近くにあるコピーの方にもね」

「えっ」

鳥居はもう一部のコピーに目を凝らし、純也の手の表紙と見比べてすぐに、

「あっ」

と、驚きを口にした。

鳥居もわかったようだった。

表紙の、左上。

マジックの殴り書きよりはるかに小さな滲みは、毛筆のようなもので後で書き足されたものか。

文字の名残。

そんな先入観で見れば、漢字として読める形だった。

〈滅私〉

間違いなく、そう読めた。

Ｍｅｓｓｉはおそらく、滅私。

当たりだろうと、純也は直感した。

「本当っすね。薄くって。いやいや、それじゃすまねえ。迂闊でした」

鳥居は頭を下げた。

純也は首を振った。

「いいや。これは、読もうと思わなければ読めないものだよ。デザインだと思うと、見てしまうからね」

「はあ。そういうもんですかね」

そういうものだと言って、純也はコーヒーメーカに向かった。

「Ｍｅｓｓｉ・Ｈａｌａ・Ｈａｌａ・Ｒｅｌｏｊは、呪文でもなんでもない。Ｈａｌａ・Ｈａｌａ・Ｒｅｌｏｊはこのコピー、正確には教本かな。そのタイトルみたいだ。〈滅私〉の方はそう、サブタイトル。いや、特別とか、読本とか、夏号秋号とか。あるいはキャッチ、そんな意味合いがあるのかもしれない」

「そうなんすか。なんたって、読めませんので」

「だよね。ざっと目を通したけど、僕にもすぐにはわからない言葉や用法が多かった。スペイン語はスペイン語だろうけど、ペルー訛りというかな。だから、読みたいんだ。じっくりと」

ということもあって、ひとりにしてくれないかと純也は続けた。

「そういうことなら。——でも、集中すりゃ読めるもんなんですか」

読める、と言いながらコーヒーをカップに注ぎ、

「と、メイさんも願って欲しいものだね」

「へ？」

短冊、と純也は続けた。

「愛美ちゃんにも、この際だからお願いして欲しいね」

鳥居は照れたような顔で笑い、

「じゃあ、お言葉に甘えて」

帰ると決めたら、その後の行動は軽かった。

結局、パイプ爆弾はドーナツテーブルの上に置かれたままだった。

純也はひとり、〈滅私・Ｈａｌａ・Ｈａｌａ・Ｒｅｌｏｊ〉を読み耽った。

脇目もふらずその場から動くこともなく、五回は読み返した。

逆に言えば、五回も目を通さなければ、理解が出来ない箇所があったともいえる。

言葉や用法だけではなく、汚れや古さからくる薄さも、単なるスペイン語を難解難読なものにした。

次に顔を上げたのは、たしかまだ明るかったはずの外に、まったくの夜が広がってからだった。

書いてあること、書き加えられていることのすべてを純也は、理解した。

ワードキーやターゲットの姓名など、読んだだけではわからない細部は残るが、少なくとも、

〈藤代麻友子は運命のワードキーというものに従い、九人の若いテロリストに自爆の使命を与え、同数の男を抹殺するために日本に住む自分の子供、ローの元に送り込んだ〉

ということだけはわかった。

それにしても――。

藤代麻友子の人生は数奇だった。

それにしても――。

「ははっ。参ったね。僕の人生も関わっているとは」

自分の人生も、また数奇だ。

純也は窓辺に寄った。

Ｍｅｓｓｉは滅私。

Ｈａｌａ・Ｈａｌａ・Ｒｅｌｏｊは同様にして、〈ハラハラ時計〉。

そのまま読めばよかったのだ。

藤代麻友子という日本人が書いた物だということがわかれば、自明だった。

すなわち、東アジア反日武装戦線〈狼〉が地下出版した教程本、〈腹腹時計〉の捩《もじ》りだった。

藤代麻友子の遊び心だ。

そもそも大本《おおもと》の〈腹腹時計〉が、ハラハラドキドキの意を含んでいる。

――へっ。なんすかそれ。下らねえ駄洒落ですか。

猿丸辺りならそんなことを言うに違いない。

だが、遥かな母国語を下らない駄洒落に織り込む遠望は重い。

「参るほどに、けれど、面白い。数奇だ。数奇にして、滑稽だ」

腹腹時計は若さに任せた、言うならば持て余す若さの取り扱い指南書だ。

対して〈滅私・Ｈａｌａ・Ｒｅｌｏｊ〉は、藤代麻友子という、学生運動家たちの持て余す若さに翻弄された女の、愛憎の記録に等しい。

「愛するほどの憎しみ。憎むほどの愛。過去の欠片《かけら》、集めて今の形。転変、流転、転換、か」

純也は深く深く、思考を沈めた。

なにが正で、なにが悪。なにが聖で、なにが邪。

森羅万象に、全きことなどなにひとつない。

すべては、狂おしいほどに個のわがままだ。

そのとき、純也の携帯が振動した。

公安第三課の剣持からだった。

頼んだことの結果だ。

手当たり次第に網羅と頼んだが、それなりに絞ってあった。

六人だった。

一を頼んで十を得る結果だ。

使える。

だから使っている。

「有り難いね。優秀なスジは。――さて」

時刻は、九時を回っていた。

携帯から今のデータと簡単な指示を鳥居に送る。

〈順番に接触。藤代麻友子とのことを。寝たか。それだけ〉

スマホをポケットに仕舞い、純也は帰り支度を始めた。

パイプ爆弾のデイパックを背負う。時間的に、地下の保管庫はもう無理だろうと諦めたからだ。

少なくはなったが、J分室は未だにときおり盗聴器が仕掛けられる部屋だ。さすがに爆弾は置きっ放しには出来ない。

「少し、遅くなったけど」

この夜は、恵子がホテルで待っているはずだった。

いっそのこと――。

遅くなるか、行けなくなるか。

その躊躇、逡巡が、恵子の帰りしなの短いやり取りだ。

正確には食事からのはずだったが、予定は狂った。

狂ったが、やはり行かないわけにはいかない。

七夕の夜なのだ。

牽牛《けんぎゅう》と織女《しょくじょ》。

鷲座のアルタイルと琴座のベガ。

自分は恵子にとって、アルタイル足り得るか。

「いや。僕は、デネブだな」

白鳥座のデネブ。
夏の大三角。
羽を広げて織女を渡す。
カササギとも言い、鴉《からす》とも言う。
夜の鴉は間違いなく自分に相応しい。
パイプ爆弾を抱えたカササギも、なんとなく笑えるから許容範囲だ。
爆弾を抱えて橋を架け、恵子をさて、どこに渡す。どこで壊す。
分室を出ようとすると、鳥居からメールの返信が来た。
返事とともに添付があった。
鳥居に肩車された愛美が、頼んだ短冊を手に持って笑っていた。

三

翌夜、七時半過ぎに目的地について、矢崎はタクシーを降りた。
隅田川に架かる厩橋《うまやばし》の近くだった。
川風が爽やかに吹き抜ける晩だった。
来週中にも梅雨が明けると、この日の午後には発表があった。

「うん。いい月だ」

夜空にまだ月はないが、星の瞬きが綺麗な晩だった。

「お待ちしておりました」

矢崎のすぐ近くで慇懃《いんぎん》に腰を折ったのは、KOBIXミュージアムに併設されたレストランの総支配人、前田《まえだ》だった。

「お世話になります」

この夜、矢崎が目的としたのはこの、ミュージアムのレストランだった。

甘粕大吾の社葬の席から、この日この夜のこの場所を、小日向総理に指定されていたからだ。

「和臣様はもう、お着きになっておられますよ」

老支配人は静かに言った。

小日向総理を、前田は和臣様と呼ぶ。それくらいに前田と和臣は近しい間柄だ。

なんと言っても前田は和臣と香織の、未だに語り種《ぐさ》になる盛大な結婚式を取り仕切った男だった。

「そうですか」

矢崎は腕時計を確認した。

約束の時間は、午後八時だった。

「ずいぶん早いご到来ですね」

「それだけお忙しいのでしょう。忙しすぎると、時間は空回りするものです。動く後ろを用事が追い掛けてくる。そんなイメージでしょうか」

「なるほど。納得です」

「年二度の晩餐会《ばんさんかい》も、和臣様はたいがい一時間程度前にはいらっしゃいます」

年二度の晩餐会とは、レストランの貴賓室で催される、小日向一族の主だった者達が集まる会食のことだ。

芦名春子や、もちろん和臣や純也も呼ばれ、たまにゲストが呼ばれたりもする。

甘粕大吾や鎌形幸彦も何度かのゲストだったと聞く。

「では、こちらへ」

前田は微笑んで先に立った。

一時間、と前田は言った。

この夜も和臣はそのくらい前に入ったのだろうか。

それからおよそ四十分弱。

この老支配人はどこにいて、矢崎の到着を待っていたのだろう。

少なくともタクシーを降りたとき、前田はエントランスの外に立っていた。

一流ホテルの支配人でも通用する、いや、実際そんなホテルの総支配人を何人も育てたという前田の立ち居振る舞いは、矢崎をして脱帽させた。

そもそもこのレストランは、ミュージアムに併設と言っても格調は驚くほどに高い。

ＫＯＢＩＸが海外からの顧客の業務接待に使う、いわゆる迎賓館の役割を担っているからだ。レストランのシェフも当然、系列のホテルの調理部から生え抜きが回される。

ＫＯＢＩＸの前身である小日向重化学工業創業の地に、企業メセナとしてミュージアムが建設されたのは、一九九一年のことだ。

バブル期、日本の主要企業にとってメセナは必須事業だった。

ＫＯＢＩＸも企業メセナには積極的で、建設されたミュージアムは実に、美術館のほかにコンサートホールや多目的会議場まで持つ豪華なものだった。

今でもＫＯＢＩＸと、それこそトップダウンの商談をするために来日する各国要人や政府関係者との会食に、このミュージアムのレストランは重要な役割を担っているという。

だからというわけではないが、

「相変わらず、静かなものですね」

エントランスから中に入ると、大理石の床に靴音が高く響いた。

響くほどに、静かだった。ざわつく感じが一切ない。

たとえこの晩のように、総理大臣が臨席していたとしても、だ。

総理警護のＳＰはもちろん、ゼロではない。どこかしらに配置はされているだろうが、目立たないようにして員数は最低限だ。

ミュージアムのレストランを、和臣は頻繁に利用する。

が、それはKOBIXが自身の出身母体だからと言う利益誘導などでないことは、同席の誰にも周知のことだった。

手慣れたKOBIX側の綿密にして周到な警備計画のこともある。

民間活用、と表向きにはそんな理由もつけられたりするが、実際には主の理由ではない。

招待客の誰もが文句ひとつ言わず、党関係者も官邸もなにも言わず、SPでさえ黙る最大の要因は、この施設が非公開の核シェルタを地下に持つということだった。

暗証コードその他は原則非公開だ。SPにも知らされてはいない。

それらは有事の際の避難場所として、民政党の閣僚経験者にのみ伝えられていると言い、彼らがプライベートでもこのレストランを利用するという事実が、すべてを物語っているという噂が政界雀《すずめ》の間では専《もっぱ》らだった。

「今宵は夜空が見事なもので、テラスにお席をご用意させて頂きました」

前田は矢崎を左手に案内した。

このレストランには一般席と貴賓室の他に、隅田川沿いに出られるテラス席があった。四テーブルだけの小さなテラスだが、川の流れが聞こえるほどの近くで、使ったことのある人には人気らしい。

「どうぞ」

前田はテラス席への出口で、矢崎に場を譲った。

「どうも」

矢崎は一礼して外へ出た。

川が近い分か、車寄せよりも風が冷たく感じられた。

小日向和臣が、出入り口から一番遠いテーブルに、隅田川を背にして座っていた。

少々のオードブルで、ワインを呑んでいた。赤ワインのフルボトルがテーブルに載っている。

矢崎が近づくと、和臣はワイングラスを掲げた。

「こういう話は、多少の酒が潤滑油になる。そういうわけで、先に失礼している」

「いえ。砕けた話こそ、今日の私の役割のようなので」

「と、いうことになるな。だから手酌だ。この際、マナーは度外視で行こう。無礼講、という奴だ」

「了解しました」

対面に座ると、すぐに前田がグラスを整えてくれた。

が、前田のサーブはそこまでだった。

「本日はワンプレートで、と和臣様から承っております。当レストランも新しい試みとして、お受けいたしました。ご堪能いただける出来栄えであれば、幸いです」

そうして恭しく腰を折り、去った。

入れ替わるようにホールスタッフが料理を運んだ。

実際には大プレートに小プレートもついてきたが、どれも目に鮮やかで、冷めても味が劣化しなさそうなものばかりだった。

「さて、大して味わいのある話ではない。美味い物を食いながらにしようか」

和臣はナイフとフォークを取り上げた。

食いながらにしようかと言いながら、しばらくは食い続けた。

それくらい、切り出しにくい話のようではあった。

「藤代麻友子についてだったな」

和臣がようやく口を開いたのは、少なくとも小プレートのボリュームくらいは腹に収めてからだった。

「この名をあいつの口から聞くとは、さすがに驚いた。いや、驚きを通り越して、怒りさえ覚えたものだ」

「ほう。怒り、ですか。なぜ」

「私の記憶に、心に、土足で上がり込んできた。そんな気がしたからだろうな」

和臣はグラスの底に溜まるくらいだったワインを呑み干し、ボトルを手に取った。

「私が初めて麻友子と出会ったのは、一九六九年の一月十八日だった。よく覚えている。なにせあの、安田講堂の日だからな」

「ああ。滝田長官任命後の記者会見で総理が回顧した、あの」

──東大生以外は出て行け。関係ない連中の手は借りない。

この日、バリケードの中に入った高校生、小日向和臣をそう言って滝田は押し返した。

「そう。その日だ。麻友子はゲバ棒を手に、黒ヘルをかぶって安田講堂の裏にいたな。そのときは当然知らなかったが、滝田の彼女だったようだ。それで、そこにいたんだな」

大プレートからサーモンのケッパーローストを切り分け、和臣は口に運んだ。

「私は、あまり麻友子が気にならなかった。麻友子の方は、こちらを気にしたようだったが」

──なにを見ている。ずいぶん、不躾だな。

そのときはまだ若くもあり、そんなことを麻友子に言ったと、和臣はわずかに口元を緩めた。

「私こそ不躾だったかもしれない。たしかに、麻友子は美人ではあった。だが私にとっては、それだけだった」

「それだけ？　わかりませんね。どういうことです？」

「ふん。思う以上に木像だな。君は」

「人並みに血は通っておりますが」

サーモンを平らげ、牛フィレのロッシーニにナイフを入れた。

光だ、と言って和臣はワイングラスを傾けた。

「私はもうすでに、香織を見知っていた。わかるか」

ああ、と今度は矢崎がグラスを傾けた。

それならわかる。

それなら、光だ。

「だから、深くは嵌らなかった」

「深く？　嵌る？　では」

「そうだ。隠しはしない。私は一時期、麻友子と付き合った。二十歳前後の頃だった」

「大学の頃ですね」

初めは浪人のときだったな、と和臣は続けた。

「浪人は、なにも持たない。私にとっては、人生で一番なにもない時期だった。なにも持たない分、向け所のない不満だけは抱え込んでいた。若かったと今なら思うが、その不満の隙間に、麻友子は入り込んできた」

「入り込んできた、ですか？」

和臣はしっかりと頷いた。

「あれは、大いなる空《うつ》ろなのだ。だからいくらでも、誰の話でも聞く。たとえそれが極右だろうと極左だろうと、あれは聞く。聞いて、こう言うのだ」

私の傍で、お眠りなさい。

「あれは、退廃と絶望に憑りつかれた者たちにとっては、間違いなく女神だ。だが、私は違う。私は遥かな光を仰ぎ見る。たとえ、届かなくても。東大に入学が決まった直後だったかな。私は直接、麻友子にそんなことを言ったはずだ。それからも、麻友子との関係はしばらく続いた。三年半、そう、四年にはならない。それ以降の麻友子を私は知らない。知りたければ、鎌形に聞け」

和臣は椅子に背を預けた。話はひとつの区切りのようだった。

大きく息をついた。

「酔ったな。もう、料理も酒もいい」

「ではデザートとコーヒーを」

「いや。君はまだだろう。食べなさい。私は少し、食休みだ」

和臣は、暗い川面に顔を向けた。

矢崎はその横顔に、純也を見た。

目以外は芦名の血が濃いと思っていたが、どうしてどうして、横顔も雰囲気が似ていた。

憂いや歓び。

機微の表し方が似ているのかもしれない。

矢崎は瞬く間に料理を平らげた。

芸の内と言われる早なんとかは、陸自で鍛えた賜物だ。

和臣が手を上げた。

見計らってスタッフがアイスデザートとコーヒーを持ってきた。

茶煩悩即菩提《ちゃぼんのうそくぼだい》。

コーヒーをひと口飲んでから、和臣はそんな言葉を呟いた。

「矢崎君、これは〈鈍翁《どんおう》〉の言葉だ。知っているかね」

「いえ。不勉強で」

「〈鈍翁〉益田孝《ますだたかし》は茶人にして、旧三井物産の初代だ。この言葉はその益田が、ときにせがまれたとき、好んで色紙に書いた言葉だという」

十をふたつ並べた草かんむりに、八十八を足すと茶になる。

百八の迷い（煩悩）が満ちれば茶であり、茶は悟り（菩提）に至る縁《えにし》となる。

「気持ちを静め、心の迷いを解くものだと、茶あるいは茶道の効能を示したものだろうが、凡人には菩提は遠いな。未だに、私は茶に至らぬ煩悩の中にいる。昔も、今も」

頷かざるを得ない話だった。

コーヒーも茶か。

茶なら、煩悩か。

そう思って飲めば、味わいは苦い。

苦さに刺激される。

ふと思い出す。

「そう言えば、総理。先程、以降のことが知りたければ鎌形に聞けと。それは」

「言葉通りだ。私との後、麻友子は鎌形と付き合っていたはずだ。いつ始まっていつ終わったものか。そう、あの新聞社にあった写真は、鎌形が勝手に流したものだ。私はそれくらい、麻友子のことはオープンだった。ただ、どうなのだろう。鎌形はおそらく、麻友子とのことは隠していたように思う。まあ、私の関知しないことではあるが」

この後十五分ほどで、和臣は席を立った。

エントランスには首相専用車が待機していた。

どこからともなく現れたSPが四人、エントランスの外に立った。左右にふたりずつだ。

「ここで失礼するが」

専用車のドアの前で立ち止まり、和臣は矢崎を振り返った。

「過去を振り返るのも、悪くないな。木像にならなら、まだほかに話したいこともいくつか思いついた。今度また、機会があればな」

そんなことを言い置き、和臣は車中の人となった。

テールランプを見送り、おもむろに矢崎は携帯を手にした。

掛ける相手は、当然純也だ。

コールは二回でつながった。

「純也君。今、どこだい？　ああ。やっぱり分室か。どうだい。今から出られるかい？　いや、私が行こうか。――えっ。君の方からも話があるって。わかった。そうだね。なら、明日朝、市ヶ谷で待っている。――十時？　なにを言っているのか不明だね。なに、朝といったら朝だ。朝はね、元気よく活動するものだよ。――朝八時。これは譲れない遅さだよ」

そんな内容で通話を終える。

タクシーを頼もうと、エントランス近くまで戻る。

前田が立っていた。

「よく仰《おっしゃ》っていただきました。そう。若者は時間を無駄にしがちですからな。特に、純也様は」

頭を下げた。

「では、これを」

小さな手提げ袋を差し出してくる。

「なんですか。これは」

「グァテマラＳＨＢのブルボン。私自慢の逸品です。ぜひ明日、純也様の目覚ましに」

矢崎が受け取ると、タクシーを呼んでまいりますと、前田はいったん奥に退いた。

「不思議な支配人だ」

いつから聞き、このコーヒーはどこから出した。

「恐るべしだ。あの支配人も、小日向の眷属《けんぞく》なのだな」

口の端で笑い、夜空を見上げる。

星々が一斉に瞬いたような気がした。

四

「やれやれ、だ」

翌朝、純也は防衛省近くのコインパーキングにＭ６を停めた。

サングラスを取り、防衛省の威容を遠望する。

口を衝《つ》いて出てきた言葉が、それだった。

朝の七時十分は、小・中学生でもまだ家にいる。

「ああ。中・高生なら、人によっては部活の朝練があるかな」

余計なことを考えながら向かう。

コインパーキングに車は少なかった。

それどころか、通り自体に人も車も少ない。

繰り返しになるが、七時十分だった。約束の時間にはだいぶ早いが、ちょうどに合わせるのは車の場合、難しい。

「矛盾だよね」

列車の運行スケジュールは世界が驚くほど正確なのに、道路事情は同様にして驚かせるほどに最悪だ。

防衛省正面ゲートの部外者受付で証票を見せる。

「お早いですね。お早うございますぅ」

担当者が、とても元気だった。

「……まあ、わからないでもないけど、それって重複じゃない？」

「は？」

「いや。忘れてくれていい。朝が早くてね、ちょっとこっちの調子が上がってないだけだから」

ゲートはそれだけで通過した。

矢崎が在省のときは、ゲートに話を通しておくのが昔から暗黙のルールだった。

矢崎が陸自の頃から、この市谷本村町の防衛省にはよく通った。

矢崎は陸将、中部方面隊第十師団師団長になっていたはずだ。

普段の任地は名古屋市守山の駐屯地だが、各方面連絡会議やらのたびに防衛省にやってきた。

思うより頻繁だった。

もうすぐ防衛省通いも十年になるか。

通ったのは純也ではなく、主には猿丸だったが。

玄関口からは、若い下官の案内で通る。

一階のやけに奥まで進んだ。

当然、昔のように中部方面隊に割り当てられたフロアの応接室でないのはわかるが、一階の奥は応接室でもなかったろう。

下官がとあるドアの前に立った。

純也にとっては初めての部屋だった。

下官が直立不動で、ノックをした。

「失礼します。お連れしました」

ああ、と純也は天井のライトを見上げた。

矢崎はもう、いるようだった。

いったい何時に登省したものやら。

老人、恐るべし。

「早いね。結構」

矢崎はソファに座っていた。

下官は入ってこなかった。

「じゃあ、頼む」

矢崎が言えば、かしこまって去った。

純也は室内を見回した。

上等な革張りのソファに大理石の低いテーブル。

「応接セットは立派ですけど」

矢崎は面白そうに、ただ純也を見ていた。

内線電話ひとつ。窓はなし。

携帯を取りだして見れば、圏外ではなかったが電波は弱かった。

もう一度、純也は全体を見回した。

「なるほど。必要に応じて、ちょっと仕掛けられるようになってますか?」

「そう。正解だね」

おそらく必要に応じて、ジャミングが掛けられるようになっている部屋に違いない。

一階と言うことは備品調達も含め、外部との重要案件に対して接触する部屋、と言うことだろう。

「猿丸君は一度入ったことがある。そのときは、ちょっと仕掛けたな。外部には絶対漏らせない、恥ずべき話に付き合ってもらったことがあってね」

「へえ。——ああ。たしか大迫《おおさこ》とか言う、統合幕僚監部の部長を殴りつけたとかの、あれですか」

「まあ、それはいい」

ふたたび歯切れのいいノックがした。

「失礼します」

さきほどの下官が入ってきた。

茶の類だろうとは推測できたが、入ってきた瞬間に広がるアロマでそれ以上のこともわかった。

「前田ですね」

純也が矢崎に聞いたのは、コーヒーをテーブルに置き、下官が去った後だった。

「それも正解だ」

矢崎は足を組み、グァテマラSHBのブルボンを飲んだ。

「あの恐るべき老支配人から、君の目覚ましにと言付《ことづ》かったが、もう十分起きているね」

「当たり前です。寝たまま運転なんか、さすがにしません」

「ならば、前田支配人の逸品を堪能したまえ」

「郷に入っては郷。省に入っては省ですか。逆らいませんよ」

純也もコーヒーカップに口を付けた。

芳醇な味だった。

アロマも味も少し丸まりすぎている気もしたが、食後を前提にして前田が選んだ品だ。

これがちょうどいいのかもしれない。

「猿丸君の様子はどうだね」

矢崎が聞いてきた。

「ええ。今週中には退院出来るようですね。抜糸は来週みたいですけど。——って、あれ。

なんでセリさんの怪我のこと知ってるんです?」

カップの向こうで、おそらく矢崎は笑った。

あまり感情が表に出る方ではないが、勝ち誇ったようでもある。

「これでもね。私も警視庁本庁舎内に、君たちが言うスジとやらを結構持つのだ」

純也は黙って、矢崎を見据えた。

「実は冗談だ」

「最初からわかってます」

無駄な十秒ほどだが、これも会話のアクセントとして必要、だったのだろうか。

「なんのことはない。これは和知からの情報でな」

ああ、そうなんですかと受けながら、

「それはそれで、どういう手法なのか興味はありますが」

「細かいことはわからない」

「でしょうね」

「で、その和知を使った件は進んだのかね」

「ええ。結果がセリさんの入院まで、ちゃんと一本道です。わらしべ長者、いや、逆わらしべ長者ですかね」

「わらしべ長者か。私も子供の頃読んだな」

実に他愛もない会話に経緯も混ぜる。

自爆テロに関する、これまでの実害のすべて。

〈滅私・Ｈａｌａ・Ｈａｌａ・Ｒｅｌｏｊ〉については話さない。そこまでは関係がない。

いや正確には、今現在の、防衛大臣政策参与である矢崎啓介にはまったく関係がなく、遥かな昔の陸自出向カタール駐在武官、矢崎啓介一等陸佐には重すぎる。

大事なのは今の自爆テロを止めることであり、昔に慚愧を奔《はし》らせることではない。

　だから、コーヒーのアロマで胸の奥に落とす。

　前田のコーヒーはなるほど、自分ひとりで楽しむと言うより、どんな会話も想いも受け止めてまろやかにするか。

　純也には選べない。

　選べないからこそ、至高の逸品と言えるだろう。

「九人で九セットか。数は合っているようだが」

「合ってますね。算数のレベルで」

「間違えようもない数、か。だが、それで爆弾は全部なのだろうか」

「どうでしょう。人数は大事ですが、凶器という意味では、爆弾の数はあまり中心では考えてません」

「それは？」

「銃も所有していました。その入手にルートを持っているならどこからでも、なんでも手に入るでしょう。案外、〈トレーダー〉辺りと直につながっているかもしれません」

「なるほど。その〈トレーダー〉とは」

「なんでも買える裏の商社とでも言いますか。重宝ですよ」

「――使っているとか」

「必要に応じて」

「――上客とか」

「向こうがどう考えるか、でしょうね。もっとも、重宝と害悪は紙一重です。追うときには追い、叩くときには叩きますけど」

矢崎が純也を見詰めた。

純也は肩をすくめた。

「まあこれは、僕にとってはであって、広く一般的ではありませんが。――もう一杯、頂けますかね」

話の矛先を変える。

矢崎が内線電話でコーヒーを注文した。

「あの人の話、聞かせてもらいましょうか」

これまでは矢崎の時間であって、純也がきた理由はこれからだ。

「コーヒーが来てからでいいかね」

「来るまでで。あの会場でも言いましたが、カビの生えた話には興味がないもので。今につながる部分だけで結構です」

「そうかね」

矢崎は頷いた。

「ならば――」

茶煩悩即菩提とだけ、まず矢崎は言った。

「知っているかね」

「益田孝ですか。三井財閥の」

「さすがに博識だ」

矢崎は一杯目のコーヒーを飲み干した。

「今も昔も、至らぬ煩悩の中にあくせくと生きているそうだ」

「へえ」

空疎な時間があった。

「あれ」

肩透かし、は矢崎にしては人擦れした技だ。

「ずいぶん端折《はしょ》りましたね」

「君の要望だ」

「それはそうですが。美化してませんか」

「どうだろう」

「ま、いいでしょう。内容としてはわかりましたから。で、鎌形さんは」

「鎌形のことは鎌形に聞けと仰ってはいたが。ただ、藤代と鎌形大臣も付き合っていたはずだと。それを、おそらく隠していたようだとも」

「ん？ それって」

ノックがあった。下官がコーヒーを持ってきた。

いったん話を中断すると、純也の携帯が振動した。

純也の目に光が宿った。

部屋の空気をさえ一変させる。

矢崎が反応して動きを止め、下官はそちらを気にして雑に盆の上のコーヒーカップを打ち鳴らした。

電話は、氏家からだった。

失礼、と断って通話にした。

「はい」

――夕べだ。一件起こった。長崎だ。

氏家の声は緊張感に満ちていた。

オズの、裏理事官の声だった。

――ナイフで喉をひと突き。そこから捻じる。これは、南米のシンジケートが多用する手口だ。

「知ってます。そうですね」

かえって純也は、次第に冷静になった。

矢崎にはわからなかったろうか。

鳥居がいたなら言っただろう。

——なんかまた、楽しそうっすね。

敵を見定めると楽しげなのは、純也の癖のようなものだった。

「どこの誰です」

電話の向こうで、氏家は被害者の名を口にした。

純也の記憶にある姓名だった。

というか、見知ったばかりの名だ。

「なるほど」

——どうなのだ。爆弾の代わりにナイフで帳尻合わせか。

「可能性は大。いえ、私見でよければ、不動ですね」

——四人仕留められて三人が失敗し、残りが逃走中か。

「そういうことになります」

——次はなにをすればいい。

「引き続きです。出来れば半日ごと。欲を言えば一時間おきに」

——お、おい。

「長くは掛けません。せめて今日一日。よろしく」

氏家はさらになにかを言い掛けたが、構わず純也は電話を切った。

五

部屋中に、コーヒーのアロマが濃く戻っていた。

氏家からの電話を切ったあと、純也は携帯を握り締め、しばし固着した。

やがて、今度は矢崎に断りもいれず、おもむろに電話帳からひとりの番号を呼び出した。

鳥居だった。

――へぇい。

いつものべらんめえな声が、すぐに出た。

思わず、純也は大きく息を吐いた。

矢崎が怪訝な顔をしたが、気にしない。今一瞬は、それどころではなかった。

よかった。

鳥居が電話に出た。

生きていた。

「ああ、メイさん。朝早くから悪いね」

――いえ。ちょうど今、家を出るとこです。

「そう。なら、ちょうどよかった」

――なんでしょう。

「あ、一昨日メールしたリストの件だ。もう誰かに接触したかい」

――ええ。ふたりに。ちょっと待ってください。

電話の向こうでメモでも取り出し、真崎光成《まさきみつなり》と結城健《ゆうきけん》と鳥居は言った。

――感触としちゃ、どっちもシロですわ。結城なんか、二丁目の住人になってたんでマッシロです。ああいう店ぁ、ちっとばかり苦手で。本当ならセリの領分でしたがね。

元気な声だけで、満たされるものがあった。

「そうかい。うん。そうだね」

実際には危なかったのだ。長崎でなく東京だったら、あるいは。

純也は知らず、拳を握っていた。

もうこれ以上、分室は減らさない。

――で、分室長。リストがどうしました？

「ああ。もう接触しなくていい。中止だ」

間があった。

鳥居も公安マンだ。

察知するものはあるのだろう。

——てぇことは。

「そう。リストのうちの、大木雅史《おおきまさふみ》がね。ああ、メイさん。シグはちゃんと携帯してるかい？」

——はい。もちろんです。

「そういう事態だ。そういう連絡があった。だから、もういい。残りの三人は、出来たらこっちでひとまとめにする」

——けど、分室長。ひとりだけ、よくわからねぇのがいたんじゃ。

「ああ。村澤藤治《むらさわとうじ》だね」

そう。

他のふたり、奥寺博之《おくでらひろゆき》と山田健一《やまだけんいち》は所在も現状もわかっていた。

ただひとり、村澤藤治だけはネットにも引っ掛からなかった。

珍しい名前だけに、より難しい可能性はある。

「でもまあ、言い方は悪いけど、おそらく、まだ判明し切れていないターゲットは残りふたりだ。簡単な引き算としてね。奥寺と山田のふたりを確保すれば、どちらかがターゲットだという確率は十割だ。テロリストの動きを鈍らせるか、引きつけることが出来るかもしれない」

——まあ、そりゃそうかもしれませんがね。それって、取り敢えず村澤藤治は捨てろって言外に言ってるような気が。あれ、分室長。聞いてます？

聞いていなかった。

純也が村澤藤治の名を出した瞬間、矢崎が妙な反応をしたからだ。

マイク部分を押さえ、なにか、と純也は聞いた。

「むらさわとうじとは、どういう字を書くのだろう」

矢崎はメモ帳とペンを取り出し、純也の前に置いた。

純也は村澤の名を書いた。

ふむ、と顎に手をやり、矢崎は遠い目をした。

「ご存知ですか？」

「私が知っている男ならば」

もう、マイク部分は押さえていない。

純也は携帯自体を、テーブルにおいてスピーカにした。

「今、防衛省。師団長の前。メイさんも参加だ」

――えっ。おや。へえ。

そんな遣り取りの間に矢崎はペンを取り、純也が書いた名の横に、並べてもうひとつの名を書いた。

村枝藤治。

「むらえだとうじ。これは？」

音で鳥居にも聞かせ、純也は矢崎に問うた。

「その通りなのだが、村澤の今の名だ」

矢崎が防大生の頃、大きな剣道の大会になると必ずぶつかる男がいた。

それがK大の村澤藤治だったという。

社会人になってもお互いに剣道は続けたらしい。

「社会人二年目の選手権予選だったかな。村澤の前垂れの刺繍《ししゅう》が、村澤から村枝に変わっているのを見た。発注ミスかと聞いたら、あいつは照れたように笑った。似たような名前の所に、婿養子に入ったのだと」

だから今は、村枝藤治が正解なのだと矢崎は言った。

間違えやすいと言うことで、その当時から村澤で登録されている記録やデータはどんどん消していたらしい。

「えらく面倒でな、とも言っていた」

「なるほど」

わからないわけだ。

様々な足跡を、自分で消していたのだから。

「それで、師団長。現在の付き合いは？」

ある、と矢崎は頷いた。

「というより、この間までは特にあった。ＮＳＣ局は、海上災害や人命救助の部分でＩＭＯとは危機管理意識を共通認識として」

ちょっと待った、と純也は矢崎の説明を制した。

「ＩＭＯって言いました？」

「言ったが」

「それって、国際海事機関のことですか」

矢崎は一瞬考えた。

「ほかにないと思うが」

「では、そこに村澤藤治が、いや、村枝藤治が――あれ」

名前を口にしてみて理解した。

ＩＭＯの村枝なら記憶にあった。

日本人として初めて、ＩＭＯの事務局長に就任した男だ。

「そう」

矢崎が先回りするように口を開いた。

「私が知っている村澤藤治で合っているなら、奴は今まだ、ＩＭＯに顧問として勤めている」

純也は頷いた。

「なんか色々、大当たりです。巡礼には出てないけど、僕にも恩寵が降ったかな。ふっ。恩寵合戦ね。そう言っちゃうと、さすがに物騒にして不敬かも」

矢崎が首を傾げた。

「なんの話だね」

「いえ。こちらのことで」

純也はやおら、ソファに深く沈んだ。

目を閉じ、黙考する。

矢崎も、携帯の向こうの鳥居も黙っていた。

事態を動かしたのは、鳥居愛美の声だった。

――ねえ、お父さん。退いてよぉ。集団登校、間に合わなくなっちゃうよぉ。

どうやら鳥居は、玄関を占領していたようだ。

純也は目を開けると同時に、前屈みになってテーブルの携帯に話し掛けた。

「ということだ。メイさん、わかったかい」

――ええ。ここまでは。ただ、その村枝さんっすか。間違いはなさそうですが。裏は取らねえと。

「部長を動かすよ。もう待っていられる事態じゃないからね。じゃ、今日はそのまま登庁して待機。いいね」

——ＯＫですけど。分室長は？

「今日は忙しいよ。あっちこっちで仕込みだ。ちょうどいい口実のイベントがあるもんでね。強引に引き摺《ず》り込む」

——あ、じゃあ、私も。

「メイさんの手に負える人たちじゃないから」

——ちなみに、誰ですか。

「部長もだけど、うちの婆ちゃんとか」

——あ、そりゃ無理だ。

「だから、そうだね。メイさんにして欲しいことはね」

——なんです？

「早く玄関を空けること。とっとと分室に向かうこと」

じゃあ、と言って純也は通話を終えた。

矢崎が見ていた。

「なにを企んでいるのかな」

「企むなんて滅相もない」

純也は軽く肩を竦めた。

「そう、ちょっとしたお祭りですよ。ははっ。そう言えばちょうど、車に物騒な花火も積んだままですし。さて、こうなったら善は急げで。電話をもう一本」

悪戯気な笑みで、純也はどこかに電話を掛けた。

相手はなかなか出なかった。

一分は鳴らした。

――なんだ。嫌がらせか。

いきなりの会話が、そんな言葉から始まった。

「嫌がらせにも感情が必要です。そんなものを私が持ち合わせているとお思いですか。だとしたら、まだまだ甘い。あるいは耄碌《もうろく》。どちらがお好みでしょう」

今度の通話はスピーカにはしていないが、この一連だけで矢崎が眉をひそめた。

相手が和臣だということは、言わずもがなだろう。

(まだまだ甘いのは、僕の方か)

近しい仲の矢崎にとはいえ、言葉とトーンで相手がわかってしまうのは、未熟の証だ。

――嫌がらせでないなら、なんだ。木像に話は聞かせた。ほかにまだなにが足りない。

純也は軽く深呼吸した。

鯛《たい》を釣るための海老《えび》。

傷をつけても、逃がしてもならない。

「ささやかなパーティへのお誘いです。タイトルは、そうですね。小日向和臣君の、青春の尻拭いの会、とでもしましょうか」

――なんだそれは。ずいぶん、馬鹿にしたものだな。

海老が少し頑《かたく》なになり始めた。

なかなか簡単には、海老も釣られてはくれない。

何度かの遣り取りがあった。

「そうですね。お望みなら木像もつけましょう。なんなら、うちの部長もお付けします。元々考えてもいましたし」

探り合いのような会話の果てに、ようやくの了承を取り付ける。

三分は掛かった。

電話を切って、純也は大きく息を吐いた。

矢崎が純也を見ていた。

「なにか話に出ていたが、私も、かね」

特に答えず、さて、と純也は膝を叩いた。

「ここからが僕の本題でもあります。師団長、今日、鎌形防衛大臣はこちらには」

「ああ。来るよ。来るが、昼からのはずだ」

「そうですか」

立ち上がる。

「では、ほかの仕込みと手配をまずまず済ませて、午後イチにまた来ます。面会の時間を作って置いてください」

「面会？　いきなりかね。どうだろう」

「是非」

凛と張る声だった。

わかった、と矢崎はうなずいた。

「有り難うございます。お願いします」

軽く頭を下げ、純也は先に立って廊下に出た。

手配と仕込みは、出来るだけ早い方がいい。氏家のこともある。

今日一日、それが勝負だ。

防衛省の外に出て、純也はまた別の相手に電話を掛けた。

――はい。

感情をよく静めた声が、心地よかった。

長島だった。

「部長。今日中にお願いしたいことがあります。これが最後、と言っていいと思いますが、色々ありまして。まずこの電話は、その第一弾だと思ってください」

たたみ掛けるように純也は話した。

長島は、最後までひと言も口を挟むことなく聞き、わかったとだけ言って電話を切った。

六

純也の言う仕込みと手配は瞬く間にして滑らかに動き出し、同日の午後八時までにはあらかた完了した。

純也自らが東奔西走した結果でもあるし、矢崎が早朝から純也を呼び出した賜物、とも言える。

防衛省を出た純也は警視庁本庁舎に向かって長島と全体について折衝し、分室で鳥居と恵子と打ち合わせをし、N大学に副学長の奥寺博之を訪ね、その後、防衛省のゲートをふたたび潜って大臣執務室に入った。

矢崎はキチンと話を、少し強引にだが通してくれたようだった。

それにしても、スムーズとはいかないゴツゴツとした話になった。

鎌形の出す条件を飲んで、ようやくOKが出た。

「パーティなら、同伴者が付きものだろう。オフィシャルでないパーティなら、なおさらだ。私は殺伐とした席を、パーティとは呼ばない。呼ばない席に、私は行かないと。ああ、ついでに言えば、あの場所を使うなら会長にも久し振りにお会いしたい。Aプラスの甘粕と言う後ろ盾を失ったばかりでね。パーティなら、少々無遠慮なお願いをしても許されるだろう。どうだね。小日向の次男」

頭が痛いことだが、了承するしかなかった。

鎌形にしてみれば、同伴者までを包括して身の安全を確保できるのかと、そこまでの担保が欲しかったのかもしれない。

さすがに次期総裁候補のひとりではある。

なかなか、一筋縄ではいかない。

作戦変更、いや、追加とばかりに純也はそこから今度は、国立の自宅に戻って春子に頭を下げた。

その往復の道すがら、長島と和臣と奥寺に連絡を取って変更を捻じ込み、〈海の日パラレルイベント〉の件で現在、国交省海事局に詰めていると判明した村枝に会ってたいがいを了解させ、静岡で一般企業の常務になっているという山田健一の元にM6を飛ばして、すべてを押し込む。

実際には純也が静岡に到着する前から、山田と奥寺と村枝の民間人三人には複数の警護がついていた。

長島の手配による公安課員だとは思うが、もしかしたら長島が氏家を絡めたかもしれない。

少なくとも静岡で山田を密かにガードする四人は、すべて分室に判明しているオズだった。

こうして、出来ることのあらかたがこの八時までになされた。

あらかたというのは、和臣と最後の連絡がつかなかったからだ。

正確には和臣に頼んだ、ＫＯＢＩＸ会長であり純也の伯父でもある、小日向良一《りょういち》の返事がまだだった。

が、これも翌十日には承諾の返事が来た。本人の快諾というよりは、和臣が飴も鞭もくれたのだろう。

他人の命だけでなく、自分の命も掛かっているのだ。必死さが段違いに違いない。

七十九歳という年齢のこともあり、出迎えと挨拶だけでいいならと、それが良一の条件だったようだ。

おそらく有無を言う暇もなく押しつけてくる弟に対しての、ささやかな兄の抵抗といったものか。

もっとも、良一の場合は来ないなら来ないでも構わなかった。

そのためにも純也はわざわざ国立に戻り、春子という布石を打ったのだ。

日盛貿易は、さすがにＫＯＢＩＸと比べると小さいが、Ａプラス製薬よりは遥かに優良だ。

和臣と鎌形のSPも、この晩以降、警戒レベルが強化される手筈になっていた。

「ま、色々と不足も不測もあるだろうけど。戦場ではつきもので、僕としては望むところだけどね」

不足も不測も、イメージするのだ。

鮮やかなイメージは、ときに現実として実感出来る。

実感出来れば、五感は一気に活性化する。

姿なきを見、声なきを聞き、匂いなきを嗅ぎ、気配なきを探る。

そうしてイメージは、ついには現実をも凌駕する。

それで純也は、一孤の突出したソルジャーだった。

「ああ。いい感じだ」

壮絶にして冷淡にして、凛々として華やかに。

純也は静岡の夜にひとり笑った。

この九日以降、少なくとも藤代麻友子の恩讐《おんしゅう》に端を発する事件は追加されることはなかった。

関東では十七日に梅雨明けが宣言され、この夏も猛暑が予測された。

そうして迎えた、十九日だった。

都内の公立学校は前週の金曜日に一斉に終業式が行われ、夏休みに入った最初の日曜日にして、三連休のど真ん中だ。

海や山の行楽地では一気に夏が弾け、どこも大賑わいだと、マス・メディアのニュースは伝えた。

厩橋近くにあるＫＯＢＩＸミュージアムは昼過ぎから、いつにない緊張感に包まれていた。

この日はお台場で、翌二十日から横浜で二日間行われる〈世界海の日パラレルイベント２０１５〉の、レセプションが催されることになっていた。

〈世界海の日パラレルイベント２０１５〉は、ＩＭＯ及び国土交通省主催での、日本で初となる大きなイベントだった。

このイベントそのものへの本来の参加は、主幹である国土交通大臣と副大臣、開催地である横浜市長と県知事までだ。

ただ前日のこのレセプションにだけ、都知事が顔を出すということで前もって決定していた。

そこに、小日向総理が二十日のイベントに出席するという発表が急遽《きゅうきょ》なされたのは、七月十日のことだった。

翌年の開催地トルコとヒュリア香織の血筋の関係、さらには日盛貿易からKOBIXの狙いとまで、この総理大臣の急遽の出席を面白可笑しく書き立てるゴシップ系の雑誌や新聞、ネット記事もあったが、

――遠からず近からず。みんな、想像力豊かだね。

とチェシャ猫めいた笑みで一笑に付せるのは、全体を把握している小日向純也ただひとりだったろう。

そして、イベントのセッション3「海と次世代教育」のスピーカとして、N大学副学長の奥寺博之と、静岡の山田健一の追加に密かな手を回したのも、だ。

この山田の追加に関しては、力業というより、運もよかった。

山田が常務を務める会社は、日本でも有数のプレジャー・ボートのメーカーだった。

「海と次世代教育」のスピーカには、ただN大学の副学長で専門でもなんでもない奥寺より、実は相応しいかもしれない。

十九日のレセプションには、当然主催者側からIMOの顧問を務める、村枝藤治の参加もあった。

純也も堂々と、トルコ大使館側からの賓客、芦名春子の付き添いのようなエスコートのような立場で参加した。

さらには、本イベントの前日と言うこともあり、小日向総理大臣の代理として鎌形防衛大臣が出席し、閣僚の何人かも追随という名の追従をすることになっていた。

防衛大臣が参加する以上、政策参与の矢崎も出席だ。

警視庁からは、警護のトップとして長島公安部長も列席した。

これは、本来なら警備部が仕切るところを、警備部長から強引に長島が引っ張った結果だ。

SPは当然、各所に配置され警備係も職務をまっとうする。

が、あくまでトップは長島本人が出張ると言うことで公安となる。

そういうことで警備部長を黙らせ、命令系統を公安一本に統一させたようだ。

陰ながらには、和臣から国家公安委員長、警視総監と下ろした後押しもあったようだ。

その小日向和臣総理大臣の出席という追加で、イベント自体は盛り上がりが大いに予想された。

総理参加の発表直後から本イベントの申し込みがいきなり殺到しただけでなく、レセプションまでが、主催者側にとって予想外の賑わいになったようだった。

喜ばしいことではあったが、参加人数の大増加により、レセプション終了後の懇親パーティでは、予定の会場にすべての人数を収容することは不可能になった。

本来なら運営側の予想の甘さ、実行の怠慢が非難されるところだ。

ただし、これは前もって総理大臣の秘書側から、政策秘書である和臣の長子、和也の名でもって申し入れがあり、まったく問題にならなかった。

〈イベントの成功を祈念して、ささやかな晩餐会をＫＯＢＩＸミュージアムで催したいと小日向が申しております。人数は限られますので、人選はこちらにお任せ頂くことになりますが、近日、ご本人宛てに招待状をお送りさせていただきます。もちろん正式な晩餐会ですので、ご同伴者様もお願いすることになろうかと存じます〉

午後四時に終了するお台場のレセプションからいったんの間を置き、墨田区厩橋のＫＯＢＩＸミュージアムで午後七時からの宴。

そんな招待状が各人の手元に、おそらく十五日中には届いたはずだった。

欠席などは当然有りもせず許されもしない会であり、招待状には返信葉書など添えられはしなかった。

正式に招待されたのは、奥寺博之、村枝藤治、山田健一、鎌形幸彦、矢崎啓介、そして、警備の観点から長島敏郎の、計六人だった。

それぞれが同伴者をエスコートする。

結果、客側からの出席は最大で十二人となる予定だった。

対して客を迎える側は、小日向和臣内閣総理大臣と、会場の主であるＫＯＢＩＸ会長小日向良一と、それぞれの同伴者の計四名だ。

さらに、招かれざる客を迎える側として、J分室の四名、それぞれ同伴者無しの面々が、午後五時半には所定の位置に散っていた。

七

純也は間もなく午後六時という頃合いから、タキシード姿でKOBIXミュージアムに併設の、レストランのエントランス前に立った。

赤い蝶ネクタイにカシミアのシングル・ブレスト、ウイングシャツに、ネクタイと同色のカマーバンド。

迎える側の礼装としては、万全だったろう。

右耳にインカムの赤いイヤホンマイクを装着しているのは、隣に並ぶ前田総支配人の黒同様、少々のアクセントだった。

まずはエントランス前の車寄せでふたり、最初にゲストに接触するポーターの役割だった。

前田が自前の懐中時計を確認した。

二十四年前、ミュージアムのオープン時にレストランの総支配人として招かれた前田に、記念としてKOBIX会長の小日向大蔵《たいぞう》手ずから下された物らしい。

今でも一カ月で三秒と狂わないと、それが前田の自慢だった。

「六時です。スタッフ一同は、緊張感をもってお願いします」

前田が耳を押さえながらそう言った。

前田の声が二重に聞こえ、続くスタッフの揃った返事が綺麗に聞こえた。

純也は顔を空に上げた。

太陽がずいぶん、西に低く傾いていた。レストランの車寄せにも、近隣のビルの影が長く伸びていた。

まだ明るさ的には十分だったが、夏至はとっくに過ぎ、日没は早くなっている。晩餐会が始まる少し前に、夜が訪れるはずだった。

来客の慌ただしさが始まる前に、純也は広くミュージアムの敷地内を見渡した。

人影が皆無だということと無警戒とはイコールではないが、警備は常のごとく以上ではなく、特に際立って厳重ということはなかった。

SPの姿は、この敷地内にはない。全施設の警備を包括で請け負っている、キング・ガードの警備員がルーティンとしてゲートその他に詰めるくらいだ。

これは、長島部長の責任で公安が引き取ったということもあるが、年二度の小日向一族の集まりという実績が大いにものを言った結果でもある。

この夜の晩餐会と、小日向一族の晩餐会。

双方に臨席する者たちを全員左右の秤《はかり》に乗せれば、実は日本という国の舵《かじ》も動力も一堂に会するという意味では、小日向一族の晩餐会の方が遥かに重い。

ＫＯＢＩＸというグローバル企業の手慣れた警備計画や核シェルタのこともある。

が、華麗なる一族の晩餐会を、常に私事と割り切ってＳＰを排除してきた結果、この日の夜会も同様以下とする下地はすでに、警備警察内に出来上がっていた。

この夜でダメなら、Ｊ分室全員でターゲットに張り付く。さらには、純也のポケットマネーで二十四時間の警護を引き受ける。

テロリストの脅威が確実に、残り四人から去るまで。

その辺の責任は取ると、少なくとも長島には九日、部長室を訪れた際に宣言してあった。

前田同様、純也も右耳に手を当てた。

マイクの位置を調整する。

「どうだい？」

――感度良好です。

イヤホンからは、切れの良い大橋恵子の声が鮮明に聞こえた。

ちなみに、前田やスタッフの声はＪ分室持ち込みの赤のインカムに聞こえるが、純也たちの会話は黒のインカムには届かない。

いざというときにすぐ動けるよう、横から入って邪魔をしない設定を整えた。

「うん。こっちもＯＫだ」

ＫＯＢＩＸミュージアムの警備コントロール室は、コンサートホールの地下にあった。レストランから見ると百メートルほど、施設全体のゲートに近い辺りだ。

大橋恵子は、そこにいた。

そこで百台のカメラと二十台のモニタを駆使し、すべての警備システムをコントロールする。

操作マニュアルの習熟は速く、この十日余りで自在を得ていた。

恵子もそもそも、警視庁のサイバーが目をつけていた逸材なのだ。

ふと、隣に立つ前田の身体に一本、芯が入った気がした。

「どうやら、一組目のお客様がいらっしゃったようです」

純也にさえなにもわからなかったが、前田はそう言って振り返った。

前田が言う以上、そうなのだろう。

二十四年、前田はミュージアムとともに生きてきた。

建物、照明、渡る風、川の匂いに至るまで、ＫＯＢＩＸミュージアムのすべては、前田の支配下にある。

前田は背後に手を上げ、慇懃に頭を下げた。

エントランスの階段上に現れ、そちらで出迎えるのはこの晩餐会の主催である、小日向良一・静子《しずこ》夫婦と、憮然《ぶぜん》とした顔の小日向和臣、そして、今宵は和臣の同伴者として主催の側に立ち、なぜか小刻みに踊って上機嫌の、芦名春子だった。

春子には二役を頼んだ。

ひとつは、万が一良一が出席を断ってきた場合の、鎌形の資金集めの話を形ばかりにも聞く係。

そしてもうひとつが、鎌形に同伴と決められた晩餐会の、和臣の同伴者の役だった。

鎌形の件には、

「え、私あの人、苦手なのよねえ。和臣さんと似てるっていう人もいるけど、全然次元が違うわよ。和臣さんが見るのは誰も知らない雲の上の孤高で、鎌ちゃんが見てるのって、結局和臣さんの足元よ。それで偉そうにしてるのが、なんかものの哀れを醸して。人間、よくあれで捻じ曲がらないわよね」

鎌ちゃんとまで、鎌形もえらい言われようの気もするが、和臣の話をすると全身で前に乗り出してきた。

「まっ。それを先にお言いなさいな。役得のような気もするけど。そうよね。今の世の中で、ファースト・レディとしてあの人の横に立てるのは、私くらいのものですものね。おほほほっ」

春子が口にすると、〈今の世の中で〉がなぜか、〈この世〉に聞こえてしまうから不思議だ。

とにかく、この同伴のことは和臣がこの場に至るまで秘密だった。和臣には同伴のことは特に話さなかった。

誰が同伴でも、和臣なら揉めるのだ。

揉めて事態が膠着《こうちゃく》するのだけは避けたかった。

これは、この件に純也が関わっているからというだけではない。

常にひとりは、諸外国歴訪中でも同様だった。

和臣はファースト・レディの位置を、亡き香織の遺影以外に認めたことはない。

前田が純也より一歩前に出た。

すぐに車のライトが見えた。待つ間もなくエンジン音も聞こえた。

まず到着したのは、奥寺夫妻だった。

「お招き、ありがとうございます」

「いえ。素晴らしい一夜を、ご祈念いたします。こちらへ」

通り一遍の挨拶の後、前田がエントランス上まで先導し、そこで小日向兄弟に託す。

――初めまして。N大学で副学長を務めております、奥寺でございます。

――ああ。KOBIXの小日向です。医者に美食を制限されておりましてな。挨拶のみでご無礼いたしますが、この和臣に、万端任せております。ミュージアムのレストランをご堪能下さい。先代から受け継いだ、私の一番の財産です。

良一のそんな、如才のない声が聞こえた。

先に帰るのは和臣への抵抗だと思っていたが、医者の制限というのはどうやら本当のことらしい。

そんな歳になったのかと思うと、鬼っ子としても感慨は多少あった。

十分と置かず、次に到着したのは山田と村枝、ふたり同乗のタクシーだった。

このふたりだけは、同伴は本当に免除だった。理由があれば構わないと鎌形にも了承は得ていた。

山田の妻は現在、椎間板ヘルニアの術後治療中で動けなかった。村枝の方はもっと明瞭で、国際公務員である村枝の自宅はロンドンにあり、妻子はそちらに住んでいた。

それから五分ほどして、少し離れたミュージアム側の駐車スペースに一台の国産セダンが停まった。

間もなく日没が迫ってだいぶ見づらかったが、真っ直ぐに伸びた背筋と、本人には言えないが同伴の奥方より少し小さいということで、長島だとはすぐにわかった。

長島夫婦は、ゆっくりとやってきた。

「まあ、何か夢みたいな場所に。いいのかしら。私たちみたいな庶民がお邪魔しちゃって。でも、有り難うございまぁす」

丸顔で、全体的にも丸く豊かで、長島とは見事という外はない見事な一対をなす奥方が朗らかに笑い、腰を折った。

こういう場合は、全部を奥方に任せるのが長島の手口と認識する。

こちらへと前田が先導した。

去り際、

「任せる」

長島はそれだけを言った。

さすがに、警視庁公安部を束ねる男のひと言だった。

それだけでわかって、重かった。

それから十五分ほどして、黒塗りのリムジンがゆっくりと寄ってきた。

大臣専用車、鎌形だった。

停車と同時に前田が寄り、ドアを開けた。

まず降りてきたのはタキシードに身を包んだ、鎌形本人だった。

純也はかすかに笑った。

「なんだね」

鎌形が見咎めた。

と言って、本気ではないだろう。

機嫌はいいようだった。

「いえ。公用車を、こういう使い方していいのかなあと思いまして」

鎌形はふんと鼻を鳴らし、エントランス上を指差した。

「周りの雀がなにを言おうとな、私はあいつがなにも言わなければ、いや、なにも言わないだろう範囲の中を泳いでいるからな」

純也は首を傾げた。

「それって、なんか面白くなさそうですね」

「なぁに。楽ではあるよ。小日向の次男」

鎌形は一歩脇に退いた。

車内主賓の席から出てきたのは、古沢華江だった。

華江は黒いシフォンの、ロング丈のイブニングドレスだった。レースとスパンコールを適度にあしらったワンピースは、華江の容姿によく似合っていた。

ハイウエストでゆったりとしたドレープはエレガントなシルエットだったが、その分チューブトップで露出した白い肌と少し巻いた黒髪が、ドレス以上に輝きを放って美しかった。

KOBIXミュージアムでの晩餐会を提案したときから、鎌形が強く同伴を主張したのは、この古沢華江をエスコートしたかったからに相違なかった。

テロリストを呼び集めるための囮《おとり》の会。

そうわかっていて同伴を主張する鎌形の性根は、春子が見透かしたように捻じ曲がっているのかもしれない。

もっとも、純也も人のことを言えた立場ではない。

甘粕大吾の社葬で出会って以降、ずいぶん頻繁に鎌形は華江に連絡を入れているようだった。

純也はそのことを、華江本人から聞いていた。

この晩餐会の件も、純也が提案したその日のうちには華江に伝わっていたようだ。

――一緒にって言われましたけど、どうしたらいいんでしょう。後々、研究のこととか教授選のことを考えると、大臣の後ろ盾は欲しいところですけど。

華江の逡巡に、いいんじゃないですかと純也は答えた。

命を軽んじるつもりはないが、理由は説明しても、他人からは弁解にしか聞こえないだろう。

結局のところ華江は、奥寺たち三人のうちのひとりは、奥寺の妻は、良一夫婦は、春子は、矢崎は、長島の妻は、鯛を釣るための海老の、餌か同伴でしかないのだ。

「お似合いですのね」

華江がそんなことを言った。

「えっ」

純也は聞き返した。

華江は典雅に笑った。

「タキシード。初めて見せていただきましたけど、お似合いです。車から降りた瞬間、私はどこか遠くの、異国にいるような気持ちになりましたもの」

「ああ。そういうことならお互いさまでしょう。礼装は、足りないものをよく補ってくれます」

純也も、いつもの微笑みを返した。

行こうかと鎌形が促せば、華江はマナー通りに鎌形の腕を取って階段に足を乗せた。

甘いフレグランスが、夜の走りの風に乗った。

それで、残るのは矢崎と同伴者だけだった。

「遅うございますな」

戻りしなに懐中時計を確認しながら前田が言った。

晩餐会の開始まで、十分を切っていた。

そうだね、と口を開き掛けたとき、遠くにＰＣのサイレンが聞こえた。

嫌な予感がした。

サイレンはすぐに聞こえなくなったが、しばらくすると赤色灯の明滅が真正面に現れた。

「あちゃあ」

嫌な予感は、的中だった。

とてもミュージアムの敷地内とも思われないスピードで寄ってきた覆面PCが、タイヤを軋ませつつ車寄せに停車した。

あの前田が、唖然としてドアを開けるのを忘れたほどだった。

助手席から自力で、まるで脱出するように飛び出してきたのは矢崎だった。

「すまないっ。安全教室でトラブルが」

まず助手席側から転がり出てきた矢崎が、まったく場違いに硬い声を出した。

「色々と大変だった。子供は大変だ」

矢崎は徹頭徹尾の独り者だった。

だから、同伴なしの理由で、いいアイデアが思いつかなかった。

——んじゃ、いいのいますよ。

そう言って、退院してきたばかりの猿丸が推薦してきたのが、今覆面PCの運転席からなかなか出られないで藻掻いている、赤坂警察署署長の加賀美晴子《かがみはるこ》だった。話をつけたのも猿丸だ。

この日は夏休みに入ったということもあり、加賀美には毎年恒例の交通安全教室が赤坂サカスであった。

そこで、矢崎がそちらに赴き、近くのレンタル屋にドレスを予約した加賀美を待ち、そのままタクシーでミュージアムまでくる予定だった。

なんら問題の出るルートではない。

逆算すれば、一時間の余裕はあるはずだった。

向こう側からようやく転がり出て、加賀美が立ち上がった。

「悪いね。レンタル屋が夜逃げでさ。安すぎるとは思ったんだよねぇ」

だいたいは分かった。が――。

「えっ。署長」

加賀美晴子、三十九歳、警視正。銀縁眼鏡に引っ詰め髪で堅いイメージもあるが、髪を解いて眼鏡を取ると、いきなり妖艶になるともっぱらの評判だった。

それが、

「いや、署長。それはないでしょう」

頭のてっぺんから足の先まで、さすがにガラスの靴は履いていないが、加賀美はシンデレラそのものだった。

さすがに見るに堪えないというか、妖艶と清純は、まったく相容れないと改めて知る。

いやその前に、その格好でサイレンを鳴らして覆面PCを飛ばしてきたということに恐れ入る。

「悪いか？　来れないよりはいいと思うがね。ＰＣまで使ってギリギリだよ」

純也の前で加賀美は憤慨した。

「サカスからＴＢＳ衣装部の知り合いに話を通して、なんとか借り出したんだ。これしかなかったんだよ」

加賀美はスカートの前を摘《つ》まみ、急げ急げと階段を上がっていった。

時間に遅れそうで、どたどたと階段を駆け上がる、とうの立ったシンデレラ、もどき。

矢崎が苦笑しながら後を追った。

――まあ。晴子さんって仰るんでしょ。聞いてるわ。同じお名前ね。

無邪気な春子の声が聞こえた。

背後は、見上げなかった。

（楽しいひとときを、どうぞ）

ポーターの役割は終わった。

あとは血みどろが、有りや、無しや。

咳払いひとつ、いつものはにかんだような笑顔ひとつで、意識を前方に傾注する。

「それでは私も中に。純也様、どうか、くれぐれもお気をつけて」

前田も一礼でレストラン内に去った。

後門の晩餐会。

前門のテロリスト。

その境目に純也は立つ。

境目に立って、ひとときの楽しみを守る。

それが公安の、純也たちの役目というものだった。

空を見上げた。

残照が儚《はかな》く、夜が始まろうとしていた。

車での来場をメインにするKOBIXミュージアムに、外灯は少ない。夜は夜として、とっぷりと暮れる。

闇と市街地は、ゲリラにとって主戦場だ。

純也は胸一杯に、風を吸った。

(いいね。いい感じだ)

樹木の匂い、川の匂い、PCが軋ませたタイヤの匂い、夜そのものの匂い。

カンボジアの密林を思い出す。

――砂漠の次はジャングルだ。お前のまだ幼い身体にはきついかもしれないが、いい経験になると思う。ゲリラ戦の基本、OJTで教えてやろう。

そんな、ダニエル・ガロアの言葉を思い出す。

純也はランチャーのロケットさえ飛び交うそのゲリラ戦を無傷で生き延びた。

純也は、ゲリラだった。

八

純也はゆっくりと階段を上り、エントランスの正面に立った。

「今この時間から、正式な作業に入る。みんな、よろしく」

純也はインカムに低く、射通すような声を張った。

了解、と立て続けに三つの答えが返った。

鳥居、猿丸、恵子だ。

インカムから聞こえてくる声は、どれも明瞭にして、はっきりとした意志が聞こえた。

加えて、猿丸からの音声には、先ほどから低いアイドリングの音も混じって聞こえていた。

裏ゲートの外の、都道沿い。

そこがまず綿密に打ち合わせた、猿丸の待機場所だった。

この夜は、純也のドゥカティを貸し出していた。

「セリさん。なにかあっても、無茶はだめだよ」

——へへっ。けど分室長。

小気味いいエンジン音が吹き上がってインカムから響いた。

——こんな凄ぇ玩具に触っちまったら、誰でもなんかしたくなっちまうでしょうに。

「まあ、壊さないように頼むよ」

——確約ぁ出来ませんが、努めます。

死生さえ見詰め、緊張も覚悟も必要な作業だ。が、この夜の猿丸はドゥカティにまたがって、機嫌は上々だった。

変わって鳥居の居場所はといえば、恵子のいるコンサートホールと純也の立つレストランの、ちょうど中間辺りだった。

ミュージアム全体に樹木は多かったが、レストランに向かって右手側は一番緑が深く、森と呼んで差し支えない場所だった。

その、道路を挟んで真向かい、コンサートホールの並びに、こぢんまりとした資料館があった。

小日向重化学工業設立当初からの品々が展示された資料館だ。

鳥居はその一階のテラスに、十連のスイッチを抱えて潜んでいるはずだった。

「メイさん。どう？　ちゃんと見えるかい」

——へい。バッチリです。軽いし小っちぇえし、こいつぁいいや。

鳥居には、届いたばかりのノクトビジョンを与えてあった。国内には流通しない第五世代の熱源可視型で、しかも最新バージョンだ。

第五世代品はこれまでも所持していたが、双眼鏡止まりだった。今回のノクトビジョンは、ゴーグル型だ。両手フリーは利便性が格段だった。

それでも、鳥居には年齢のこともある。本来なら、それは犬塚の役回りだったろう。

スジからオズの誰か、とも考えたが、打ち合わせの段階で首を振ったのは鳥居だった。

――シノがやんなきゃなんねえこたぁ、私がやります。私ぁ、今でもあいつの上司なんですぜ。

なにも言えなかった。

だから笑って、鳥居に任せた。

その代わり、ドゥカティを猿丸に預けた。

裏ゲートから資料館のテラスまでは、フルスロットルのドゥカティなら薄い資料館の板壁をぶち抜き、直線距離で四十メートルもない。

無茶は駄目だと諭しながら、最初から無茶を振り、無茶に振る。

それがJ分室の特質にして、J分室員の資質だった。

――分室長。

恵子の声が聞こえた。

「ん？　なに」

──前田総支配人からです。全員、手荷物のX線に不審物はないと。爆発物探知機もオールグリーンだと。

ＫＯＢＩＸミュージアムのエントランスから内側にはX線検査器と、ＫＯＢＩＸソリューションズが開発した、サイクロン分離型のイオン易動度分光測定爆発物探知機が備わっていた。

この辺もシェルタ同様、警備部のSPさえ黙らせる要因だった。

このＫＯＢＩＸミュージアムのレストランは、日本で有数の、有事警戒レベルの高い場所だった。

首相官邸に匹敵すると、その昔、純也は前田に胸を張られたことがあった。分光測定爆発物探知機などが良い例だ。ＫＯＢＩＸソリューションズの実地試験も兼ね、二年に一度は最新式の機器が導入される。

「そう。オールグリーン」

──はい。

「ふうん。なにもないっていうのは、それはそれで納得出来るような、出来ないような」

──えっ。なんですか。

純也はひとり、かすかに笑って肩を竦めた。

「なんでもない。今は前門のテロリスト。そっちに集中しよう」

純也はそれで、口を閉じた。三人ももう、なにも言わなかった。

二十分も過ぎた頃、良一夫婦が裏口から退席したと恵子が報告し、裏ゲート付近の猿丸が確認した。

それだけだった。

純也には馴染んだドゥカティのエンジン音だけが、低く静かに、謳うようだった。

立ったまま、目を閉じた。

ゆっくりとした呼吸を繰り返し、気配を絶ち、意識を伸ばしてゆく。

イメージは、身体から抜けてゆく気配が大地に染み込み、拡散してゆく感じだ。

やがてゆったりと、深い呼吸を繰り返す。

観念も想念もない。

ただ純也は、その場にある。

三十分、一時間。

そのときだった。

――分室長っ。発見しましたっ。

緊張を孕《はら》んだ恵子の声が、インカムの中の静寂を裂いた。

――美術館の裏手です。ひとり。あっ。第二駐車場の発電機も。

美術館の裏手と第二駐車場の発電機。

レストランからはどちらも、ほぼ等距離に真反対の場所。

そして、両方ともトラップ。

――ターゲットは、美術館の方をこれから①とします。駐車場の方が②。皆さん、間違えないでください。美術館が①で、駐車場が②です。

恵子に、わかってると答えたのは猿丸の声だった。

ＫＯＢＩＸミュージアムは、周回すると二キロにもなる広大な敷地にあった。

もともとは小日向重化学工業があった土地なのだ。

テロリストを呼び込むのが目的とは言え、すべてをフリーにするのはリスクが大きい。

そこで、厳重な警備を前提として穴を見せることにした。

カンボジアでダニエル・ガロアに教わった初歩の初歩だ。

場所は八日前に、全周をジョギングで何度も回って選定した。美術館の裏手はそのひとつだった。

表と裏の開け放しのゲート。

美術館の裏手、コンサートホールの裏手、多目的会議場の横手、裏のゲートから百メートル右方のカーブに設置した、それぞれフェンスの亀裂と近日の補修を知らせるパイロンとガードバー。

森の裏手、第一駐車場の奥、表のゲートから七十メートル左方にそのままに放置した、それぞれ外に向けて枝を張り出す樹木。

その他に三カ所、フェンスの外のガードレールにチェーンでつなぎ、墨田区の許可シールを張った足場になりそうな大型発電機。

トラップの数はそれだけあった。

カメラはまず、そこだけを追えばよかった。

他からの侵入があった場合は、手法と手順が大幅に変わる。

ただ、今この一瞬で、その可能性は無に帰した。

すべては純也の、手の内だった。

――①がフェンス沿いを、表ゲートの方に移動し始めました。②はその場から動きません。様子を見ているようです。

「了解」

純也はゆっくりと目を開き、大きく首を回した。

闇がしっとりとして、実にいい感触だった。

月明かりがなくとも、夜は鮮明だった。

星の瞬きで十分だ。

「じゃあ、始めるよ」

純也は階段に足を落とした。

「セリさん。そっちからは②だね。適当なところまで移動して待機。いいかい。待機だよ」

――わかってますよ。病み上がりです。無茶はしません。

猿丸はそう言ったが、鵜《う》呑《の》みにはしない。

なぜなら、無茶を振り、無茶に振るのが、J分室員の資質だから。

すぐにインカムに、ドゥカティのエンジン音がした。

純也はレストランから離れるように、ミュージアムを貫くメインロードのど真ん中を歩いた。

――分室長。ターゲット①、正面ゲートを横切って森に入りました。そこから走ってます。あの、ちょっと暗すぎて追えないかもしれません。

「そう。じゃあ仕方ない。あっちのトラップ、使おうか」

――あっと。はい。

恵子の歯切れが少々悪かった。

だが、少々で済むのは、恵子も少々、壊れているからだろう。

普通の警視庁女性職員だったら絶対了承しない。断ってくる。

いや、その前に頼まない。

レストランから六十メートルほども歩いて、純也は足を止めた。

左手後方に、もう資料館は過ぎていた。

右手側に、広く鬱蒼とした森が近かった。

身体を捻じるように振り向き、純也はインカムを押さえた。

「メイさん。起きてる？」

――へへっ。まあ、まだ寝てませんや。普段から言ったたって、ちょっと早ぇや。

「やるよ。炙り出す」

――まあ、やってもらわねえと、穴掘って埋めた甲斐もねえってもんですが。

「ということだ。大橋さん。任せるけど、モニタに映っているうちは駄目だよ。抜けてから。いいね」

――了解です。

純也はもう十メートルほど進んで、星影の中に佇んだ。

もう微動だにしなかった。

闇に同化すれば、純也は人とも感得出来ない、ただ月無き夜の闇だった。

恵子の、吐息のような息遣いが聞こえた。

――おっと。恵子ちゃん、止めてくれよ。こんなときに、その気になっちまうぜぇ。

猿丸が茶化した。

馬鹿、と呟く恵子の声は、いつもの声だった。

——鳥居さん。もうすぐです。いきますよ。

——おうさ。どんとこい。ドンといくぜ。

——つまらないですけど。

——悪ぃ。

——今です。七番。

——ほいっ。

直後に、森の奥深くでドォンという爆発があった。

くぐもった音だったが、衝撃は純也の足裏にも伝わった。かなりの威力だった。

あっちのトラップ。

テロリストから押収した、十本のパイプ爆弾。

それを一本ずつに解体し、遠隔操作が効くちょっとした信管を取り付けて十カ所に埋設した。

カメラでタイミングを計るのが恵子で、実際に爆発させるのが十連のスイッチを抱えた鳥居の役目だった。

本来はスイッチも恵子のはずだったが、コンサートホールの地下からは起爆用の電波が届かなかった。

——慌ててるみたいです。スピードアップしてます。鳥居さん、もう一回行きますよ。前から止めます。

——えっ。お、おう。

吹っ切れば女性は強いものだ。

——四番！

——おうっ。

ちょうど、純也の真右で爆発があった。

待つほどのタイムラグもなく、上下迷彩の男が森の中から飛び出してきた。

アスファルトのメインロードに立ち、周囲を見回し、二度行き過ぎた後、ようやく純也に気が付いて身構えた。

気負いも衒《てら》いもなく、純也は男に真っ直ぐ進んだ。

《やあ。初めまして。テロリスト君。こんなタキシード着てるけどね。僕は警察なんだ。だから、言わせてもらうよ。——抵抗はよせ。大人しくしろ》

突如、男に殺気が膨れ上がった。

猛然と寄せてくる手には、星影を撥ねてナイフの刃が光った。

前に出る歩容のまま、瞬間を合わせて純也は前方に屈み込んだ。

頭上、おそらく十センチ辺りをナイフの刃が過ぎてゆくが、恐れはない。

見切っていた。

　そのまま逆の足を踏み込むと同時に、十分に捻りを加えたアッパーブローを下から脾腹《ひばら》に突き上げる。

　男の身体が宙に浮いた。

「！」

　声も出せなかったようだが、そんなものだろう。

　闇に佇む純也を、男は二度見逃した。

　それだけで力量は分かった。

　戦場には、二度三度という言葉はない。

　純也と男には、ゲリラとしての能力に彼我の差があった。

　男は身体を丸め、苦悶の表情でアスファルトの上を転がった。

　ナイフはすでに手を離れていた。

「君の名はローかい」

　純也は問い掛けたが、男に特段の反応はなかった。

《もう止めた方がいい》

　スペイン語に切り替えた。

《君では、僕に届かない》

　口を開け、涎《よだれ》を垂らしながら男が純也を睨み上げた。

明らかな反応だった。
男は、日本語があまり得手ではないようだ。
《君じゃないとすると、君と一緒に潜入したもうひとりが、ローなのかな?》
その瞬間、男が笑った気が純也にはした。
《教えると、思うか。俺は、ゲリラだ。最後まで、先生の、ゲリラだ》
男の気配が、透き通るような気がした。
あの雰囲気だ。
「なにっ」
咄嗟に純也は飛び離れた。
「Ｍｅｓｓｉ・Ｈａｌａ・Ｈａｌａ・Ｒｅｌｏｊ」
すぐ近くで閃光があった。
目をガードし、純也はしばらく転がったまま離れた。
闇の方を向いて目を開けた。
タキシードの上着が、ところどころで燃えていた。
脱ぎ捨てて純也は振り向いた。
燃え上がる、焚火《たきび》のようなひと山があった。
ひとりのゲリラの、成れの果てだった。

九

「爆弾。なぜだ。いや、予想しなかったわけじゃないが」

呟きに自身の惑いを明らかに聞く。思考は一瞬潜行した。

けれど、場面はそんなことを長くは許さなかった。

誰かが呼んでいた。

――分室長。大丈夫ですかっ。

胸の辺りから、恵子の心配する声が聞こえた。

今の衝撃で、イヤホンマイクが抜け落ちたようだった。

純也は耳にマイクを装着し直した。

惑って固着するくらいなら、感性に従って動く。

恵子の呼び声は、いい切っ掛けだった。

「大橋さん。支配人に、全員を第一シェルタに誘導するように伝えて」

――えっ。

「言えば分かる。早く」

――あ。了解です。

インカムからかすかな雑音がして、いったん恵子が離れるのがわかった。

といって、休む間はなかった。

――野郎っ。

猿丸の怒声がインカムに割れるようだった。

「セリさん。どうした」

――方向転換しやがったんで。逃がすか、コラァッ。

――セリッ。どこだっ。

資料館からスイッチを抱えて鳥居も飛び出してきた。

――コンサートホールの近くっ。オラッ。へへっ。今、わかるようにします、よって、なあっ！

鈍い音が聞こえた。

すると、たしかにコンサートホールの向こう側の外灯の下に、闇の中から泳ぐようにして現れた男が見えた。

爆死した男同様の迷彩服が見て取れた。

遅れて姿を見せた猿丸が、そのまま男に飛び掛かって馬乗りになった。

――ん、なろっ。

「セリさん。無理はしないで」

純也は走り出した。

猿丸までの距離は百メートル近くあった。

鳥居もついてきた。

――そうだセリ。無茶ぁすんなよっ。

――へへっ。そうは言ってもよ。メイさん。無理も無茶もしねぇじゃ、警察じゃねぇよなって、おわぁ。

九十メートルの向こうで、猿丸がマウントポジションを外された。

男が逃走に掛かった。

――動くな、コラッ。ドン・ムーヴッ。

猿丸が間違いなく、片膝をついた状態でシグ・ザウエルを構えた。

しかし――。

逃げる格好は男のフェイクだった。

いきなり反転した男に、猿丸はシグを構えた手元を蹴り上げられた。

シグが宙を飛んだ。

猿丸はそれを追おうとしたようだが、男の動きの方が数倍速かった。

――ぐおぶっ。

男は猿丸の腹部に爪先を蹴り込み、悠然とシグ・ザウエルに寄った。

銃を手にして振り返り、腕を伸ばし、男は銃口を上げた。

猿丸に向けて。

遠くとも、男の嘲笑が聞こえそうな雰囲気だった。

――セリさんっ。

純也はインカムに呼び掛けたが、猿丸は呻くだけで動かなかった。

待ったなしだったが、遠すぎた。

汗が噴き出した。

それでも闇の中をまだ、七十メートルはあった。

――恵子ちゃんよぉ。あれだ。花壇っ。花壇はいくつだっ！

鳥居の叫びが、インカムと肉声の二重に聞こえた。

――え、あ、二番っ。

――セリッ。動くなよ！

恵子の答えと鳥居の呼び掛けは、ほぼ同時に聞こえた。

突如、テロリストの男が背負う位置関係にあった、コンサートホール前の花壇が光を散らしながら爆裂した。

男から花壇は、三メートルと離れていなかった。

男は海老反りになって宙を飛んだ。

埋設した分、爆発そのものの威力は落ちるが、土塊やタイル、コンクリ片は間違いなく男を直撃し、その身体を宙に押し上げたのだ。

その間に、純也は猿丸に到達していた。

「セリさん。大丈夫かい」

すでに猿丸は、自力で起き上がろうとしていた。

「へへっ。すいませんね。ちょっとばかし、身体ぁ鈍ってましたかね」

強がり、を真に受けて責める趣味はない。

無言の笑みで受け、純也はテロリストにゆっくりと近づいた。

まず、地面に転がるシグ・ザウエルを取り上げた。

鳥居がようやく近くまで走り来て、肩で息をしながら、辛ぇっ、と弱音を吐いた。

テロリストは右半身を縮め、起き上がろうとしていた。

ただし、上から下まで迷彩服の全体的に焦げ跡がある左半身は伸びたままだった。

致命傷は免れたようだが、爆破にやや近かった左半身は大いに痺れてはいるようだ。

命に別状はないだろうが、すぐの回復もなさそうだった。

「最後のひとりだよ」

男が脱力し、諦めたようにして純也に顔を向けた。

額と頰から血が流れていた。

爆破の飛散物による怪我だろう。
ローか、と聞くことはやめた。
男の顔は、明らかにインディオの血を引くものだった。
藤代麻友子の子供では有り得ない。
《ローは、さっきの彼かい？》
白が大きく黒がはっきりとした目で純也を見上げ、男は左右に首を振った。
《違う。あいつはローではない。俺も、ローではない。有り得ない》
この男も、かすかに笑った気がした。
先ほどの男と同じ反応に見えた。
《有り得ない？　なにが》
《ローは狼。我々より強い、卓越した狼だ。だから、ローだ。ローは狼。先生が、そう言った》
《ふうん》
純也は肩をすくめた。
《ろくな先生じゃないね》
一瞬、男に殺気が膨らんだ。
逆鱗、のようだった。

《知らないくせに。先生を侮辱するなっ》
《でも、君たちに自爆を命じた。そんな女のどこが先生だ。目を覚ませ。マユコ・フジシロは、薄汚いテロリストだ。その子供も同じだ。ゲリラではない。ただの、テロリストだ》
《違う。違う、違う》
男は激しく首を振った。
《お前は先生を知らない。ローをなにも知らない。先生は女神だ。ローは美しきゲリラだ。たかがスペイン語が出来るだけで、今のペルーを知りもしない日本人が、偉そうに言うなっ》
と、静寂が、男と純也の間に割って入った。
純也は目を細めた。
「ふぅん」
《――え、あっ》
冴えた光を発する純也の目と、迂闊を悟って愕然とする男の目が宙空で絡んだ。
押し切ったのは純也で、男は顔を伏せた。
けれど――。
顔を伏せて即、上げた。

いきなりだった。
純也の背筋に悪寒が走った。
冷たく尖った覚悟、諦観、達観。
自爆。
男は全霊を挙げて右半身だけで立ち上がり、不格好にも走った。
強引にも阻止しそうな純也から離れられれば、どこでもよかったのかもしれない。
ただ、方向は最悪だった。
両膝に手を当てた鳥居が、まだ荒い息をついていた。
「……えっ」
「Ｍｅｓｓｉ」
待ったなしだった。
純也は背腰のシグ・ザウエルを引き抜いた。
シグにセイフティはない。
ディコックすればダブルアクションになる。
それだけだ。
「Ｈａｌａ・Ｈａｌａ」
純也はノーモーションで引き金を引いた。

轟っ！

弾丸は斜め右後方から、男の頭部を粉砕して抜けた。

テロリストだったモノが、慣性に従って三歩進み、壊れた。

鳥居が地べたに尻をついた。

「メイさんっ」

今度は猿丸が鳥居に走り寄った。

硝煙まだ立ち上るシグをホルスタに収め、純也は汗に濡れた髪を掻き上げた。

「ローは狼。妄執の裔《すえ》、か」

思考を呟き、呟きを思考に混ぜ、純也は遺骸に近寄って服をはだけた。

「分室長。終わりましたね」

猿丸が、鳥居に肩を貸しながら寄ってきた。

「いや、まだだよ」

「えっ」

純也は部下たちにアスファルト上の遺骸を示した。

「パイプ爆弾にしては、爆発がおかしいと思ったんだ」

「なんです」

鳥居が、猿丸が覗き込んだ。

「あ」

「えっ」

声は同時で、どちらも含むものは驚愕だった。

遺骸は腹部に、Ｃ４にしか見えない粘土状の物を巻いていた。

いや、間違いない。

小型の雷管が脇腹辺りに取り付けられ、手に握っているのは武骨なスイッチだった。

「銃もルートがあるんだ。これもね。ないとは思わなかった。あるとも考えなかったけどね」

純也はレストランの方に歩き出した。

「まだやってもらうこと。やらなきゃならないことがあるようだ。みんな、インカム、よろしく。ああ、大橋さんは特に、部長との取り決め通りだよ。後始末を、本庁の公安管理に連絡だ」

了解、と三様の声がイヤホンマイクから覚悟を響かせた。

（上々だ。みんな、上々。だから、負けない。なにがあっても）

歩く純也の足は、次第に速いものに変わっていった。

終章　巡礼

【やあ、Jボーイ。連絡が遅くなった。聞かれていたセンデロ・ルミノソについてだけど。組織は今や、完全に減退しているね。――ええと。ちょっと待ってくれよ。ん？　なにをしてるって？

メモを探してるのさ。最近は物忘れがずいぶん多くなってね。目的が思い出せない行動も多い。これは怖いね。自分で怖い。

世界が利便に偏ってマシナリー社会を進化させる今、すべきことはミクロにして細部にまで拘《こだわ》らなければならず、実に複雑になっている。途中で忘れたり放棄すると、瘤《こぶ》になる。破裂しないことを祈るばかりだ。

ああ、Jボーイ。メモがあったよ。

二〇一二年だ。この年の二月にリーダーのフロリンド・アルテミオが拘束されて以降、センデロ・ルミノソとしては終わったも同然だね。ウマラ大統領も、「もはやSLはペルーにとって、なんの脅威でもない」

とテレビ演説を行ったそうだ。

ただ、この脅威ではないということと殲滅はイコールではなくてね。大国対小国、国対人民。日本ではなんと言ったかな。そうそう、多勢に無勢だ。

え、違うって？　そうかね。いつものことだが、なんとも日本語は難しい。

Jボーイ。横道にそれたが、そうだね。ゲリラというものは、ね。

え、そんなことは、もういいって。早いね。なに？　私の方が遅すぎるって。

ううむ。エチケットとして、人に頼み事をした立場の言葉とも思えないが。まあ、いい。

私は最近、物忘れが多いからね。

じゃあ、Jボーイ。こっちはどうだい。頼み事はされたが、あまりにも得る情報が少なかったので、色々、深く潜っていたのだ。

〈Ｍｅｓｓｉ・Ｈａｌａ・Ｈａｌａ・Ｒｅｌｏｊ〉

この意味もね、ようやく分かったが――。

ほう、これもお呼びでない。

Jボーイ。なら、これはどうだい。

マユコ・フジシロの子供、ローか。

日本語でローは、狼という意味らしいね。

ふっふっ。これが一番時間が掛かったけど、実はね――。

なに？　それもいい。わかってるって？

はっはっ。愉快だね。さすがだね。さすがに、私を継ぐべき小さな世界の神だ。

じゃあ、もう私の手持ちはなにもない。今回は、まったく君の役に立てなかったね。

えっ？　クラウディア・ノーノでもアンワル・ムーサでも誰でもいい。今、南欧で活動しているサーティ・サタンはいないかだって？

うん。いるよ。即答出来る。

そう、リー・ジェインが、去年暮れに開通した浙江義烏《せっこうぎう》・マドリード鉄道でなにか画策している。

え、鉄道シルクロードはなお都合がいいって。

わからないね。まったくわからないけど、Jボーイ。今回私は、どうにも後手後手に回ったみたいだ。今のところ、私の存在意義が証明できていない。

Jボーイ、私は泣きたいほど悲しいよ。

だから、リーには私が直接につなごうじゃないか。なにをするつもりかは知らないし、知ると楽しみが半減もするし、ささやかな遊びも仕掛けたくなる。それは今回の、無様な私の役どころではないだろう。

Jボーイ。好きに、やりたいことをやればいい。事後の始末もこの際だ。出血大サービスで私が引き受けることにしよう。

もちろん、最後にリーが吹っ掛けてくる費用も含めてだ。

え、要らないって？ まあ、そう言わないでほしい。Jボーイ。君にはいくら掛かろうと微々たる額かもしれないが、私にとってはもっと微々たる額なんだよ。

それにね、Jボーイ。

あまり、つれないことは言ってほしくないね。

出来ることをしてあげることの喜び。

これは脳に対する大いなる刺激だ。

あまり刺激がないと、忘れたり放棄したりすることにもなりかねない。瘤にもなる。ああ、これはさっき言ったね。

と、こんなふうに、私は最近、物忘れがずいぶん多くなった。目的が思い出せない行動も多い。

これはね、Jボーイ。怖いことだよ。

私は自分で自分が、本当に怖いんだ】

一

純也はエントランスを駆け上がり、レストランの中に入った。

待ち構えていた前田が、慇懃に腰を折った。
「お疲れさまでした」
純也はひと息ついた。
緊張が緩んだわけではない。
ただ、適度に効いた空調が有り難かった。
頭の芯の芯が、冷えてゆく。
「支配人。探知したデータは、どこで見られる？」
前田が腰を折った姿勢で、一瞬だが停止した。
超一流のゼネラル・マネージャとはいえ、想定できる場面ではない。
本来なら、常識では有り得ず、日常では起こり得ないのだ。
常識、非常識。
日常、非日常。
前田は、常なるものの頂に生きている。
論法の順を踏むなら、だからこそ、前田は常に非《あら》ざるものとは一番遠いところにいる。
ゆっくり、ゆっくり、前田が顔を上げた。
「とは？」
常と非常の葛藤か。

前田は、いつにない無表情だった。

「まだ終わってない、かもしれない」

前田は目を閉じ、目を開いた。

タイムラグの短さは、さすがだ。

「こちらに」

前田は白手袋の右手を上げた。

「私の部屋なら」

「頼む。――メイさん、セリさん。聞こえたかな。総支配人室に行く」

それだけインカムに告げ、前田の先導で純也は支配人室に向かった。

ロビーを右手に折れ、左手に今夜も使用した貴賓室を過ぎ、突き当たりを右に曲がる。

廊下の真正面が総支配人室だった。

八畳はないだろう。

机は、部屋の真ん中に置かれた折り畳みの会議テーブルと、両サイドの壁際に白いエコノミーテーブルのみ。他には、少し大きめのスチールと少し小さめ同素材のキャビネット。

あとはパイプ椅子が数脚だけの簡素な部屋だった。

とても、小日向大蔵直々に総支配人を任された男の部屋ではないが、職場はホールとばかりに、前田が豪華さを固辞したらしい。

「今、起動いたします」

前田が先に入って壁際に寄った。

純也は右手のエコノミーテーブルに設置されたデスクトップPCの前に、手近なパイプ椅子を寄せて座った。

PCのモニタは、すぐに通常使用が可能になったことを知らせた。

「へえ」

それは純也が使用する、どのPCをも凌《しの》ぐ速さだった。

急く気持ちが先で失念していたが、家具の感じと三十七インチモニタは、アンバランスだった。

思えばX線検査器や、イオン易動度分光測定爆発物探知機などともつながっているのだ。部屋の質素さとは裏腹に、きっと驚くほどハイスペックなマシンなのだろう。

「その、右上のフォルダの中です。今日の日付がつけられているものが、先ほど入られた皆様のデータです」

「OK」

純也は手順に従ってデータを開いた。

まずはX線の画像からだった。

良一夫妻の分だけは飛ばすが、残る全員の分は丹念に見詰め、記憶する。

もどかしいほどに時間が掛かった。

「クソッ。こういうとき小田垣なら、三十秒もあれば完璧なんだろうな。あっと、三十秒と和菓子があれば、か」

愚痴とも余裕ともつかぬ言葉を呟く。

「と、いけない、いけない。部長に小田垣の名前を聞いてから、どうも巻き込まれ気味っぽい。これも、負の効果かな」

苦笑いに首を振り、純也は精査を進めた。

「どうぞ」

集中の間に、前田がコーヒーを淹れてくれたようだ。

芳ばしく、軽い香りだ。

少なくとも前田自慢の、グァテマラSHBのブルボンのものではない。

「申し訳ありません。この部屋には生憎《あいにく》、ここまでのコーヒーしかございませんので」

前田は恐縮したが、かえって、それでこそだろう。

「これでいい。いや、これがいいんじゃない」

少し目を休める意味も込め、純也は部屋を見回した。

すぐに終わるひと巡りだ。

「質素ではなく簡素。部屋の在り方、支配人の精神に、このコーヒーの清潔な香りはよく馴染む」

前田は微笑んで頭を下げた。

「さて」

純也はデータのチェックに戻った。

爆発物探知機のデータに移る。

やがて、画面を送る純也の手がひとりのデータで止まった。

「ふうん」

その目が次第に光を帯びる。

装置が感知するものとしては、ごくごく微量な数値ではあった。

誤作動の範囲と言えるかもしれない。

けれど他の誰ひとり、数値のグラフにはそんな不審すらないのだ。

探知機はまったくの正常にして正確だ。良一夫妻もカウントすれば、十四人になる。

狙いを定めて見る十四分の一は、不審としては最大級だろう。

「おっと。いやしたね」

鳥居と猿丸が総支配人室に入ってきた。

「分室長。終了っす。いつでも」

猿丸が手の泥、服の土を叩きながら言った。

前田が、咳払いをひとつ。

「精密機器もございます。どうかご勘弁を」

「うおっと。へへへっ」

「馬鹿こら、セリッ。どうもすいませんね。あとで掃除させときますんで」

「いえ。――どうぞ」

前田が会議テーブルにパイプ椅子をふたつ出し、コーヒーをサーブした。

一流の男は、どこで給仕しても様になるものだ。

純也は背を大きく反らし、パイプ椅子を軋ませた。

「支配人。このフォルダにはないみたいだけど。ミリ波パッシブは？　導入したんだろ」

前田は、ほう、と感嘆を天井に向けて漏らした。

「さすが、というほかはございませんが。ご存知でしたか」

ミリ波パッシブ。

正確にはミリ波パッシブ撮像装置と言う。

ミリ波イメージング、ミリ波を利用して内部構造を可視化する技術を応用した、セキュリティチェック装置のことだ。

波長が一から十ミリ、三〇から三〇〇ＧＨｚのミリ波は、極めて狭い指向性を持ち、表層部のみを正確に可視化する。

パッシブは人体が放射するミリ波を受けて画像化する撮像法のことで、装置側からミリ波を送った反射を計測するのは、アクティブ型撮像法という。

現在ではボディースキャナとして、赤外線やX線、金属探知器で認知できない爆発物を検出する装置として注目されている。

ただし――。

人体の表層部のみを正確に可視化するとは、シルエットを超え、全裸に近い画像を得ることに他ならない。

これはプライバシーの問題を大いに孕み、取り扱い運用面での懸念が未だに払拭されていなかった。

アメリカでは運輸保安局により主要な空港に配備され始めたようだが、日本ではまだ試験運用の域を出ていなかった。

そんな装置が、すでにKOBIXミュージアムのレストランにはあったのだ。

純也はいつもの、はにかんだような笑みを前田に向けた。

「支配人ほどじゃないけど、僕もたいがい、ここのことは熟知しているつもりだから。公安として」

「なるほど」

前田が頷きつつ手を伸ばし、マウスを操作した。

スリークリックで、パスコード画面に辿り着く。

「面倒臭いね」

申し訳ありませんと呟きながら、前田はやけに長々しいパスコードを打ち込んだ。

「プライバシー保護は、最優先ですので」

ミリ波パッシブ装置の画面はすぐに開いた。

「へえ。これかい。初めて見た」

開いた画面には、会場入りの際のおそらくロビーから抽出した小さな画像が並んでいた。

人体模型のような画像が、トランプのカードのように並んでいる。

モノクロと言うより、白と黒が際立った画像で、全身白タイツ、に見えなくもない。

どれどれと鳥居も猿丸も覗くが、

「うえ」

「へえ」

と、反応はそれぞれだ。

「支配人。プライバシーのことはあるだろうけど、先入観なく見てみたい。最初から順に拡大していくよ」

ご自由に、と前田は頷いた。

いつの間にか、二杯目のコーヒーを運んでくれていた。

飲みながら、画面一杯の画像をスクロールしてゆく。

本当にどの画像も、それこそ男女の別も年齢の別もなく、身体の凹凸が鮮明だった。

やがて、純也の手がマウスを離れた。

その手をそのまま髪に差した。

「参ったね」

呟きはけれど、どこか楽しげでもあった。

純也の本領発揮、と言ったところだろうか。

モニタに映し出された白黒３Ｄの画像には、人体が一番くびれるはずのウエストの辺りに、薄く平らな、帯のような筋がうっすらと見えていた。

「これは？」

前田が聞いてきた。

「プラスチック爆弾」

純也はさらりと言った。

鳥居と猿丸はもう、嫌気も興味も関係なく、食い入るように画面に見入っていた。

光を揺蕩《たゆた》せた目も、引き締めて不退転の顔つきも、一流の公安マンのそれだった。

「僕らはさっき見たからね。Ｃ４で間違いないだろう。おそらく、爆発物マーカーの入っていないやつだ」

前田の顎が、わずかに上がった。

「プラスチック爆弾、でございますか」

「そう。常温では、ほとんど気化しないやつだ。マーカーの揮発成分がないと、探知はお手上げだとも言われている。だから支配人。微量でも数値に表したここの探知機は、相当に優れているね。ＫＯＢＩＸソリューションズだっけ？　胸を張っていいと思う」

「恐れ入りま」

言い掛けて前田は首を振った。

「い、いえ。それを今、仰られましても」

「ん？　ああ。そりゃそうだ」

コーヒーを飲み、純也は目を閉じた。

考えて考えて、考えた先で、純也は静かに目を開いた。

思考とイメージが現実を超える。

戦士だった。

「大橋さん。聞こえてる？」

――はい。良好です。

すぐに返事があった。

「全部のカメラ、全部の警報器を止めて欲しい。――僕が、終わらせるよ」

凜と張ってしかし、温度の感じられる声ではなかった。

だから――。

誰も口は開かなかった。

死生の間、正邪の間、人と人外の間。

純也は、普通の人間には触れられないところに存在していた。

コーヒーを飲みながらメモ用紙になにかを書き綴り、折り畳んでポケットに仕舞うと、純也はゆらりと立ち上がった。

「メイさんはここで待機。セリさんは、さっきの打ち合わせの通りだ。頼んだよ」

「了解っす」

ドアに向かい、ああ、と思い出したように純也は振り返った。

「支配人。今のうちに言っておくよ」

「なんでございましょう」

前田が威儀を正した。

「いや。そんなに畏《かしこ》まられると困るね。申し訳ないことをするのはこっちなんだ」

純也は少し、笑った。

「これから、あなたのミュージアムに、ちょっと傷をつけることになる。それを、先に言っておこうと思ってね」

前田は心身共に、微動だにしなかった。

「皆様のご無事こそが第一。残りのすべては、蛇足にして余禄かと」

「もっともだ」

純也は顔をドアに向けた。

「支配人。第一シェルタのみんなは、どうしているのかな」

「はい。まだお食事の途中でしたので、デザートから場所を変えるという趣旨でご移動を。その後、食後のコーヒーを搬入してございます」

「じゃあ、ＳＨＢの」

「当然ですな」

前田は胸を張って答えた。

純也はうっすらと笑った。

「これ以上ないね。上々だ」

インカムの中で、恵子が笑った。

二

少々丈は合わないが目を瞑り、純也は前田の上着を借りてロビーに戻った。

貴賓室に向かい、おもむろに扉を開ける。低く流れるバロックの調べを全身に受けた。

クラシックの波動は心地がよかった。

束の間、ほんの一瞬、心身を緩める。

波のように繰り返し繰り返す、緊張と弛緩。

戦場では、それが生きているということだった。

大理石の長テーブル。豪奢なテーブルクロスの上には均等に置かれた銀のキャンドルが五つ。壁は砂岩調の横目で統一され、季節ごとの風景画が数枚。全体に降り掛かるようなバロックの調べ。

それが、小日向一族も盆と暮れに使う貴賓室だった。

テーブルに沿うように、奥に進めば厨房がある。

さらにその奥は外に通じるが、純也は向かって右手に動いた。

アンティークキャビネットと同様の飾り棚のちょうど中央に、両開きの扉があった。

純也は力を掛けた。

次の間に続く、のは間違いないが、ずいぶん重かった。

その先が、第一シェルタだった。

ただ、その大広間をシェルタだと知るのは、晩餐会に臨席した者たちの中では現在、和臣だけだ。

きちんとした装飾が施された部屋は、広さだけが貴賓室よりやや狭くなるだけで、遜色はなかった。

流れる音楽も変わらない。音響もだ。

そんな広間をシェルタだと看破する者はいないだろう。所持するのは日本国内で、このKOBIXミュージアムのレストランだけなのだ。

シェルタは第一から第二、第三と、階層が上がるごとに強度が増し、最終的には核攻撃後三年を長らえるための備蓄と生活空間が確保されている。

シェルタは非公開と言われるが、知らないだけで入ったことがあるという人間は、実はもうずいぶんいるようだった。

「やあ、皆さん。お楽しみ頂いてますか？」

純也は扉を開けたまま歩を進めた。

目配せをすれば、コーヒーサーブのホールスタッフがごく自然に、純也に場所を譲って退出した。

「ああ。堪能させてもらってるよ。ずいぶん久し振りだったが、やっぱりここはいいね。雰囲気も料理も、支配人も最高だ。もっとも、パートナーの力はさらに大きいがね」

取り敢えず、鎌形は微酔《ほろよ》いのようで上機嫌だった。

「いやですわ。さっきから先生、声が大きくて。もう、皆さんの目が」

華江の頰がほんのりと赤いのは、羞恥といいより、少し呑んだのかもしれない。舌の回りが滑らかだった。

そんな鎌形たちにリードされるように、席を移ったことの意味を知らない者たちは総じて上機嫌だった。

ひとりひとりに声を掛けながら、純也はコーヒーをサーブして回った。

晩餐会の狙いを知る矢崎と加賀美、それに長島は、顔が少しだけ硬い。

この広間をシェルタだと知る和臣は、泰然自若として動かなかった。

その横で明るく、コロコロと笑う春子とのコントラストが楽しくもある。

そうして――。

コーヒーポットを、純也がサーブテーブルに置いたときだった。

遠く、バロックの調べの奥に、明らかに爆発物が炸裂する音が聞こえた。足裏に伝わるかすかな地響きもあった。

和やかな雰囲気に、一気に緊張が走った。

「な、なんだ。あの音は」

真っ先に立ち上がったのは、ＩＭＯの村枝だった。

村枝は国際公務員として外国に長い。

そういう音と衝撃には敏感なのかもしれない。

次いで鎌形が、華江をかばうような手の出し方をしながら立ち上がった。

「おい。小日向の次男」

純也にとっては、この鎌形が立ち上がるのがひとつの合図だった。

和臣が黙っている場合、この会の主導者は鎌形だろう。

「いえ。なんとも」

純也も外をしきりに気にする様子を見せた。

特に通話はないが、イヤホンマイクに耳を傾けた。

了解しました、と会席者にさらなる緊張を蒔《ま》くように言って、純也は周囲を見渡した。

全員が、純也を見ていた。

「全容はまだ不明ですが、不測の事態ではあるようです」

一同がざわついた。

「ああ。皆さん。でもご心配なく」

純也は両手を広げ、大きく頷いて見せた。

「この部屋はこういう事態に備える、わかりやすく言えばシェルタにつながっています」

「シェルタだって？　聞いたことはある」

主導者として、鎌形が便利だった。

上手く誘導すれば、安心を補足してくれる。

防衛大臣の言葉だ。

民間人に是非はない。

「こちらへ」

純也は先に立って部屋の一番奥へ進んだ。

一同が順次立ち上がる音がした。

最奥の壁に、扉らしきスリットがあった。

スライド式の自動ドアだった。

右手の壁にキャンドルの台があった。装飾を施したプルボックスだ。

カードキーは、前田から借りてあった。

純也は背後を振り返った。

先頭に和臣と春子、次いで鎌形と華江が並んで立っていた。

この辺は暗黙でも役職が作る序列だろう。

順当なところだった。

その後ろに奥寺夫妻、村枝と山田、長島夫妻と続き、後詰めが矢崎・加賀美のペアだった。

純也はカードキーを使った。

上から下へ。

音もなく扉は開いた。

中は、今いる広間の、半分ほどの広さの部屋だった。

そこが第二シェルタと知るのも和臣と純也だけだ。調度品の数々は第一同様に抜かりなく整えられている。

だから、部屋だった。疑いようはない。

「どうぞ」

和臣と春子は押されるように、後は雪崩《なだ》れ込むようにして部屋に入った。

最後、目があった矢崎に純也は、先ほど支配人室で書き綴ったメモを渡した。

軽くウインクをする。

人によっては不謹慎とも思うだろうが、矢崎はそうは取らないだろう。

付き合いは長い。

カンボジアの、クラチエからストゥレインに向かう街道以来だ。

矢崎は歩を進めながらメモを一瞥し、後ろ手にした拳に親指を立て、もう一方の手でメモを加賀美に回した。

加賀美から長島へも、時間は要さなかった。

メモにはこれからの手順と、役者を振られた者たちの役割だけが簡潔に書かれていた。

そもそも、爆発を起こしているのはテロリストではない。

猿丸だった。

そのことも書いておいた。

爆発は、土の中から掘り返した未使用のパイプ爆弾を使ったものだった。

全員の最後尾から、純也は第二シェルタに入った。

内側からもカードキーを使った。

上から下へ。

扉が閉まり始めると、やけに近い辺りで轟音が上がった。

第一シェルタの中だった。

「きゃあっ」

声を上げたのは奥寺の妻だった。

春子も顔をしかめ、耳を塞《ふさ》いでいた。

「皆さん。そちらの扉へ。急いでっ」

純也は止まることなく、さらに奥に誘導すべく向かった。

すぐ後ろは和臣と春子だったが、長島の声がした。

「総理。お母様はご高齢です。家内をお手伝いに」

「……そうか。助かる」

役が動き始めた瞬間だった。

妻を置き、長島本人は下がったはずだ。

最奥の壁に同じようなスリットとカムフラージュされたプルボックスがあった。

純也は同じ手順で扉を開けた。

ただし、カードキーの使い方だけは同じではなかった。

下から上へ。

方向を間違えると扉への電源供給が遮断されるだけでなく、エマージェンシー・コールがKOBIX本社と首相官邸に入る。強固なテロ対策だ。

第三シェルタは、さらに半分の広さだったが、まだ部屋だった。

入って閉めようとしたところで、また轟雷のような爆発があった。

第二シェルタだ。

狭いと言うことは、近いと言うことでもある。

役回りのない誰の顔にも恐怖があり、唇は青白く戦慄いていた。

さらに奥、今度は右手の壁にスリットがあり、左側にプルボックスがあった。

右から左へ。

それで扉が開いた。

矢崎と加賀美が進み出て、それぞれ和臣と鎌形の脇に回り込んだ。

「総理、大臣。有事です。どうか、老齢者や民間人を先に」

「お、おい」

鎌形はなにか言おうとしたが、和臣がわかったと先に言い切った。

「さあ。急いで中へ」

純也が促した。

春子と長島の妻が並び、奥寺の妻と加賀美が続いた。

その後に年齢のことを考慮して奥寺、村枝、山田が続き、長島と和臣、鎌形と華江がほぼひと塊で、最後が矢崎だ。

第四シェルタは、病院の廊下のようだった。四人が並んでは通れない。

それでも部屋と呼べるのは、両脇にソファやキャビネットが置かれているからだ。

「まだですっ。そのまま」

最後尾からそう叫べば、先頭付近の加賀美にはわかるはずだった。

途中で長島がややもたついたか。

最奥の右壁がまたスリットだった。

左から右へ。

通り過ぎるときに、カードキーは加賀美に渡しておいた。

シンデレラが最後の扉を開けるのは、考えた手順通りだった。

加賀美が先導する形で、列は第五シェルタに駆け込んだ。

そこは、今までで一番大きな部屋だった。

第一シェルタより広く、ほぼ貴賓室並みと言ってよかった。

ただし、調度品はなにもない。壁際に、様々な備蓄品がうずたかく積まれていた。

そして、中央の床から跳ね上がっているものがあった。

ハッチだった。

「署長。先に中へ。祖母を支えてください」

「了解よ」

「ああ。部長の奥さんもお願いします」

この間に何人かを追い越し、純也はハッチに向かった。

策と言うより、これだけ走れば年齢から言って春子の息が上がるのは目に見えていた。介助がなければ、立っているのも苦しいだろう。

春子を中から支えるために加賀美と長島の妻が入り、すぐ後ろの奥寺夫妻に助けられて春子が入り、そのまま奥寺夫妻が入った。

「さあ、どんどん中へ。なに、少しの辛抱です」

ハッチの脇に立ち、寄ってくる後方の列を見る。

先頭の山田と村枝の息が少し荒かった。

酒も入った食事の直後、鍛えてでもいなければ誰でもそうなるレベルではあったが。

「ああ。このおふたりも苦しそうですね。部長、師団長。中からお願いします。上から私が下ろしますから」

「わかった」

「おう」

長島と矢崎が飛び込むようにして中に入った。

純也が手を貸し、山田と村枝を入れた。

それで純也の目的は、ほぼ完了のようなものだった。

純也はおろおろとして立つ華江に、微笑みかけた。

「僕がエスコートしますよ」

こういう場面だが、有事だが、華江は胸に両手を寄せ、安心したように頷いた。

パートナーであるはずの鎌形は、見ていても特になにも言わなかった。

いや、自分のことで手一杯だったか。

華江を置き、総理である和臣を置き、すでにハッチに足を差し入れるところだった。

鎌形が入り、和臣が入った。

そこで――。

純也は静かに、ハッチを下ろした。

すぐに中からのロックが聞こえた。

おろおろとしていたはずの華江が、リセットのように動きを止めた。

「この第六シェルタのハッチは中からか、とある場所からの遠隔でしか開きません。ちなみに中は、このままでも三年は暮らせるようになってます」

ハッチの脇に佇み、純也はゆっくり顔を上げた。

華江が純也を、能面のような顔で見下ろしていた。

「なんなのかしら」

動揺や狼狽は微塵も感じられなかった。

純也はうっそりと立ち、はにかんだような笑みを見せた。

それにしても眼光鋭い、冴えた目だった。

華江は一瞬、目を細めた。

「あなたがローですよね」

反応はすぐにあった。

華江が、笑った。声にせず、ただ口を開いて、目を開いて。

真っ黒な洞に、純也には思えた。

「よくわかったわね。誰かが教えたのかしら」

「最後の最後で、美しきゲリラって言ってましたね」

「ああ。そうなんだ」

「でもまあ、ひとりは女性が絡んでいると思ってましたから。そう思った後は、あなたじゃないかとも、ね」

「ふうん。どうして？」

「まずはメディクス・ラボの氷川です。僕はその場にいました。彼と電話でアポを取ったのは、自爆した男ではありませんでした。女性、のはずです」

「あら、そう？　ふふっ。最初から少し、私に運がなかったってことかしら」

「さて、どうでしょう」

「――でも、あなたに出会えたのは運かな。なら、運不運は、半々ね」

肩をすくめるだけで、純也は特に答えなかった。

「Ｍｅｓｉ・Ｈａｌａ・Ｈａｌａ・Ｒｅｌｏｊ。あなたにも聞きましたよね。ただし、どんな時計か知っていますか、ではありません。お聞きしたのはこうです」

――この言葉を知っていますか。

「あら。そうだったかしら」

「ええ。そのとき、あなたはこう答えました」

――ロレックス？　それともパテック？　そんな時計、見たことないわ。どうやってつけるの？

純也は両手を広げた。

「最初は違和感程度でしたけど。僕の周りで、この言葉を聞いて時計のことだと思った人間はひとりもいませんでした。スペイン語を普通に話せるフランスのとあるクソ親父も、なんのお呪いだろうって言ってたくらいで、それが正しい反応だと思います。そもそも意味がないんだから、意味不明なんですよ。僕もすぐには、物としての時計とは結びつけられなかった。それをあなたは、迷うことなく時計だと、しかも、つけ方まで聞いてきた。――滅私版の〈腹腹時計〉だとわかっていたんですよね。ああ、押収した教科書は、読ませてもらいました」

華江は髪を搔き上げた。純也を見なかった。

「一番の失敗は、甘粕大吾の社葬の後です。上板橋のマンションでは、ちょっとやられましたね。でも、ただではやられませんでしたよ」

搔き上げ、弄ぶ髪の間から華江は純也を見た。

幾分の狂気が滲んで感じられた。

「Vamonos《バモノス》 a《ア》 escapar《エスカパル》 no《ノ》 te《テ》 mueras《ムエラス》 futil《フティル》（逃げるよ。無駄死にするな）。最後に銃を撃ったフルフェイスは、あなただ。声は微妙でしたけど、女言葉でしたね。咄嗟に出ましたか？」

華江から言葉はなにもなかった。

「あとは、このレストランの最新機器のお陰ですね」

純也は指を真っ直ぐに伸ばした。

「X線検査はさせてもらいました。全身のミリ波パッシブもね。そのポーチの中、口紅っぽいのがスイッチですか。洒落てますね。でも腹巻き状のC4は、とっても醜いですけど」

華江の口元が、かすかに歪んだ。

笑ったのか憮然としたのかは、次第に螺旋《らせん》のごとく捻じれて立ち昇るような、狂気と殺気に紛れて判別できなかった。

凄《すさ》まじいほどの螺旋だった。

純也も対抗するかのように、目を細めた。

考えてのことではない。

これは戦場における、いわば条件反射のようなものだ。

「健二の兄、大谷徹雄。彼のことはなんですか。贄《にえ》、ですか」

このときだけ、一瞬螺旋は緩んだ。

感情の涼風だったか。

「そうね。贄だったかもしれない。私を後戻りさせないための。後悔を、先に立たせないための。――それも巡礼、贖罪。私の人生」

華江がポーチに手を差し入れた。

瞬間的に純也は飛び退った。

華江が笑った。
実に妖艶だった。
妖艶だったが、黒々としていた。
取り出したのは、銀色に輝くコンパクトだった。
「ねえ。踊りましょう」
そう言って華江は寄ってきた。
踵が鳴った。
腕が振られた。
純也は冷ややかに見据えて、サイドステップで華麗に跳んだ。
右だった。
だが、華江の左手に閃《ひらめ》く銀光が純也の動きについてきた。
直感に従って顔を背けるが、左の頬が焼けるように熱かった。
触れれば、血が流れていた。
華江の手にあるものを確認する。
開けられたコンパクトだった。
蓋側はどうやら、鋭利な刃物になっているようだった。
暗器の類だ。

純也は血を指に取り、切れていない右の頬に塗った。
呪いの類。その昔サーティ・サタンのアンワル・ムーサが教えてくれた。
「なにそれ。変なの」
華江はなおも銀の光を振り撒いた。
そのたびに小気味よく、踵が鳴った。
華江の動きは、たしかに踊るようだった。
狂気のリズム。
殺気のステップ。
左手のコンパクトと右手のポーチがアクセントだ。
踊り自体はフラメンコに近いか。それとも、クラシコ・エスパニョールか。
だが、純也は遅れなかった。
見ようによっては、純也も踊りだったたか。
観客もいない、死への踊りだ。
向かい合わせに、背中合わせに、ステップは絡み、リズムは表になり、裏を取り。
最後には純也の手刀が、華江の手首を強かに打った。
「っ！」
コンパクトが飛び、床で音を立てた。

華江は燃えるような目で純也を睨んだが、やがて吐息の中に狂気も殺気も吐き出した。

「あーあ。終わっちゃった。でも、面白かった」

童女のような笑みだった。

「父を吹き飛ばせなかったのは残念だけど」

「父って？　鎌形大臣ですか」

「なんだ。そこはまだわかってないんだ。読んだんじゃなかった？」

「読んだって、あの教科書ですか？」

「――ああ。あれって、私のやつだけか」

華江は舌を出して肩をすくめた。

ますます童女になってゆく。

いや、透き通って、次第に遠くなってゆく。

「教えましょうか」

戦場にいくつも転がっていたもの。

「もう一度、踊ってくれたら」

冷たく尖った覚悟。

「踊って踊って」

地雷のような、地雷より始末に負えない、最後の武器、命。

「それから一緒に、逝きましょうよ」

華江の踵がまた鳴った。

ポーチに左手が伸びた。

けれど――。

もう、華江のステップもリズムもつかんだ。

遅れも合わせもしない。

先を行く。

純也は流れるような所作で退きつつ、背腰のホルスタからシグ・ザウエルを抜いた。

華江の目に、かすかな哀しみが浮かんだように見えた。

「逝きたければ、おひとりでどうぞ」

「あら。――残念」

轟っ！

銃声の余韻は第五シェルタの中に留まり、長く長く響き続けた。

三

それから、約一時間半後だった。

純也は第六シェルタの、ハッチの前に立った。

恵子からの連絡で急行してきた公安部管理係の後始末部隊に、外だけでなく包括的にすべてを頼んだ。

色々と、思っていた以上だったに違いない。それで手間取ったのもある。

ただ、なんにしても急場の措置だ。適当なところで切り上げさせることも出来たが、簡易な清掃までは頼んだ。頼めた。

事件を集結させた直後、純也は恵子も付けて、猿丸にドゥカティを走らせた。

指示したのは門前仲町の、華江の自宅だった。

——ああ。あれって、私のやつだけか。

華江はそう言った。

この日の持ち物にはなかった。

ならば、自宅にあるはずだった。

すべてが書かれた、華江だけの〈滅私版・Ｈａｌａ・Ｈａｌａ・Ｒｅｌｏｊ〉が。

厩橋から門前仲町は目と鼻の先だ。到着したのはすぐだった。

実際、後始末部隊が到着するより早かったくらいだ。

が、目的とする教科書を探し当てるのに少し手間取った。

華江の住まいは古い戸建てだ。間取りのだいたい定まったマンションやアパートのようにはいかなかったようだ。

発見するまでに、約一時間掛かった。

——じゃあ、送ります。

写メで撮らせたすべてのページを、総支配人室に置かれた件《くだん》のハイスペックマシンに送らせた。

なかなか、濃い話だった。

読むのに二十分。

なかなかの衝撃を受け止めるのに十五秒。

受け止めた衝撃を咀嚼し、味わい、扱い方を吟味するのにさらに五分。

それから、靴音高くハッチの前に至るまでが五分だった。

純也のほかに、鳥居と前田も近くにいた。

「さて、開けますか」

純也はおもむろに携帯を取り出し、どこかに電話を掛けた。

「じゃ、メイさん。よろしく」

そのまま話すことなく、鳥居に渡す。

ハッチの前に来るまでに、頼んでおいたことではあった。

「へいへい」

片眉を上げ、観念したように鳥居は受け取った。

耳に当てると、すぐにつながったようだった。

「あ、はい。──いえ。私はそこの主任でして。あの。──はいはい。ああ、お父様は、え、ああ、総理はご無事ですので、──まず、あの、──ええ。ごもっともで。ですから──あの。ですね！　ちったぁ落ち着いてもらえませんかねっ！」

掛けている相手は、官邸で待機中だと和臣に聞いた、和也だった。

特に話したい相手ではなく、純也本人が出ると話も話し方も、さらにおかしくなりそうなので、鳥居に任せた。

「とりあえず解錠でよろしく。ええ、終わりです、終わり。はい、どうも」

通話を終えて鳥居がスマホを純也に返すのと、ハッチが音を立てるのはほぼ同時だった。

純也はハッチに手を掛け、引き開けた。

下にはすでに、人が群がっている感じがあった。

「すべて終わりました。オール・クリアです」

声を落とすと、タラップに音が立った。

まず現れたのは、和臣だった。

純也は手を差し出した。

「あなたに、こんなふうに手を貸すことがあろうとは」

和臣は下から見上げ、口元を歪めた。

「ふん。結構だ」

「あなたのためではありません。後ろが閊《つか》えてますので」

渋々と差し出される手を取り、引き上げる。

「いったい、なにがどうなった。どう決着がついたのだ」

「まあ、色々です。ただ今後は、もうご自分の尻はご自分で拭いて頂けませんかと、まあ、そんな決着はつけました」

地上に上がると、和臣はそのままの場所からハッチの中に手を差し入れた。

「さ、お義母さん」

純也に向けるものとは打って変わって穏やかな声だ。

表裏、真偽。

和臣の実態は定かではない。

春子がゆっくりと上がってきた。

中で介助してくれたのは、長島の妻のようだった。

「ああ純ちゃん。シェルタって初めてだったけど、中は凄い広いのね。ビックリしちゃった」

「ああ、婆ちゃん。あとあと。今、忙しいんだから」

話し掛けてくる春子を適当にいなす。

次に上がってくる長島の妻に手を貸し、奥寺の妻に手を貸し、奥寺以下三人の民間人に手を貸した。

みな口々に、礼と安堵《あんど》を告げた。

その後、

「部長、下から見ないでくださいね。奥さんいますよ」

「妻がいるいないは関係ない。見るか」

などの遣り取りがあって、シンデレラっぽいものが上がってくる。

中で喚くような鎌形の声が聞こえた。順番に文句を言っているようだった。

その鎌形がハッチの中から顔を出した。

口が真一文字に引き結ばれていた。

読み取れる感情は怒り、以外のなにものでもなかった。

純也に向けなにか言おうとしたようだったが、中からの強い力に押し上げられて地上に飛び出し、たたらを踏んだ。

矢崎が上がってきた。

なにも言わなかった。

長島が上がってきた。

それで最後だった。

「お疲れさまでした」

純也は長島に頭を下げた。

長島はタキシードの埃を叩《はた》き、特に〈お疲れさま〉の内容には言及しなかった。

「総理となる、実に興味深い話が出来た」

「へえ。どんな」

「お前を押さえろという話だ」

「おっと。私には、特に面白そうにも思えませんが」

「そうでもないぞ。最初は叱責のようだったが、二時間近くもあんな中で一緒にいるとな。俺もそれなりに口は開く。押さえろという話と使うという話は、実は変わらないのではないかという流れにもなった。結論は持ち越しだが」

「おや?」

「結局、総理もそこら辺の誰とも変わらない、ただの親なのかもしれない。これは、俺なりにつけた結論だがな」

「ははっ。親ですか。匪石の口からそんな言葉を聞こうとは」

「当たり前だ。俺も人の親だからな」

純也は肩を竦めた。

「――最終兵器ですね。なにも言い返せません。私の中には、ない言葉ですから」

と――。

背後に強い視線を感じた。

「では部長。奥様があちらでお待ちですよ」

促し、振り返る。

燃える目の鎌形が立っていた。

鎌形は純也に近寄り、タキシードの襟元をつかんだ。

近づき過ぎなほどの近くだった。

安堵を喜ぶ周囲の者たちからは、手元は見えない。

「古沢君はどうした？　この茶番はなんだ。あれは本物の爆弾の炸裂音だったぞ。おい、小日向の次男。貴様は、なんに俺を巻き込んだ」

「ははっ。質問が多いですね。ま、でも私は神のひと言のような答えを持ってますけど」

純也は鎌形よりなお、鎌形に寄った。

鎌形が怯《ひる》んだ。

その耳元に口を寄せた。

嘘か真か。

ただ――。

鎌形にとって、悪魔の囁きであることは間違いない。

「あなたが古沢華江にご執心なのはですね、きっと彼女が、あなたと藤代麻友子の娘だからですよ」

一瞬の間があった。

鎌形の身体が震えた。

純也は離れた。

次の瞬間だった。

「ば、馬鹿なっ」

よく響く声だった。

居合わせた全員が鎌形に注目した。

「あ、い、いや。ははっ」

鎌形は取り繕うように乾いた笑いを見せ、

「いや。助かったよ。有り難う」

これ見よがしに手を差し伸べ、握手を求めてもう一度純也に寄った。

手を握り、肩を叩いてきて肩を寄せる。

「ふざけたことを言うな。俺を貶《おとし》める気か。——そうか。わかったぞ。これは、お前の親父の差し金だなっ」

囁きの小ささとは裏腹に、握ってくる手の力が強かった。

「証拠がありますよ」

純也は静かに、そして、倍する力で握り返した。

「藤代がペルーで綴った手記〈滅私版・腹腹時計〉。入手しましたよ。古沢華江の家で。ざっと目を通しただけですが、ほかにも、甘粕兄弟の入れ替わりなんて最高ですね。正二に手を貸し、あなた自身も手を汚したとか汚さないとか。その辺も、大いに楽しそうだ」

全体、大事なのは実証でも立証でもない。知ると言うことだけでも、この場合は大いなる武器だろう。

案の定、鎌形の手から力が抜けた。

青褪《あおざ》めた顔で、よろめくように後退ってゆく。

ぶつかって止まったのは鎌形に付けられた鈴、矢崎の背中だった。

矢崎がこちらを見た。

近くにいた和臣も見た。

雰囲気を察してか、長島も視線を向けた。

必要な目が揃っていた。

ちょうどよかった。

「ああ。絶好のチャンス、かな」

純也は派手に指を鳴らした。

「今この場で、許可を頂きましょうか」

「許可だと」

口を開いたのは、まず立場的に一番近い長島だった。

「なんの許可だ」

「有給休暇。バカンスです」

「バカンス？」

「今回はずいぶん頑張ったものですから、ちょっと疲れまして。ただ、私の場合、許可を取らないとややこしそうなので」

純也は和臣を見、鎌形を見た。

鎌形の目が、怯《おび》えていた。

「海外へ。というか、正確には渡航許可、ですかね」

純也はいつもの、チェシャ猫めいた笑顔を鎌形に向けた。

「自衛隊機、飛ばしてもらえると助かるんですけど」

「え、え。あ」

鎌形が首を振り、助けを求めるように和臣を見た。

いつもの洒脱な、明るくスマートな鎌形はどこにもいなかった。

それだけで和臣ならほかの誰より深く、なにかがあったことだけは悟るだろう。

実際、和臣は強い視線を純也に向けた。

冴えた光の、何ものにも動じない目だった。

（まっ。この人にはなにを仕掛けても言葉程度じゃあ、武器にも呪《まじな》いにもならないだろうな。たとえ、真実でも。どんな真実でも）

生き馬の目を抜く、百鬼が夜行する、魑魅魍魎が蠢く、そんな政界のトップに君臨する男だということは、純也をして認めざるを得ない。

和臣が前に出た。

それでもう、鎌形の姿は見えなかった。

「笑えない冗談だな」

「あれ。なら、笑える冗談を言えば飛ばしてもらえたりして」

「くだらん」

「ええ。くだらない冗談です」

純也は、猫の笑みを深くした。

四

サンティアゴ・デ・コンポステーラの巡礼は、巡礼路が一九九三年にユネスコの世界遺産に登録された。

それからは道も少し歩きやすくなったみたい。昔に比べたら大勢の〈観光客〉が歩くようになったから。

それに、そのせいかお陰かは判断が難しいところだけど、無料の宿泊所もずいぶんできたようだ。

昔、私が初めて巡礼路を歩いたときは、色々と不便で大変だった。

もっとも、私も若かったし身体も鍛えていたから音《ね》を上げることはなかったけど。

杖の先に、聖ヤコブのシンボルであるヨーロッパホタテ貝を下げ、水筒代わりの瓢簞《ひょうたん》を持つのが巡礼者の証。

フランス側のオロロンからピレネー山脈のソンポルト峠に向かうトゥールーズの道から、プエンテ・ラ・レイナまでのアラゴンの道に入り、そこからはサンティアゴ・デ・コンポステーラの巡礼路を真っ直ぐ、本当に徒歩で六百キロくらい歩いた。

大聖堂の手前五キロにあるモンテ・デル・ゴソ（歓喜の丘）に辿り着いたときは、私も本当に歓喜したわ。

そう、このときは恩寵として、和臣の一家がカタールにいることを神は私に囁いてくれたっけ。

今回私は、そのときに比べればもうだいぶ歳も重ねた。身体も、そんなには鍛えていない。

住んでいるのも、フランスに出るくらいだったらそのままサンティアゴ・デ・コンポステーラを目指した方が早い、マドリードだし。

だからずいぶん、昔に比べたら路《みち》をショートカットした。でも、巡礼路のコースからは外れない。

もっとも、巡礼者の登録をした後に徒歩で百キロ、自転車で二百キロ以上なら巡礼と認められるらしいけど。

私は車でレオンに入り、巡礼事務所で最近気に入って使っている名前を登録した。

そこからアストルガ、ポンフェラーダ、ペドラフィータ・ド・セブレイロと歩いた。

苦にはならなかった。

身体は思ったより鈍ってはいなかったみたい。

それはそれで嬉しい。

グンティンを過ぎ、パラス・デ・レイを目指す辺りだった。もう、大聖堂まで七十キロもない。

最初からゆっくり石畳を踏み締めるようにしてきたけれど、あと三日も掛ければ楽に到着する。

さあ、今度の巡礼は、私にどんな恩寵を授けてくれるのかしら。楽しみ。

そんなことを考えながら、昼下がりの路を辿っていたときだった。

EU統合以来だいぶ減ってきたとはいえ、シエスタの習慣は巡礼の田舎道にはまだまだ根強く、見渡す限りの田園風景の中に、人影はほかに見られなかった。

私が目指す先に、小川に架かる可愛らしい石橋があった。

その橋を渡った辺りから石畳の道は上り坂になり、三十メートルくらいは勾配が続いていた。

坂の頂上に、青空を映したようなロードバイクにまたがった彼が現れた。

白いサイクルヘルメットにサングラス。黄色いジャージと黒いレーサーパンツ。

まるで、ツール・ド・フランスから抜け出たような格好だった。

けれど、マイヨ・ジョーヌ色のジャージが体型によく似あっていた。

でも、坂の頂上にいるならマイヨ・グランペールの方が相応しいのかしら。

ちなみに私は、水玉ならパープルが好き。

「やあ。やっと出会えました」

男性は久し振りに耳にする流暢な日本語で、そんな言葉を掛けてきた。

私のことを知っている人のようだけど、最初はまったくわからなかった。

「リー・ジェインの情報網も当てにならない。お陰で、自転車での巡礼証明書を四回はもらえるほど走り回りました」

坂の上で、男性はサングラスを取った。

ああ、と私は思わず声を上げてしまった。

午後の陽射しの中で笑っていたのは、若き日の小日向和臣によく似ていた。

「初めまして。小日向純也と言います」

ああ、とまた、吐息が洩れてしまった。

まだ巡礼は済んでいないけれど、恩寵だと思ってしまった。

よく見れば顔つきは、全体としては和臣に似ていない。

どちらかと言えばヒュリア香織似か。

悔しいけれど、それだから美しく整っている。

でも、和臣に似ていた。

目つきと、目つきの根底にある信念、そして野心。危険なアロマ。

純也はどこまでも、和臣だった。そのものだった。

「初めまして、か。そうよね。でも、全然そんな気がしないわ」

私はゆっくりと歩き始めた。

「あなたが来たってことは。そう。ローは失敗したのね。死んだのかしら」

「どうでしょう。特に答えようとは思いませんが」

「ふふっ。つれないのね。そんなところも、お父様そっくり。でもいいわ。私にはわかってるから」

「これは。自信満々ですね。いったい、どうわかっていると」

「ローは失敗して、そのままおめおめと生きてる子じゃないわ。そんなふうに育てた覚えはないもの。だから、わかる。あの子は、あなたに負けた。あなたに殺された」

「なるほど」

かすかに頷き、純也は小さく肩を竦めた。

「そういう育て方も、僕は間違っているとは思いません。ただし、戦場に生きるなら、ですけど」

私は思わず目を見開いた。

「へえ。びっくり。前言撤回。あなた、お父様以上ね」

「なにがですか」

「つれなさが。いえ、冷たさが」

「褒められた気は、まったくしませんが」

純也は少し、首を傾げた。

その昔が、鮮やかに蘇る。

和臣もよく、私の前でそんな仕草をした。

「褒めてないもの。和臣には、きっとできないから」

私の足は止まらなかった。

「ねえ、知ってるんでしょ。自分の姉を手に掛けたって、どんな気持ち？」

和臣ならきっと狼狽する。たじろぐ。

けれど、純也はなにも変わらなかった。ホント、憎らしいくらい。

「あなたと変わりませんよ」

目を細め、顔を戻し、純也はサングラスを再び掛けた。

「血の繋がり。そんなものを後生大事に抱えて守る世界に生きてませんから」

「へえ。それって、どんな世界？」

「無明」

呆れるくらいに素っ気なく、純也は即答した。

「これ、あなたと一緒じゃあないんですか？」

「違うわよ。だって私はこうして、ときに巡礼で身も心も清めているもの」

純也はおそらく、かすかに笑った。

「神自体がまやかしですよ。ならばあなたの実体はどこに」

「実体？　なにそれ」

「答えられませんよね。それはそうだ。だって、あなたは闇の中にいるんですから。教えましょうか。あなたの実体。あなたの正体」

「あなたならわかるの？」

「わかりますよ。なぁに、大したものじゃない。――あなたは、ただの犯罪者です」

この先のことは、なんとなくどうなるのかわかっていた。

それでも、私の足は止まらなかった。

純也の登場を恩寵と感じてしまったからには、私の巡礼は終わり。

失敗した巡礼に下される恩寵は、なんでしょう。

推して知るべし、よね。

ああ――。

だから私の足は、止まらなかったのだ。

少しでも近くで、小日向純也を感じたかった。

「ふふっ。ご親切にどうも。なら、あなたはなんなの？」

「――僕ですか？」

「ええ。実の姉を手に掛けて揺るぎもしないあなたは？」

「僕は、そう」

純也は、輝くようなスペインの青い空に顔を向けた。

「僕は、ゲリラです。だから」

坂の上からふたたび私に向ける顔に、もう表情はわからない。でも、吹き降りてくる風は少し、冷えた気がした。

「あなたがなにをしようと、たとえ国をひっくり返そうとかまわない。でも――」

純也はペダルに足を掛け、一気に踏み込んだ。

「ただ、僕の目の前で、関係のない人が死んだ。死ななくていい命が弄ばれた。それは駄目だ。絶対ダメです」

ロードバイクが滑るように坂道を降りてきた。

純也が近づいてくる。

私は、可愛らしい石橋に足を掛けた。

ああ、恩寵だ。

過ぎた恩寵だ。

嘘っぱちでもいい。

（神よ）

スピードを上げたロードバイクは、風と紛れて私の横を摺り抜けていった。

「アディオス」
サヨナラの言葉。
純也のロードバイクは、停まらなかった。
私とすれ違い、そのまま去ったようだった。
濃く甘いような、匂いが残った。
残り香を私は楽しんだ。
だから、あまりはっきりしない。
すれ違いざまだったか、もっと時間が経っていたか。
銃だったか、ナイフだったか。
彼だったか、もしかしたら、別の誰かだったか。
ただ、私の全身から血が零れていくのはわかった。
でも、いい。
血の色は革命の赤。
私に相応しい。
たとえ野辺に倒れて酸化しても、色は黒。黒はノンセクト・ラジカルの色。
涙も笑いもあった、懐かしいDクラスの色。
「あっ」

そんなことを考えていたら、つまずいた。
力が入らなかった。
血と一緒に、どんどん命が抜け落ちているようだった。
気が付いたら、冷たかった。
血じゃないのはすぐにわかった。流れ水の感触だった。
どうやら私は、川の中にいた。
橋から落ちたみたいだった。
でも、それならそれでって――。
ああ。駄目よ。それじゃあ、赤も黒も、洗い流されちゃう。
そうしたら、私の死体が白くなっちゃうわ。
白は駄目よ。
それだけは駄目。
だって、白は白ヘル。
私と仲間と敵対した、大嫌いな過激派たちの色だもの。

この作品は徳間文庫のために書下されました。
なお本作品はフィクションであり実在の個人・団体などとは一切関係がありません。

徳間文庫

警視庁公安J

オリエンタル・ゲリラ

2017年11月15日 初刷

著者 鈴《すず》峯《みね》紅《こう》也《や》

発行者 平野健一

東京都港区芝大門二—二—二〒105—8055

発行所 株式会社徳間書店

電話 編集〇三(五四〇三)四三四九
販売〇四八(四五一)五九六〇

振替 〇〇一四〇—〇—四四三九二

印刷 株式会社廣済堂

製本 ナショナル製本協同組合

ISBN978-4-19-894276-2 (乱丁、落丁本はお取りかえいたします)

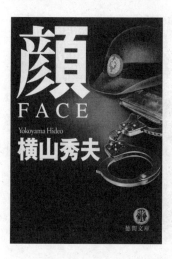